소설
사기

김병총 장편역사소설

소설 사기

❷ 천하대란

1. 억울한 죽음 —— 9
2. 천하의 모사꾼 —— 37
3. 유방의 등장 —— 71
4. 역발산기개세, 항우 —— 90
5. 장량과 한신 —— 116
6. 원한 —— 153
7. 항우냐 유방이냐 —— 167
8. 간교한 자의 최후 —— 189
9. 죽음의 연회 —— 210
10. 한신의 계략 —— 233
11. 배수진 —— 257
12. 오리무중 —— 279
13. 한신의 결단 —— 307

2 천하대란

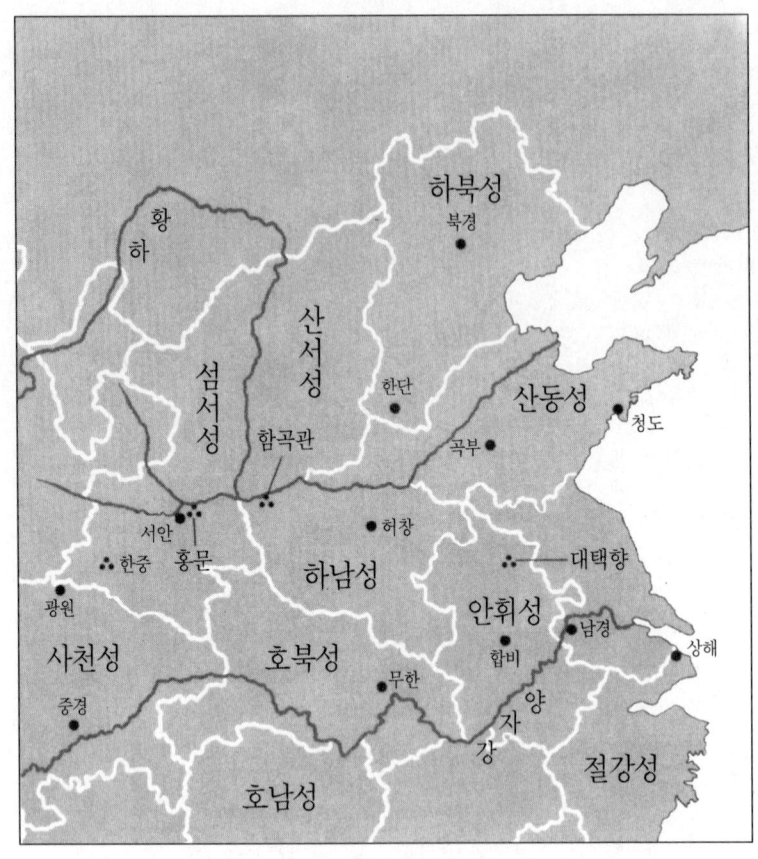

진(秦)나라 말기 지역분포도

1. 억울한 죽음

낭중령 조고는 침상에 드러누워 골머리를 앓고 있었다.

'비천한 출신이라며 나를 우습게 본다? 이놈들, 어디 두고 보자!'

그토록 부드득 이를 갈았지만 마땅한 복수의 방법은 아직 떠오르지 않고 있었다.

2세황제 역시 조고와 생각이 비슷했다. 같은 시간에 2세황제도 침전에 틀어박혀 가슴을 앓고 있었다.

'백성이라는 것들, 황제인 짐에게 그토록 냉담해! 심지어 대신들까지도 짐에게 승복하는 기색이 없으니 황자들이야 오죽할까!'

2세황제로서는 그렇게 생각할 만한 이유가 있었다. 조고의 건의에 따라 동쪽으로 가서 군현을 순시하며 요동을 돌아 귀환한 적이 있었다. 즉위한 지도 얼마 되지 않고 아직 나이가 어려 심복하지 않으니 위세를 앞세워 민심을 얻겠다는 야심찬 출발을 했으나 백성들로부터 환영의 기색은 한 군데에서도 발견할 수가 없었다. 대신들과 황자들도 빈정거리는 태도였다.

"어디 두고 보자! 여봐라, 낭중령 거기 있느냐! 어서 들라 해라!"

벌떡 일어난 2세황제는 정전(正殿)으로 달려나갔다.

연락을 받은 조고도 밤중에 무슨 일인가 하고 허겁지겁 뛰쳐나왔다.

2세황제는 잔뜩 골이 나 있었다.

"대신들이나 백성들이 아직 짐에게 승복을 하지 않는 것 같소!"

아하, 바로 그 때문이었구나 하고, 조고는 머리 속으로 다음 말을 재빨리 정리했다.

"사실은 그렇습니다."

"하물며 그러하거늘 다른 황자들이야 어련하겠소!"

"신도 그렇게 짐작하고 있습니다."

"대신들이 짐에게 심복하지 않고, 기왕의 관리들 힘은 아직도 강대하오. 여러 황자들 역시 짐에게 대하는 냉랭한 태도로 보아 반역을 도모할 가능성이 크게 느껴진단 말이오!"

"여부 있겠습니까."

"무릇 인간의 세상사란 마치 맹렬하게 질주하는 육두(六頭)마차의 틈새로 바깥을 내다보는 것처럼 지극히 짧은 시간이 아니겠소."

"그렇습니다."

"짐은 이미 황제로 등극했소. 짐의 눈과 귀가 좋아하는 것은 마땅히 추구하고, 마음에 즐거운 것이라면 철저히 느끼고 싶단 말이오!"

"그렇지요. 그것이야말로 명민한 군주만이 하실 수 있는 일입니다."

"한데, 이래서야 즐거움은 커녕 종묘의 안태(安泰)와 천하의 장구한 지배는 물론 짐의 천수조차 제대로 누릴 수 있을 것 같겠소!"

"역시 불가능합니다."

"불가하다고?"

조고는 2세황제를 격동시켜 자신의 응어리진 울분을 풀 수 있는 절호의 기회가 왔노라 직감했다.

"감히 말씀드리겠습니다만 실은 사구(沙丘)에서의 태자 책봉 모의에 대해 많은 황자들과 대신들은 물론 백성들도 의심을 품고 있습니다. 왜냐하면 황자들은 선제의 아들들이고 대신들 역시 선제의 사람들이기 때문입니다. 그로 인해 신 역시 전부터 그들이 모의하여 반역하지 않을까 전전긍긍하고 있습니다. 이런 상황이니 폐하께서 기왕에 말씀하신 그런 인생의 즐거움은 누릴 처지가 못된다는 사실을 말씀드린 겁니다."

2세황제는 발끈했다.

"그렇다면 짐이 취해야 될 앞으로의 태도는 어떤 거요?"

"우선적으로 하실 일이 있지요."

"무언데?"

"선제의 대신들은 누구나 할 것 없이 대대로 공로를 쌓아 자손에게도 영예가 전해지는 명문 귀족들입니다. 그에 비하면 신 조고는 다행히 폐하께서 중용하시어 궁중의 대소사를 관리하고 있습니다만 원래가 미천한 출신이고 보니 대신들이 곱게 승복하지를 않습니다. 그런 분위기가 확산되어 폐하께서 내리신 칙령 역시 지키려 들지를 않습니다."

"대신들부터 물갈이를 해야 되겠구먼."

"이번 기회에 군현의 태수와 위(尉 : 군리)들까지도 갈아치워야 합니다. 그래야만 폐하의 위세가 천하에 떨칠 것입니다. 폐하께서도 순행길에 느끼지 않으셨습니까. 백성들에게까지 폐하를 이간질시켜 환호성은커녕 목례 한 번 올리는 백성조차 없었습니다. 모두들 뿔뿔이 도망쳤었지요. 이 모두가 평소에 폐하를 업신여기는 신하들만 천하에 있기 때문입니다. 지금은 문덕(文德)을 내세울 때가 아니고 무력(武力)을 가지고

억울한 죽음 11

만사를 결단할 시기입니다. 폐하께서는 때를 깊이 살피셔서 신하들이 모의할 틈을 주지 말아야 합니다."

"매우 그럴듯하오! 그 모반의 기미가 있는 자들의 명단을 낭중령이 작성해 오도록 하시오!"

"폐하께서는 작금의 신하들 아닌 백성들 중에서 대거 중용하십시오. 천한 자를 귀하게 해주며 가난한 자를 부유하게 해주며 소원했던 자를 친근하게 가까이 불러 쓰시면 그 공평함으로 인해 상하의 인심은 결집되어 천하는 안태하게 되는 것입니다."

"좋소! 아주 좋소. 우선 불순한 신하들부터 처치한 후에 다음을 도모하겠소!"

2세황제의 얼굴에는 살기가 등등했다.

이튿날부터 대살륙의 바람이 불었다. 대신들을 처치하기 이전에 소신(小臣)들과 삼랑(三郞) 거의를 연속 체포해 무작정 죄를 덮어씌워 주살해 버렸기 때문에 조정에 시립할 관리조차 드물었다.

조고의 진언은 그것으로 그치지 않았다.

"폐하, 이번에는 연좌제를 실시할 계제입니다."

"연좌제? 어떻게?"

"일족을 모조리 주살할 수 있는 방법은 그것밖에 없습니다. 모반의 기미가 있는 폐하의 골육(骨肉 : 형제) 하나만 체포하면 줄줄이 묶어넣을 수가 있습니다. 그들은 형제니까요. 그래서 연좌제란 묘미가 있는 법입니다."

"글쎄. 그렇다면 얻을 수 있는 이익이 뭐란 말이오?"

"폐하 주위에는 폐하께 불복하는 황자들뿐입니다. 그들은 호시탐탐 폐하의 위를 노리고 있는 자들뿐이온데 어떻게 그런 자들을 살려둘 수가 있겠습니까. 차제에 그런 근심거리를 제거하면 그들과 연고를 가졌던 선제의 신하들까지 쓸어버릴 수가 있습니다. 그로 인해 가난한 자가 부유하게 되고 천한 자가 높아지며 옛 신하들이 제거되니 간사한 모략이 방지되고 소외되었던 백성들은 폐하의 은덕을 입게 됨으로써 숨은 덕이 모두 폐하께로 모일 수가 있습니다. 그제서야 폐하께서는 베개를 높이 하고 마음대로 즐기실 수가 있게 됩니다."

"그렇게 처리하오!"

법은 조고가 멋대로 만들었고 2세황제는 그대로 결제했다.

또다시 대검거의 선풍이 불었다. 몽염과 몽의가 죽은 이후로 황자 열두 명은 죽어야 되는 이유도 모른 채 함양 근교의 저자에서 몰살되었다.

뿐만 아니라 이를 항의하는 황녀 열 명도 장안 근교에서 기둥에 묶어 세워 창으로 찔러죽였다.

황자 고(高)는 망명을 고심하다가 일족이나 살려야 되겠다는 쪽으로 생각을 바꿔 황제에게 상소했다.

──선제께서 건재하실 무렵 저는 궁중으로 들어가서 음식을 하사받고 나갈 때는 수레에 태워주시고 어부(御府)의 좋은 의복도 주셨으며 어구(御廏 : 황제의 마굿간)의 보마(寶馬)까지 내려주셨습니다. 이토록 사랑을 받았으면 마땅히 순사(殉死)했어야 했거늘 그렇게 못해 아들로서 불효하고 신하로서도 불충했으니 이 세상에 설 명분이 없어져버렸습니다. 늦었지만 이제라도 순사하고자 하오니 원컨대 시황제의 능이 계신 역산 기슭에 매장해 주십시오. 가엾이 여겨 폐하께서 제 소청을 들어주신다면 이에 더한 행복이 없겠습니다.

그런 소청서를 받아든 2세황제는 급히 조고를 불렀다.

"이런 서찰이 올라왔소. 어떻게 해석해야 될까?"

억울한 죽음 13

조고는 읽은 후 이렇게 대답했다.

"죽음이 두려워 지금은 모반의 엄두는 감히 낼 수 없게 됐다는 해석이 가능합니다. 이는 폐하께서 내리신 법이 정교하고 엄했기 때문입니다. 폐하께서는 기뻐해 주십시오."

2세황제는 그 뜻이 좋다하여 십만 전(錢)까지 들여 황자 고의 소원대로 생매장해 주었다.

한편 황자 장려(壯閭)의 형제 세 명은 내궁(內宮)에 있었던 관계로 조고 멋대로 처리할 수가 없어 죄상 심리가 늦어지고 있었다.

조고는 장려의 반격이 걱정되어 2세황제에게 서둘러 고했다.

"장려를 살려두시면 반드시 후환이 있을 것입니다. 황자들 중에서 가장 덕망이 있는 분이니까요."

"덕망이 두텁다면 더욱 살려둘 수가 없지. 관리를 보내어 불충죄로 사형을 통고하시오."

집행관이 장려에게로 갔다.

"뭐. 불충한 신하?"

장려는 반발했다.

"조정에서의 논의에 저는 참여한 바가 없기로 자세한 내용은 모릅니다. 오로지 칙령을 받들 뿐입니다."

"여보게. 집행관. 나 장려는 조정의 예식에서 아직 빈찬(賓贊 : 의례관)의 지시를 어긴 적이 없으며, 종묘의 석차에 있어 그 절도를 잃어 순서를 어지럽힌 적도 없으며, 폐하의 명을 받아 빈객을 접대하는 경우에도 나는 아직까지 실언한 적이 한 번도 없다. 이런 내가 어째서 불충한 신하인지 대답해 보라."

"그것은 제가 대답할 일이 아닌 듯합니다."

"글쎄. 나의 진정한 죄과나 알고서 죽을 길은 없을까?"

"황자로 태어나신 게 죄인 듯합니다."

"옳은 말이다. 그렇다면 이는 천명일세. 그러나 나에게는 죄가 없다!"

목숨을 부지해 물러설 길이 없음을 감지한 장려 형제들은 하늘을 우러러 길게 탄식한 뒤 칼을 빼서 자결했다.

제실(帝室)의 일족들은 모두 공포에 떨었다. 신하들 중에서 혹시 충간이라도 하는 자가 있으면 황제를 비방하는 것으로 간주되어 여지없이 처형되었으므로 그제쯤 되어서는 아무도 간하는 신하들이 없게 되었다. 오로지 재산과 목숨을 잃지 않으려고 아첨하기에 바빴으며 이유없는 불똥을 맞지 않으려고 가급적이면 2세황제로부터 도망치고자 했다.

법령은 더욱 엄해지고 주벌은 날로 가혹해졌으며 부세는 훨씬 더 무거워졌다. 그러나 2세황제의 귀에는 천하의 신음소리가 조금도 들리지 않았다.

그러던 어느 날이었다.

2세황제는 조고를 급히 찾았다.

"선제께서는 함양의 조정이 협소하다 하시어 아방궁(阿房宮)을 세우려 하셨으나 완성을 보지 못하고 붕어하시지 않았소."

"그것은 역산의 능묘부터 완공한 후에 하려고 그렇게 되었습니다."

"역산의 공사는 이미 완료되었으니 다시 아방궁을 지어야 되지 않겠소."

"여부 있겠습니까. 만일 이 공사를 반대하는 신하가 있다면 이는 선제를 비방하는 것으로 간주하고 엄벌을 내리셔야 합니다."

"재론할 필요도 없소. 그리고 말이오. 사방의 오랑캐를 막기 위해 축조하던 장성이 있지 않소. 몽염이 죽고나서 잠시 중단된 것으로 아는데 장성 축조 역시 다시 진행시킬까 하오."

"지당하신 말씀입니다. 그리고 폐하의 신변 안전을 위해 만일의 사태에 대비한 수도방위군을 창설했으면 합니다."

"그것이 반드시 필요하오?"

조고는 산동 쪽에서 진승(陳勝)과 오광(吳廣) 등이 반란을 일으켰다는 소식을 들었지만 생각하는 바가 있어 사실 내용은 쏙 빼고 엉뚱한 건의를 했다.

"폐하의 권위가 무거워지니 별다른 사태야 일어나겠습니까만 만일의 경우를 대비한다는 건 현명한 처사입니다. 힘센 장정 5만 명만 징집해 둔영(屯營)에 상주시켜 훈련을 시키면 더욱 안심할 수 있겠습니다."

"그렇다면 그대로 해보오."

그런데 그렇게 시행은 되었지만 5만 장정의 식량 조달 문제에다 개와 말 등 사육할 동물들도 많았으므로 함양 일대의 식량난은 말이 아니었다. 인근 군현에 명해 콩 쌀 밀 등을 징발했는데 수도 삼백 리 이내의 농민들은 자신이 수확한 곡물을 먹을 수가 없게 됐으며 심지어 곡물 수송 관리들까지도 자신의 식량을 지참해야 될 지경이었다.

'큰일났다! 이대로 가만히 앉아 있을 수야 없지 않은가!'

승상 이사는 어떻게 해서든지 이토록 급박한 사태를 황제에게 알리고 나라를 구하려 노심초사했지만 어떻게 된 일인지 도무지 면회가 이루어지지 않았다.

한편 여기는 대택향(大澤鄕 : 안휘성).

비는 여전히 주룩주룩 내렸다. 벌써 열흘째였다. 어양(漁陽 : 하북성) 수비대로 징발되어 가던 9백 명 장정들은 장마 때문에 오도가도 못하고 대택향에 잡혀 있었다.
 둔장(屯長) 진승과 오광은 비맞은 거지처럼 앉아 서로의 얼굴을 들여다보았다.
 "어쩐다?"
 "글쎄 말이야. 이미 약속 기일을 넘겼으니 도착해 보았자 처형될 것이고 도망쳐도 머잖아 붙잡혀 죽을 것이고…… 어차피 이래저래 죽을 바에야 천하가 벌컥 뒤집혀지는 짓이라도 저질러본 뒤에 죽는 게 낫지 않을까."
 진승의 제안에 오광의 눈빛이 빛났다.
 "천하가 벌컥 뒤집혀지는 일?"
 "진나라에 반기를 들고 나라를 하나 세워보는 게 어때!"
 "글쎄. 우리 힘으론……"
 "어차피 죽을 운명 아닌가. 죽겠다는 오기로 무슨 짓을 못해. 잘 들어 보게. 진나라 밑에서 천하가 괴로움을 당한 지도 꽤 오래 되었어. 내가 듣기로는 2세황제 호해는 막내아들로서 제위에 오를 인간이 아니라고 그래. 장자 부소야말로 당연히 2세황제에 오를 사람이었어. 그런데 부소는 자주 바른 말을 올린 탓으로 시황제가 내쳤으며 엉뚱한 호해가 2세황제가 되어 부소를 죽였다는 소문이야."
 "그렇지만 그건 소문일 뿐이지 부소가 확실히 죽었다는 증거는 없어."
 "맞아. 그게 오히려 잘된 일이지."
 "어떻게?"
 "초나라 장군 항연 역시 소문이 두 갈래야. 죽었다고도 하고 도망쳤다고도 하는데…… 그러니까 우리가 가짜 부소가 되고 가짜 항연이 되어 천하에 나서면 틀림없이 호응하는 인사들이 많아질 것 같단 말야."

"글쎄……"

"자신이 없단 말이지. 그럼 우리 이렇게 하지. 마침 이곳 대택향에 용한 점쟁이가 있다 하니 가서 거사의 결과부터 물어보고 일을 벌리자."

둘은 장정들이 숙영하는 사이에 살짝 숙소를 빠져나가 점치는 집을 찾았다. 점쟁이는 이들의 야망을 눈치챘다.

"지금 모의하고 있는 일은 반드시 성공하오. 그러나 귀신의 뜻을 잘 받들어야 성공할 것이오."

"'귀신의 뜻'이란 게 무슨 의미요?"

"그것까진 나도 모르오. 점괘는 그렇게만 나와 있소."

둘은 점집을 나오면서 몹시 기뻐했다.

"죽어서 귀신이 된다는 뜻일 리는 없고……이것은 귀신의 이름을 빌리면 백성들이 꼼짝 못할 것이라는 뜻이 분명해!"

진승은 양성(陽城 : 하남성) 사람이며 오광은 하양(夏陽 : 하남성) 사람이다.

진승은 젊은 시절부터 남의 집에 고용되어 밭갈이를 하고 있었다. 어느날 밭일을 멈춘 진승은 밭두렁에 앉아 푸른 하늘을 가로지르는 구름을 보고 있었다. 갑자기 자신의 처지가 서글프다는 생각이 들었다.

"언젠가는 반드시 부귀하게 되리라! 오늘의 고달픔을 잊지 않으리!"

그런데 마침 밭으로 나왔던 주인이 진승의 통탄하는 말을 들었다.

"무엇이? 머슴 주제에 출세를 해?"

그러나 진승은 대꾸하지 않고 속으로 외쳤다.

'참새가 기러기의 큰 뜻을 어찌 알겠는가!'

어쨌건 진승과 오광의 계획은 나름대로 용의주도했다.

우선 붉은 헝겊에다 '진승이 왕이 될 것이다'라고 써서 다른 사람이

어망으로 잡은 물고기의 뱃속에다 슬쩍 넣어두었다. 그 물고기를 함께 행군하고 있던 장정이 마침 사 왔다.

"엇? 이게 뭐냐! 진승 둔장이 왕이 된다는 글귀 아닌가! 해괴한 일도 다 있군!"

그뿐만 아니었다. 야영장 근방 초목 우거진 사당 속으로 오광을 들여보내 여우 우는 목소리로 소리지르게 했다.

"초나라가 일어난다아. 진승이 초왕이 될 것이다아……"

이튿날 아침 장정들은 여기저기서 웅성거리고 있었다.

"어젯밤 여우 우는 소리를 들었어? 진승이 초왕이 된대. 이상하지?"

"글쎄 말이야. 예사로운 일이 아니야. 진승을 지켜볼 수밖에."

그리고 다음 단계의 계획이 또 있었다. 오광은 평소 부하들을 사랑했으므로 장정들 중에는 오광을 위해 따르겠다는 사람들이 많았다. 바로 그런 사정을 적극 이용하기로 했다.

장위(將尉 : 인솔 장교) 두 사람이 술에 취했을 때마다 오광은 약을 올렸다.

"춥고 배고프고 고단해서 도저히 못해 먹겠네. 언젠가는 도망을 쳐버려야지."

"무어야? 너 지금 뭐랬나? 무어 도망을 쳐? 어디 도망쳐 보시지! 오늘은 도무지 못참겠다!"

장위의 매질이 시작됐다. 촉망받는 오광이 맞고 있는 것을 본 장정들은 모두 분노를 느끼고 있었다. 그런 모습들이 역력히 보였다. 그런 순간에 두 장위는 칼을 뽑아들고 오광의 목을 치려 했고 장정들은 대경실색했다.

진승은 그 찰라를 놓치지 않았다. 순식간에 칼을 빼내며 두 장위의 목을 잘라버렸다.

"에잇! 죽어랏! 네놈들이 무엇이 잘나서!"

순식간의 일이라 장정들은 정신을 못차렸는지 입만 따악 벌리고들 있었다. 그런 장정들 사이로 걸어나간 진승과 오광은 높은 바위 위로 올라갔다.

"그대들은 비를 만나 모두들 도착 약속기일을 넘겨버렸다. 기일을 어기면 참형된다는 사실은 모두 알고 있을 것이다. 설사 참형을 면한다 하더라도 변경에 배치된 장정은 열 명 중 예닐곱 명은 살아 돌아오지 못한다. 어쩔 테냐. 대장부로서 아무래도 죽어야 한다면 이름이라도 멋지게 남기고 죽어야 하지 않겠는가. 왕후나 장군이나 재상이라고 해서 정해진 종자가 처음부터 있었겠는가!"

일동은 기다리고나 있었다는 듯이 일제히 외쳤다.

"삼가 명령에 따르겠습니다!"

진승과 오광은 처음에는 각각 황자 부소, 초장 항연이라고 속였다.

또 초나라 풍속을 따라 오른쪽 어깻죽지를 내놓고 제단을 마련해 장위들의 목을 바쳐 신에게 제사지냈다. 진승은 스스로 장군이 되고 오광은 도위(都尉)가 되었다. 국호를 대초(大楚)라 했다.

"이곳 대택향부터 공격한다!"

뜻밖에도 금새 항복해버렸다.

뿐만 아니라 기(蘄)·질(銍)·찬(酇)·고(苦)·자(柘)·초(譙)(모두 안휘성)를 공격해 모두 항복시키고, 갈수록 병사들이 저절로 붙어 진(陳: 하남성)에 도달할 무렵에는 수레 7백 대, 기병 1천, 병졸 3만 명으로 불어나 있었다.

또한 막상 진(陳)땅에 도착했을 때에는 군수도 현령도 모두 도망해버리고 성은 텅 비어 있었다.

"이곳을 근거지로 삼는다."

며칠이 지나서였다. 향읍의 풍속과 교리를 가르치는 지방 장로인 삼로(三老)가 진승을 찾아왔다.

"장군께서는 몸소 갑옷을 입고 무기를 들어 도리에 닿지 않는 권력을 치고 포악한 진나라를 멸하려 다시 초나라 사직을 세우셨으니 그 공로로 마땅히 왕이 되셔야 합니다."

진승은 가슴이 떨렸다. 오광을 돌아보며 중얼거리듯이 말했다.

"내가 과연 왕이 될 수 있을까……?"

"무슨 소리야. 당연히 그대가 왕이 되어야지. 초나라를 크게 하라는 뜻으로 차제에 장초(張楚)라 호하고, 서쪽으로 진군할 계획이나 세우게."

"고맙소. 그 대신 그대가 가왕(假王)이 되어 이곳을 지켜주게. 나는 진나라 수도 함양까지 곧장 달려가겠네."

한편 2세황제의 귀에도 반란군이 봉기했다는 소문이 들렸다. 그는 황급히 조고를 불러들였다.

"적도(賊徒)들이 함양 인근까지 출몰한다는 소문이 들리던데 사실이오?"

조고는 깜짝 놀랐다. 황제가 까마득히 모르고 있을 줄 알았는데 누군가가 귀띔해 벌써 사태를 감지하고 있는 것이다. 조고는 그래서 잠깐 머리를 굴린 후에 시침 뚝 딴 표정으로 대답했다.

"사실입니다. 하오나 그 정도의 도적떼들이야 태평성대에도 있기 마련입니다. 그러니 걱정하실 일이 못됩니다."

"짐은 불안하오. 그래서 도적들은 그 후 어찌되었소?"

"폐하께서는 그 소문을 누구한테서 들으셨습니까?"

"장한(章邯)이 다른 업무보고차 들어왔다가 도적이 날뛴다는 급보를 전했소. 숫자도 많으며 또한 강대하다고 들었는데."

"그래서 폐하께서는 어떤 조처를 취하셨습니까?"

"장한의 의견이 근현의 병사를 징발한다해도 이미 늦었으니 역산에서 복역 중인 수십 만 도형수(徒刑囚)들에게 사면령을 내리고 무기를 쥐어 주어 출격하게 하는 게 최상이라 하기에 그를 장군으로 보내어 적도들을 격파하라 했소."

"잘 하셨습니다."

조고는 그렇게 대꾸했지만 속으로는 기분이 좋지 않았다. 자신이 궁중의 모든 출납을 책임지고 있는데도 엉뚱한 소리가 자신도 모르게 다른 데서 흘러들어간다는 사실은 못내 불만스러웠다.

'이런 현상은 좋지 않다. 나중에 나에게 책임을 물을지도 모른다.'

그동안 조고는 2세황제로부터 단단한 신임을 얻는 정책을 시행하고 있었다. 백성을 처벌하는 일을 더욱 엄격하고 혹독하게 했으며, 세금 독촉을 성화같이 하여 잘 받아내자 뛰어난 관리라며 칭찬을 아끼지 않았다.

"짐의 뜻에 따라 처벌이 가혹한 관리야말로 뛰어난 관리이며 충신인 것이다!"

그런 면에서 조고의 실적은 대신들 중에서 월등했다.

그런데 낭중령이라는 직위를 이용해 의법처단하는 일 외에도 개인적인 원한을 갚는 경우가 더욱 많았다. 그것이 걱정이었다. 대신들이 입조해 상주하다가 그런 비리로 자칫 자기를 비방할 수 있는 일이 생길 수도 있다고 판단했다. 어느새 조고로 인해 길을 걸어다니는 사람의 절반은 형벌을 받은 자들이었으며, 오히려 벌받지 않은 사람이 이상할 지경이었다. 처형된 시체들이 날마다 저잣거리에 쌓였고, 조고는 그런 사실이 들통날까 두려웠다.

조고는 이사가 시황제에게 들려준 그 설명을 이용해 2세황제를 설득했다.

"황제가 존귀하다는 이유는 무엇이겠습니까. 뭇 신하가 다만 어성(御聲)만 들을 뿐 배안(拜顔)할 수 없다는 사실에 있습니다. 그래서 폐하는 짐(朕)이라 자칭합니다. 조짐(兆朕) 즉 '아직은 나타나지 않은 상태'의 짐으로 해석하는 것입니다."

"그런 해석이 가능하오?"

"당연합니다. 더구나 폐하께서는 연소하시어 만사에 통달하지 못하시니 조정에 나아가 신하에 대한 견책이나 등용이나 정책 시달에 있어 혹시 실수하여 그런 결점을 보여주게 되는 경우가 있지 말란 법이 없으니 그 땐 몹시 낭패스럽게 되는 것입니다."

"그래서 짐이 어떻게 하란 얘기요?"

"당분간 폐하께서는 궁중 깊은 곳에서 팔짱이나 끼고 계시다가 안건이 상주되면 신처럼 법에 익숙한 신하들과 그제서야 상의해 처리하십시오. 그렇게 하면 대신들도 가당찮은 안건은 아예 상주하지도 않을 것이고 폐하께서는 공석에서의 실수도 없을 것이니. 그렇게 함으로써 폐하께서는 성주(聖主)로 칭호받으실 것입니다."

2세황제는 입이 크게 벌어졌다.

"옳은 얘기요. 현명한 군주란 천하를 소유했을 때 천하를 제 마음대로 부리며 자신을 쾌적한 장소에 두는 자이오. 자기 한 몸도 자유롭지 못하면서 어찌 천하를 다스린다고 할 수 있겠소. 만사를 그대에게 맡기겠으니 짐을 편하게만 해주오."
 그렇게 되어 2세황제는 궁중 깊이 들어앉았다. 조정에 나아가 대신들을 만날 일도 없었다. 동시에 모든 정사는 조고가 2세황제를 끼고 앉아 처리하였고 조고의 손에서 결정되었다.
 그런데 승상 이사가 황제께 상주한다는 소식이 조고의 귀로 들어왔다.
 '이거 혹시 엉뚱한 말이라도 일러바쳐 나를 난처하게 만드는 게 아니?'
 갑자기 걱정이 되었다. 조고는 궁리 끝에 먼저 이사를 찾아갔다.
 "승상, 이거 큰일났습니다. 함곡관 동쪽에서는 지금 군도(群盜)가 불길처럼 일어나고 있다지 않습니까."
 "물론 나도 폐하께 아뢰려고 지금 알현 기회를 찾고 있소."
 "아시겠지만 지금 상황이 아주 급박합니다. 그럼에도 불구하고 폐하께서는 이런 위기를 외면하시어 부역군들을 징발해 아방궁이나 조영하며 개나 말 같은 쓸데없는 짐승이나 모으고 계시지 않습니까."
 "정말 걱정이오."
 "제가 충간드리려 하나 그러기에는 제 지위가 너무도 미천해 도저히 상주할 엄두가 나지 않습니다. 역시 이런 국가의 대사는 승상 같으신 분이 하셔야 될 것 같습니다."
 "물론이오. 그러나 진작부터 말씀드리고 싶었지만 요즘은 폐하께서 도무지 조정으로 나오시지 않고 궁중 깊숙한 곳에만 계시니 나로서도 도대체 상주할 길이 없구려."
 "결국 궁중으로 승상께서 들어가셔야 되겠습니다. 사정이 다급합니다."

"상주할 기회를 얻을 수 있을 것 같소?"

"이렇게 하시지요. 제가 폐하의 측근에 있으니 곁에서 기분을 살펴 한가하면서도 기분좋은 기회라고 생각되는 시간에 제가 승상께 슬쩍 알려 드리면 어떻겠습니까."

"제발 그렇게만 해주시오!"

며칠이 지나서 궁중에서 사람이 왔다.

"지금 폐하께서 한가하신 듯합니다. 서둘러 궁으로 드시지요."

이사는 멋모르고 궁으로 갔다. 궁문 앞에서 얼마를 기다리고 있자 낭중 하나가 와서 말했다.

"오늘은 폐하께서 심신이 번거로워 승상의 배알을 허락하실 수 없다고 하십니다."

"지금 폐하께서는 무얼 하시고 계시오?"

"심기일전하시려고 여인들을 옆에 앉혀 주연을 베푸시는 중입니다."

"……알겠소……."

이사는 쓴 입맛을 다시며 돌아갈 수밖에 없었다.

그런 일은 세 차례나 계속되었다. 조고의 계략을 알 리 없는 이사는 번번이 연락을 받고 왔다가 매번 허탕을 치고 돌아가야만 했다.

조고는 의도적으로 황제의 주흥이 가장 무르익고 있을 때를 골라 이사가 들어오도록 했던 것이다.

2세황제는 2세황제대로 화가 날 수밖에 없었다.

"그 참 귀찮은 인간이네! 허구한 날 짐이 한가로울 때는 한 번도 찾아오지 않더니 승상은 꼭 짐이 연회를 즐기고 있을 때만 골라서 찾아온단 말일세. 도대체 승상은 짐이 젊다고 해서 깔보고 하는 짓거리인가!"

조고가 이런 절호의 기회를 놓칠 리 없었다.

"이렇게 되면 위태로워집니다. 승상은 저 사구(沙丘)의 음모 때도 참여했습니다. 지금 폐하께서는 일개 황자에서 황제폐하가 되셨습니다만 승상의 지위는 그로부터 더 높아진 게 도무지 없습니다."

"무어? 그럼 승상은 내심 영토라도 얻어 왕이 되기를 바란단 말이오?"

"구태여 그러하다고 말씀드리지는 않겠습니다만 적으나마 그럴듯한 기미는 있었습니다."

"그게 무어요?"

"승상의 큰아들 이유(李由)는 삼천군(三川郡)의 태수입니다. 결국 초나라 출신 도둑 진승 등과는 모두 같은 고향 사람들이라는 사실입니다. 그런데 얼마 전 초의 도둑들이 활개를 치며 삼천군을 빠져나갔는데 이유는 무엇 때문인지 성만 굳게 지켰을 뿐 그들을 추격 격멸할 생각도 하지 않더랍니다."

"무엇이! 그게 사실이오?"

"그들 사이에 은밀히 맹약문서가 오고갔다는 소문도 있습니다만 확실한 물증은 잡을 수 없기로 감히 폐하께 말씀드리지 못하고 있었습니다. 더구나 궁 밖에서는 이유의 아비 승상의 권세가 폐하보다 무겁기로 그것이 두려워 소신을 위시해 모두가 쉬쉬하고 있는 실정인 것만은 사실입니다."

"고이헌! 장군 장한이 군도들을 쫓아내길 했다지만 그래 이사는 승상의 지위에 있으면서 어째서 도둑들이 그렇게 날뛰도록 가만 보고만 있었더란 말인가! 낭중령, 이건 반역죄로 걸 수가 없겠소?"

"그렇더라도 선제 때부터 나라에 끼친 공로가 큽니다."

"역모에는 과거의 어떤 큰 공훈도 의미가 없다. 우선 은밀히 사람을 시켜 삼천군 태수가 도둑들과 내통한 사실이 있는가부터 염탐하시오!"

궁중에서의 이상한 움직임이 이사의 귀에도 들어왔다.

'어쩐지! 조고 이놈 그냥 놓아두어서는 안 되겠다. 전부터 황제폐하와 나 사이를 이간시키는 수작질이 심상찮더니!'

이사도 조고의 모함으로부터 자신을 방어하는 방법을 찾지 않으면 안 되었다.

그러나 이사는 2세황제를 만나 조고의 비위사실을 알릴 기회를 찾았으나 도무지 그럴 틈이 주어지지 않았다. 감천궁(甘泉宮 : 섬서성) 깊숙이 틀어박혀 씨름이나 연극 따위를 즐기며 얼굴을 밖으로 내밀지 않고 있었기 때문이었다. 무엇보다도 조고가 궁문을 막고 있었기에 황제를 알현한다는 사실은 거의 불가능에 가까웠다.

별 수 없이 이사는 글을 올릴 도리밖에 없었다.

──신이 듣기로는 '신하가 군주와 다를 바 없는 권력을 누릴 때에는 위태로워지지 않는 나라가 없고, 아내가 그 지아비와 같은 힘으로 누르면 불안하지 않는 집안이 없다'고 합니다. 지금 폐하 밑에서 폐하처럼 마음대로 남에게 권력을 주기도 하고 마음대로 남에게 해를 주기도 하는 폐하의 권위를 위협하고 있는 자가 있습니다. 바로 조고가 그렇습니다. 그는 지금 사악한 뜻을 품고 위험한 반역을 진행하고 있습니다. 폐하께서 지금 그를 처치하지 않으시면 무슨 변이 일어날지 모릅니다.

이사의 상소문을 받아본 2세황제는 오히려 화를 내면서 이런 답신을 내려보냈다.

──대체 이게 무슨 말이오. 조고는 본시 미천한 환관이오. 짐이 알기로는 조고는 제 몸이 안전하다고해서 제멋대로 행동하지 않고, 제 몸이 위태롭다고 해서 마음이 변치도 않았소. 오로지 행실을 깨끗이 하고 선행을 닦아서 자신의 노력으로 오늘의 지위에 이르렀소. 충성으로 승진

할 수 있었고 신의로 제 자리를 지킬 수가 있었으니 짐은 그를 참으로 현명하다고 생각하오. 그런 그를 그대가 의심한다니 말이나 되오. 게다가 짐은 연소하오. 부군(父君)을 잃고 지식도 적고 백성을 다스리는 일에 서투르기 짝이 없는 차제에 그대마저 늙어 판단력 흐려진 행동을 하고 있으니 짐으로선 황당하기 이를 데 없소. 생각해 보시오. 짐으로서는 오래 전부터 짐을 가르친 조고에게 일을 맡기지 않고 도대체 누구에게 맡기란 말이오. 그만 두시오. 조고의 사람됨은 청렴 부지런하며 아래로는 백성의 실정을 익히 알며 위로는 짐의 뜻에 몹시 합당하오. 그러니 아예 그를 의심할 생각일랑 마시오.

그렇지만 이사는 지지 않고 상소했다.

──그렇지가 않습니다. 조고라는 자는 본래가 미천한 출신이라서 도리를 알지 못하며 탐욕은 끝이 없는 자입니다. 끊임없는 이익을 추구하며 지금 위세는 주군의 다음이며 지금도 그는 무한한 욕심을 부리고 있습니다. 그래서 신은 그를 위험한 인물로 보고 있습니다. 폐하의 분별을 어지럽힌 응분의 처벌을 받아야 한다고 생각합니다.

2세황제는 서둘러서 조고를 불렀다.

"여보시오, 낭중령. 승상이 그대를 모함했소."

"무엇이라고요?"

조고는 짐짓 눈을 크게 떴다.

"불같이 화를 내는 편지를 보내왔소. 그대를 죽이려나 보아."

조고는 풀썩 전각 바닥에 엎드렸다.

"승상의 두통거리는 오직 신 조고뿐입니다. 소신 조고만 죽고나면 그뿐 아닙니까!"

그러면서 머리를 조아리며 통곡했다.

"다시 드리는 말씀입니다만 승상의 권력으로 이 조고쯤이야 언제라도 죽일 수가 있습니다. 승상의 위세는 폐하의 권세에 버금가니까요. 하오나 소신은 승상에 의해서가 아니라 폐하께서 내리신 벌로 죽고싶사오니 그렇게 해주십시오. 소신은 정말로 억울합니다."

"미리 근심할 건 없소. 짐이 그대를 보호하겠소. 한데, 언젠가 승상한테 역모의 기미가 있었다고 말했소?"

"기왕에 아뢴 바와 같습니다."

"그런데도 왜 아무도 그의 죄를 밝혀내지 않았소?"

"누가 감히 승상을 심문할 자가 있다는 말씀입니까! 천하에 폐하 말고는 아무도 그의 죄를 물을 수가 없습니다."

"그렇소? 그렇다면 어명을 내리겠소. 낭중령이 직접 이사를 심문 취조하시오.. 알겠소? 그대가 그의 죄를 밝혀내지 못하면 승상으로 인해 그대가 죽게 되는 거요!"

조고는 어전에서는 울고 속으로는 이를 갈았다.

어전을 벗어나온 조고는 형부(刑部)를 거치지도 않고 낭관(郎官)들을 직접 승상부로 보내어 이사를 잡아들이게 했다.

"아아, 이는 참으로 슬픈 일이다!"

졸지에 옥에 갇힌 이사는 하늘 우러러 탄식했다. 하늘 말고는 아무데도 억울함을 호소할 데가 없다는 사실을 감지했던 것이다.

옆 감방에는 역시 무실한 죄로 잡혀 들어온 주사(周仕)라는 인물이 있었다. 그는 이사를 알아보았다.

"아니. 승상이 아니십니까! 이 어찌된 일이십니까?"

이사는 힘없는 목소리로 아무렇게나 대꾸했다.

"이젠 승상이 아닐세. 날개 꺾인 새요 다리 잘린 들짐승일세."

"대체 천하의 승상께옵서 무슨 죄가 있어 묶인 몸이 되셨습니까?"
"⋯⋯ 그대는 무슨 죄로 여기까지 오게 되었는가?"
"과중한 세금을 내지 못한 죄를 입었습니다."
"내지 않았다는 얘긴가 내지 못했다는 얘긴가?"
이사의 되물음에 주사는 슬픈 목소리로 설명하기 시작했다.
"노모는 끼니를 거르시다 병이 드셨고 처자는 남의 집 허드렛일이나마 해서 굶지 않으려고 뿔뿔이 흩어져 갔습니다. 무엇으로 세금을 내겠습니까."
"대책이 없었겠구나."
"승상께서는 백성들을 위해서 어찌하여 미리 계책을 세우지 않으셨습니까?"
"계책은 군주가 세우는 것이며, 승상은 군주의 계책을 위하여 계략을 올리는 것이다. 그런데 내 일찍이 계략을 상신했으나 폐하께서는 듣지 않으셨다. 생각해 보게나. 무도한 군주를 위하여 이제와서 무슨 계략을 세울 수 있단 말인가."
"그렇다면 폐하께서는 백성들이 도탄에 빠진 것을 까마득히 모르고 계십니까?"
"잘 듣게. 옛날 하(夏)의 걸왕은 충신 관용봉을 죽이고 은(殷)의 주왕은 왕자 비간을 죽이고 오왕 부차는 충신 오자서를 죽였네. 이들 신하들은 결코 불충하지 않았으나 하나같이 죽음을 면치 못했네. 그들이 죽을 수밖에 없었던 것은 충성을 받는 군주가 무도했기 때문이야."
"승상께서도 역시 그런 처지입니까?"
"나의 지혜는 위의 세 사람만 못하고 황제의 무도함은 위의 세 왕보다 훨씬 더하다네. 어찌 내가 쉽사리 살아남을 수 있겠는가."

"승상께서도 하물며 그러하시니 저희 같은 것들이야 삶을 도저히 바랄 수는 없겠습니다."

이사는 한동안 입을 다물고 있더니 중얼거리듯이 말했다.

"치세가 어지러우니 백성의 목숨을 어디에 가서 빌까. 황제는 자기 형제를 주살하여 제위에 오르고, 충신을 죽이며, 조고같이 천한 자를 감싸고, 아방궁을 축조해 무거운 세금을 거두어들인다. 내가 충고하지 않았던 게 아니라 충고를 듣지 않았다. 무릇 옛적 성왕(聖王)들은 음식에도 절도가 있고 수레나 기물(器物)에도 정수(定數)가 있었으며 궁실에는 법도가 있어서 명령을 내린 사업에도 백성에게 이익이 없으면 금지했다. 그러하였기에 치세가 장구히 편안하였던 것이다. 지금의 황제는 극악스런 일을 형제에게 행하고도 그 허물을 반성할 줄 모르며 충신을 살해하고도 뒤따를 재앙을 생각하지 않는다. 크게 궁실을 축조하고 무거운 세금을 천하에 부과해 마음껏 낭비한다. 이 때문에 천하는 복종을 거부한다. 지금 반역자가 벌써 천하의 절반을 차지했는데도 황제는 그것을 깨닫지 못하고 있으며 간신 조고를 보좌로 삼고 있으니 머잖아 적도들이 함양에 이르러 고라니와 사슴같은 들짐승들이 조정의 폐허에서 노는 꼴을 보게 되리라……"

주사는 비감스런 목소리로 이사에게 다시 물었다.

"이제 승상께옵서는 어떻게 하시렵니까?"

"달은 차서 기울었다. 하나, 살아남고 싶다."

주사는 이사에게 어떻게 살아남을 것이냐고는 묻지 않았다. 이미 승상의 태도에서 죽음의 그림자를 읽었기 때문이었다.

그런데 그들 대화를 엿들은 자가 있었던지 이사가 감옥에서 읊었던 말들이 모조리 조고의 귀로 들어갔다.

"안 되겠다. 저자의 복수심이 태양처럼 뜨겁게 이글거리기 전에 처치해 버려야겠다!"

조고는 이미 이사의 일족과 그 빈객들까지도 모조리 포박해 놓고 있었다. 혹시 이사를 비호하는 말들이 2세황제의 귀로 들어가지 못하도록 하기 위해서였다.

한편 그날로부터 이사는 조고한테서 일천여 회에 걸친 채찍질로 끔찍한 고문을 당했다.

"역모를 꾸미고 적도들과 내통한 사실을 실토하라!"

"그것은 모두가 거짓말이다. 나에게는 죄가 없다!"

이사가 끈질기게 버티자 조고는 몰래 투덜거렸다.

"지독한 놈이야! 그만큼 고문을 당했으면 자살해 버리는 게 훨씬 이로울 텐데!"

그러나 조고가 모르는 사실이 있었다. 이사가 죽지 않고 버티는 것은 자신의 변설을 믿었기 때문이었다. 능숙한 달변으로 단 한 번의 기회라도 주어진다면 황제에게 전날의 공로를 이해시키고 모반 사실이 전연 없었다는 사실을 조목조목 개진해 설득시킬 자신이 있었기 때문이었다.

뿐만 아니라 살아남을 수만 있다면 옥중에서라도 심금을 울리는 글을 올려 용서를 바랄 수도 있는 일이었다. 그래서 이사는 자신의 죄질을 인정하지 않았던 것이다. 죄를 인정해 버리는 순간 목숨은 지체없이 끊어진다는 사실을 그는 너무나 잘 알고 있었다.

이사는 거의 산송장인 채로 옥에 다시 갇혔다. 그는 거기서 혼미스런 정신을 추스려 글을 지었다. 물론 2세황제에게 올리는 상소문이었다.

"설사 이것이 요행을 바라는 글일지라도 짓지 않을 수가 없구나!"

── 신이 승상이 되어 백성을 다스린 지가 30년이나 되었습니다. 진

의 영토가 아주 좁을 때부터 벼슬하였습니다. 사방이 고작 천 리이고 병력은 수십만에 불과하였습니다. 신은 미천한 재주를 다하여 삼가 법령을 받들고 남몰래 모신(謀臣)으로 하여금 금옥을 주어 제후들을 설득시켰습니다. 묵묵히 군비를 갖추고 정교(政敎)를 정비하였으며 투사에게는 벼슬을 주고 공신을 존중받게 하였으며 그들의 작위와 녹봉을 높였습니다.

이사의 상소문은 계속된다.

──이런 결과로 한(韓)을 위협하고 위(魏)를 약화시켰으며 연(燕)과 조(趙)를 격파하고 제(齊)와 초(楚)를 평정해 그들의 왕을 사로잡아 끝내 6국을 겸병하였습니다. 그리하여 선제(先帝)를 황제로 즉위케 하는 데 성공하였습니다. 이것이 신의 첫번째 죄입니다.

이사의 글을 중간에서 가로챈 조고의 눈은 크게 떠졌다.

"어허! 이 자의 언설을 보게나!"

──광대한 영토는 아니었으나 북으로 호맥(胡貉)을 쫓아버리고 남으로 백월(百越)을 평정하여 진의 강대함을 과시했습니다. 이것이 신의 두번째 죄입니다. 대신들을 존중하여 그 작위를 높여 군신 사이의 친밀을 굳게 했으니 이것이 신의 세번째 죄이며, 사직을 세우고 종묘를 수축하며 주상의 현명함을 알렸으니 이것이 신의 네번째 죄이며, 눈금을 고쳐 도량형을 균일케하고 문물제도를 천하에 보급시켜 진의 명성을 드높였으니 이것이 신의 다섯번째 죄이며, 치도(馳道)를 건설하고 관광시설을 일으켜 주상이 득의(得意)하는 모습을 보이게 했으니 이것이 신의 여섯번째 죄이며, 형벌을 늦추고 부세(賦稅)를 가볍게 하여 주상께서 민심을 거두어들이게 하여 천하 만민이 주상을 받들어 죽어도 그 은덕을 잊지 못하도록 했으니 이것이 신의 일곱번째 죄입니다. 신 이사는 그 죄

상이 사죄(死罪)에 해당한 지 이미 오래이오나 폐하께서는 다행히도 신의 능력을 다하게 하시어 오늘에 이르게 하셨습니다. 원컨대 폐하께서는 이상의 정상을 참작하시어 신을 용서해 주시기를 바랍니다.

이사의 상소문을 모두 읽은 조고는 몹시 노했다.

'이사는 아직도 살겠다며 몸부림을 치는가! 더구나 죄인인 주제에! 일을 늦추어서는 안 되겠다!'

조고는 이사의 상주문을 2세황제에게 올리지 않고 중간에서 폐기처분했다. 그리고 이사를 한시 바삐 제거할 방도에 열중했다.

조고는 우선 열 명의 식객을 선발했다. 그들을 어사(御史 : 죄를 규탄하는 관리)와 알자(謁者 : 궁실에서 접견 및 상주를 맡아보는 관리)와 시중(侍中)으로 가장시켜 이사를 잠재우지 않고 번갈아가며 심문케 했다. 날조된 내용대로 대답하지 않으면 형리를 시켜 다시 매질하게 했다.

이사는 거의 혼절상태에 있었다. 그래도 거짓죄를 고백하지 않고 부디 상소문이 2세황제에게 전달되어 면죄의 은총이 내려지기를 기다리고 있었던 것이다.

이사가 죽지도 않고 거짓죄에 승복도 하지 않자 그만큼 조고는 초조했다.

"이제 여유가 없다. 날조된 죄상을 그대로 고백했다는 거짓 보고서를 폐하께 올려라!"

그렇게 되어 이사의 날조된 죄상이 2세황제에게 보고되었다.

"그러면 그렇지! 이사가 역모를 하지 않았을 턱이 없지. 조고가 아니었다면 자칫 승상한테 속을 뻔했구나. 어서 처형하여라. 그리고 이사의 아들 이유도 철저히 취조하여라!"

곁에서 조고의 심복 낭관 하나가 억울하다는 목소리로 고했다.

"이유는 죽었습니다."

"무어? 삼천군 태수가 자살이라도 했다는 말이더냐."

"아니올시다. 다행인지 불행인지는 모르오나 반도들끼리 내분이 일어나 반란군의 항량(項梁)이 이유를 쳐죽였습니다."

"더 볼 거 없다. 그 아비도 죽여라."

철저히 날조된 모반 공술서에 의해 함께 잡혀있던 둘째 아들과 처형장으로 나서던 이사는 허탈한 목소리로 아들에게 말했다.

"내 너와 함께 다시 한 번 사냥개를 이끌고 우리의 고향 상채(上蔡)의 동쪽문으로 나가 토끼사냥이라도 하고싶던 게 소원이었거늘 이젠 다 틀렸구나. 잘 가거라, 아들아!"

이사가 처형장에 도착하자 형리는 조롱하듯이 이사에게 물었다.

"승상의 죄상서(罪狀書)를 읽어보니 반역죄인데 반역죄인한테는 다섯가지 형벌 중에서 한 가지를 선택할 수 있소. 어떤 형벌을 원하오? 그나마도 승상이기에 선택의 권리를 주는 거요."

이사는 형벌의 내용을 뜻밖에도 너무나 잘 모르고 있었다.

"어떤 형벌들이 있겠나?"

"신체를 수레 양쪽으로 결박해 좌우로 끌어 찢어죽이는 거열형, 허리를 자르는 요참형, 목을 베어서 나무 꼭대기에 매다는 효수형, 사람의 지체를 저자에서 찢어죽이는 책형, 죄인의 목을 베어죽인 뒤 그 시체를 시가에 버려두는 기시(棄市)가 있소."

이사는 한동안 생각하고 나서 말했다.

"요참형이 좋겠소."

"아하, 승상. 요참형이란 게 어떤 건지도 모르고 선택했구려. 요참형에는 반드시 오형(五刑)을 곁들이게 돼 있소. 이마에 먹물들이고 코를 베고 다리를 자르고 귀를 베고 혀를 자르는 형벌 말이오. 자, 그러면 그렇게 형을 집행하겠소. 지금 바꾸려해도 소용이 없소."

 2세황제 2년 7월이었다. 승상 이사는 함양 저잣거리에서 그렇게 죽었다. 삼족이 모두 주살된 것은 말할 나위가 없다.

2. 천하의 모사꾼

장이(張耳)와 진여(陳餘)가 정자에 앉아 술잔을 나누고 있었다. 갑자기 생각난 듯이 진여가 불쑥 입을 떼었다.
"삼만 대군을 거느린 진승이 벌써 진(陣)땅에 이르러 우리를 만나러 온다네. 그가 무슨 말을 할 것 같은가?"
"글쎄. 은근히 자기를 부추겨 주기를 기대하고 있겠지."
"그럴 경우 자네는 무엇이라 대답할 것인가?"
"자네는?"
"글쎄?"
둘 다 위(魏)나라 사람이다. 진나라가 위나라를 멸망시킨 후 그들이 위나라의 명사임을 알고 목에 일천 금을 걸어 찾고 있었다. 그 때 둘은 진땅으로 가서 변성명한 채 성문의 문지기 노릇을 하며 입에 풀칠을 하고 지냈다.
어느날 높은 관리가 성 앞을 지나다가 진여가 한눈을 팔아 인사를 하지 않았다 하여 매질을 하게 되었다.

"이자식 이거, 그까짓 사소한 일로 매를 때려! 콱 죽여버리고 도망치면 그뿐 아니야!"

진여가 발끈해서 대들려는 순간 장이가 얼른 진여의 발등을 밟았다.

"군소리 없이 얻어맞게나!"

관리가 떠나가자 장이는 묵사발이 되도록 얻어맞은 진여를 데리고 뽕나무밭으로 갔다.

"애초의 우리 약속이 뭐였어! 때가 올 때까지 굴욕을 참고 숨어 지내자고 하지 않았나! 그래 관리 한 놈 죽이고 자신도 탄로나려고 그토록 발끈했어!"

"내가 몹시 어리석었네!"

하급관리인 문지기라는 직책이 그들의 신분을 감추기에는 안성맞춤이었다. 때로는 자신들을 현상금까지 걸고 찾는다는 방문(榜文)을 몸소 성벽에다 걸어도 아무도 못 알아볼 만큼 감쪽같았다.

장이가 외황(外黃)이라는 곳에서 떠돌이생활을 하고 있을 때였다. 위공자 무기(無忌)의 친구인 하전(河全)이라는 사람이 장이의 인물됨을 어떻게 알아보았는지 하루는 집으로 초청해 이렇게 타일렀다.

"여보게, 장공. 이곳에 때마침 대단한 부잣집 딸로서 매우 아름다운 여인이 있다네. 내가 그대에게 중매를 놓을테니 어떻게 살림을 차릴 생각이 있는가?"

"저같은 장돌뱅이한테 누가 딸을 주며 또한 나같은 건달에게 누가 시집을 오겠습니까."

"그런데 그녀에게 하나 흠이 있다면 한 번 시집을 갔던 여인일세. 그녀의 남편이 하도 용렬한 인간이었기로 그녀는 남편한테서 도망쳐 나와 지금 내 집에 몸을 의탁하고 있네."

"일 없습니다. 그녀에게 문제가 있다는 뜻이 아니라, 제 분수를 알아야지요. 저로선 사양할 도리밖에 없습니다."

그러나 하전은 끈질겼다. 집으로 돌아가 여인을 불러 장이를 이런 식으로 소개했다.

"그대가 진실로 훌륭한 남편을 구하고 있다면 나는 장이를 추천할 수밖에 없네. 그는 지금 자신이 가난하다하여 그대를 거절했다네만 그가 때를 만나기만 하면 반드시 크게 두각을 나타낼 인물인 것만큼은 분명하네."

"다리를 놓아주십시오. 그분한테 시집을 가겠습니다."

그렇게 되어 둘은 결혼했다. 장이는 여전히 백수건달이었지만 여인의 친정에서 후하게 교제비를 조달해 주었으며 장이는 천리 먼 곳의 인사들까지 사귀며 이름이 더 높아질 수 있었다.

진여 또한 유자(儒子)의 학문을 좋아하는 고형(苦陘 : 하북성)의 부자 공승(公乘)씨 집을 자주 드나들게 되었다. 그 때 공승이 진여의 사람됨을 좋게 보았는지 사위되기를 권했다.

"제 처지에 찬밥 더운밥 가리겠습니까. 사위로 거두어 주시면 훗날 은혜에 보답하겠습니다."

그런 과거들을 가진 장이와 진여가 진땅에다 자리를 잡고 앉았을 때 진승의 봉기군이 도착해 이들을 만나자고 했던 것이다.

한편 진승은 이렇게 생각하고 있었다.

'진땅의 많은 호걸들과 부로(父老)들이 한결같이 내가 초왕(楚王)이 되기를 권고하고 있는 것으로 보아 현사(賢士)들인 장이와 진여 역시 그렇게 격려할 것이 틀림없다.'

그런데 이튿날 막사로 초빙된 장이와 진여의 대답은 기대와 달랐다.

"저 무도한 진나라는 남의 나라를 멸망시키고 사직을 없애버렸으며 그들의 후세를 끊고 그 나라 백성들의 힘을 피폐케 만들었습니다. 그로 인해 각국이 원한에 사무치고 있을 때 장군께서는 눈 한 번 크게 부릅뜨시어 무섭게 담력을 떨치고 만 번 죽어도 한 번 구차하게는 살지 않겠다며 천하를 위하여 분연히 일어나셨습니다. 점차 계획을 세우시어 천하를 위하여 잔악한 진나라를 제거하려 흙먼지를 일으키며 서쪽으로 달려가고 계십니다. 그런데 이런 때에 왕위에 오르신다고 하시니 그게 될 말씀입니까."

진승은 고개를 발딱 치켜들었다.

"그대들은 내가 어째서 왕이 되면 안 된다는 거요?"

"천하에 대하여 대의(大義)를 위한다는 명분을 잃게 되는 행위이며 사심을 드러내 보여주는 행동인 것입니다."

"그렇다면 내가 지금 어떻게 처신하는 게 옳겠소?"

"장군께서는 왕이 되실 게 아니라 군대를 이끌고 서쪽으로 진격하면서 육국(六國 : 초·제·한·위·조·연)으로 사신을 보내 그들 나라의 후손들로 하여금 왕이 되도록 하십시오."

장이와 진여의 권고가 진승에게는 여전히 불만스럽기 이를 데 없었다.

"그렇게 함으로서 이토록 고생하며 싸워온 우리에게 돌아오는 이익이 뭐요?"

장이가 대답했다.

"이익을 원하신다면 오히려 더욱 큰 이익이 돌아오지요. 보십시오. 결국 장군께서는 여섯 나라를 세우시는 상황이 되어 진나라에 대해서는 적을 만들어놓는 것이 됩니다. 적이 많으니 진의 힘은 분산되기 마련이며 반대로 이쪽의 당파가 많아지니 그 군대는 상대적으로 강해집니다. 이와 같이 되면 들에는 진나라를 위하여 싸우는 군대가 없게 되고 현에서 수비하는 성책도 없게 되어 그제서야 장군께서는 저 포악한 진나라를 쉽사리 주멸할 수 있게 될 것이니, 드디어 함양으로 들어가 육국의 제후들을 호령하면 됩니다. 원래 망하였다가 장군의 은덕으로 다시 소생하게 된 나라들이니 장군의 덕으로써 그들을 충분히 복종시킬 수가 있습니다. 그 때 가서는 장군께서는 진정한 제업(帝業)도 이룩할 수가 있게 됩니다."

한동안 묵묵히 생각에 잠겨 있던 진승은 분연히 고개를 흔들었다.

"글쎄, 대단히 소견있는 말씀입니다만 진중(陣中)의 호걸들과 원로들의 의견은 다릅디다! 나를 일컬어 '장군은 몸소 갑옷을 입고 무기를 잡아 사졸을 거느리고 저 포악한 진나라를 밀어내면서 끊어진 초나라 사직을 다시 세워 없어졌던 제사를 일으켰으니 그 공적으로 왕이 되기에 충분하다'고 말했소이다!"

진여가 한 마디 끼어들었다.

"기껏 초나라 왕이십니까."

"그대들의 말은 명분상으로나 이론상으로는 그럴듯하오. 하지만 이제까지 수없는 전투를 겪으며 여기까지 달려온 나로서는 천하평정이란 한 치 앞의 미래를 알 수 없는 구름잡는 얘기로 들릴 따름이오. 이런 차제에 내가 초왕이 된다고 해서 달라지는 것은 무엇이며 나빠지는 것은 또 무엇이겠소!"

진여가 대꾸했다.

"저희들의 근심은 장군이 하필 진(陣)땅에서 왕이 됨으로 해서 천하분열의 시작이 되지 않을까 하는 점입니다."

"그 점 그렇더라도 나로서는 어쩔 수가 없소."

결국 진승은 진(陣 : 하남성)땅을 본거지로 해서 초왕(楚王)이 되어 국호를 장초(張楚)라 부르겠다는 의지를 확고히 했다.

진승의 생각이 그렇게 굳어져 있는 것을 확인한 장이와 진여는 하릴없이 군막으로부터 물러나왔다.

며칠 동안 진승의 조처들을 살펴보던 진여는 혼자 고민에 빠져들었다.

그것은 진승이 자신의 충고를 받아들이지 않는다는 데에 있는 것이 아니라 진승의 생각에도 옳게 느껴지는 점이 있다는 사실에 있었다.

그렇게 판단한 진여는 얼마 뒤 장이와 상의없이 단독으로 진승을 찾아갔다.

"간밤에 깊이 생각해 보니 장군의 생각에도 옳은 점이 많다는 사실을 깨닫게 되었습니다."

"그렇지요! 사실 말이지만 내가 무기를 들고 일어서자 근현의 뜻있는 인사들이 관리들을 살해한 뒤 속속 내 밑으로 몰려왔으며 그 군사의 수는 벌써 수십만을 헤아릴 정도가 되었소. 그런 사실만 보아도 내 판단이 옳았다고 볼 수 있지 않겠소. 더구나 여러 장군들을 내 이름으로 각지에 파견해 내 명령에 복종토록 요구하자 그들은 하나같이 내 뜻에 호응해 왔소이다. 초나라를 재건하든 천하를 하나로 하든 지금은 그것이 문제가 아니라 초를 발판으로 기치를 높이 든다는 사실에 가치를 두어야 한다는 생각이오."

진승의 뜻을 확인한 진여는 '그러나 당신을 닮은 많은 호걸들이 앞으로는 당신으로부터 떠나 후(侯) 혹은 왕(王)으로 자칭하며 진나라를 멸한다는 명분으로 각각 독립해 나갈 것'이라는 경고를 굳이 덧붙이지는 않았다.

그 대신 진여는 진승에게 다른 계책을 올리기로 했다.

"그렇다면 말씀입니다. 장군께서는 함곡관 안을 침공하는 일에 진력하시느라 하북의 땅을 거두어들이는 일에는 소홀하고 계십니다. 그래서 드리는 말씀인데 제가 일찍이 조(趙)나라 땅을 편력한 적이 있어 그쪽 지형과 인걸들에 대해 밝기로, 차제에 저에게 군사를 나누어주시면 북쪽 조나라 땅을 경략하겠습니다."

진여의 돌연한 간청에 진승은 잠시 당황하는 기색이었다. 그러나 곧 얼굴빛을 고친 진승은 진여에게 이렇게 말했다.

"생각해 보겠소. 그런데 내일 정오에 내 친구인 장군 무신(武臣)의 출정식이 있으니 그 때 참석해 주겠소? 가급적이면 장이선생도 함께 와주시오. 그리고 내일은 군막으로 오시지 말고 궁전으로 찾아오시오. 아주 재미있는 장면도 보여드리겠소."

진여는 진승이 비웃듯이 내뱉는 '아주 재미있는 장면'의 내용에 대해서는 묻지 않았다.

장이의 집으로 찾아간 진여는 진승을 찾아 권했던 내용을 전하자 장이는 깜짝 놀랐다.

"자네가 그런 계책을 올렸단 말이지!"

"그렇다네. 자네는 앞으로 어떻게 할 작정인가?"

진여가 따져 묻자 장이는 고개를 갸우뚱했다.

"애초의 우리들 생각이 잘못된 것이 아니라 천하 인심의 낌새가 진승에게 유리하도록 돌아가지 않는가. 그의 권유를 들을 수밖에."

이튿날 진승의 궁전으로 들어선 장이와 진여는 이상한 사건을 목도하게 되었다. 한 사내가 참수대 앞에 묶인 채 고래고래 고함을 지르고 있었던 것이다.

"저 죄수는 무엇 때문에 저토록 왕에게 욕설을 퍼붓고 있는 것이오?"

진여가 형리인 듯한 옆 사내에게 묻자 그는 장이와 진여가 오기를 기다리고나 있었다는 듯이 침을 튀기며 좔좔 설명해 올리는 것이었다.

진승에게 오래 전 함께 머슴살이하던 호석(胡石)이라는 친구가 있었다. 그는 진승이 왕으로 등극했다는 소문을 듣고 얼마 전 궁궐로 진승을 찾아왔던 것이다.

호석은 궁궐 대문을 쾅쾅 두드려대며 소리쳤다.

"여봐라, 문 열어라! 섭(涉 : 진승의 字)이를 만나러 왔다!"

수문장은 깜짝 놀라 호석의 멱살을 잡고 따졌다.

"이놈아, 니놈이 누군데 감히 우리 대왕님의 이름을 함부로 불러대는가!"

"내가 누구냐고? 네놈도 날 보고 이놈아 이놈아 하질 말아라! 내가 누구냐 하면 바로 네놈의 왕이란 자의 불알친구다. 어서 들어가 호석이가 찾아왔다고 아뢰어라. 맨발로 뛰어나와 날 반길 것이다."

"원 미친놈 다 보겠네. 너같은 거지가 우리 대왕님의 친구일 리가 있겠어. 맞아죽기 전에 빨리 꺼져!"

몇 차례의 실랑이가 더 있었지만 궁궐문이 열리지 않으니 어쩔 수가 없어 호석은 일단 하릴없이 물러났다.

그러나 그는 떠나지 않고 있었다. 며칠 동안을 궁궐 주위를 배회하다가 마침 출타했다 귀궁하는 진승의 수레를 만났다.

"어이, 진승! 나야 나. 호석이라구."

"호석이라고? 자네가 웬일인가."

호석을 알아본 진승은 그를 수레에 태워 궁중으로 데리고 들어갔다.

"우와! 이거 굉장하구먼! 집이 엄청나게 크네. 이게 자네 집이란 말이지. 정말 섭이는 출세했어."

호석은 궁중을 멋대로 돌아다니며 지위 고하를 막론하고 만나는 사람에게마다 방자하게 떠들어댔다.

"너희 왕 진섭이 말야. 옛날 나하고 머슴살이 함께 할 때부터 친구인데, 배고파서 이웃집 암탉 한 마리 훔쳐 먹다가 관원한데 들켜 흠씬 두들겨 맞은 적도 있지. 어디 그뿐이었겠어. 건넛마을 이쁜 과부 업으러 갔다가 일이 잘못되어 도망치다가 개골창에 빠져 죽을 뻔한 적도 있어."

신하들이 가만있지 않았다.

"대왕. 저 시골 사람 정말 곤란합니다. 아무리 옛 친구라지만 저토록 된소리 안된소리 마구 주착없이 지껄이고 다니면 대왕의 위엄과 품위가 손상되는 것입니다."

그렇지 않아도 호석의 그런 행동들이 못마땅해 있던 참이었다. 진승이 신하에게 물었다.

"그렇다면 호석이를 어떻게 조처하면 되겠느냐?"

"차제에 그를 엄벌에 처하면서 기강을 바로 잡으십시오. 대왕 앞에서 방자하게 굴면 호석이처럼 된다는 사실을 천하에 알려야 합니다. 그리고 이런 기회에 대왕의 친구라는 분들에게도 간담이 서늘해지는 본보기를 보여주어야겠지요!"

진승은 신하의 권고가 절대로 옳다고 생각했다. 그렇게 되어 호석을 참수하게 되었으며, 장이와 진여에게도 굳이 그런 사형현장을 보여주게 되었던 것이다.

형리한테서 사건의 자초지종을 듣고 진승 앞으로 걸어가는 장이와 진여의 기분은 언짢았다.

"진승 저자, 한다는 꼴을 보니 왕노릇도 오래 할 것 같지가 않은데."
진여가 투덜거렸다.
"아주 정확하게 본 걸세. 그러니까 우리들은 그자가 살아있을 때 그자의 명성을 등에 업고 살길을 찾아 나서야 하는 걸세."
"그렇다면 그자가 오늘 어떤 임무를 맡겨도 그대는 승락할 참인가?"
"말잡이를 시켜도 해야 하네."
"틀림없이 그자는 우리에게 말직을 줄 텐데."
"그런 자리라도 얼른 얻어서 이곳으로부터 탈출하는 게 상책이야."
궁중의 정전으로 들어서자 진승은 용상 높이 앉아서 아래를 거만하게 굽어보고 있었다. 얼마 전 군막에서 만났을 때의 진승이 아니었다.
진승은 드디어 입을 열었다.
"모두들 잘 오셨소. 한데 말이오. 어제 진여선생께서 북쪽 조나라 땅을 공략해 보는 게 어떻겠느냐는 계책을 올렸소. 물론 과인이 함곡관 안쪽을 공략하는 일에 바빠 북쪽으로 신경 쓸 여지가 없었기에 나온 궁여지책이라 과인도 찬성했던 바요. 그래서 옛부터 내 친구인 무신을 차제에 장군으로 삼아 그쪽 공략을 맡기고자 하는데 무장군의 생각은 어떻소?"
"삼가 명령에 따르겠습니다."
무신은 이미 언질을 받은 바가 있는지 대뜸 명을 받았다.
"그리고 젊은 소소(昭騷)를 호군(護軍)으로 삼아 경험을 쌓도록 하겠소."
"반드시 공을 세우겠습니다."
진승은 다시 장이와 진여쪽으로 눈길을 돌렸다.
"장이와 진여 그대들은 삼천 명의 특공대를 거느리는 무신장군의 좌우 교위(校尉)로 삼아 출전시키고 싶은데 참전해 보겠소?"

진여가 불평하려하자 장이가 얼른 진여의 발등을 밟았다.

그러면서 장이가 불쑥 나섰다.

"삼가 명을 받들어 기꺼이 출정하겠습니다."

궁정을 나서면서 장이는 진여에게 핀잔을 주었다.

"자네는 그 울컥하는 성격이 탈이야."

무신의 군사들은 백마를 거쳐 하수를 건너 현에 이르렀다.

대체로 선무공작은 장이와 진여가 맡았는데 둘은 군현의 호걸들을 모아놓고 이런 식으로 설득했다. 진여가 먼저 말했다.

"진나라는 혼란스런 정치와 가혹한 형벌로 천하를 잔혹하게 다스려 온 지가 벌써 수십 년이오. 북쪽으로는 만리장성을 쌓는 대공사를 벌렸고, 남쪽으로는 오령(五嶺)을 수비하느라 백성들을 피폐케 만들었소. 게다가 민가의 재물들을 키질하듯 군비로 싹 쓸어갔으니 기진맥진한 백성들은 이제 더 삶을 이어갈 수 없게 되었소."

장이가 이어받았다.

"어디 그뿐이겠소. 가혹한 법과 준엄한 형벌로 백성들을 무겁게 눌러 천하는 부자(父子) 사이에도 서로 안녕을 보장할 수 없는 세상이 되어버렸소. 이 때 진승은 팔뚝을 걷어붙여 천하를 위해 앞장 서더니 초나라 땅에서 왕으로 즉위 했소이다. 그러자 사방에서 이에 호응하지 않는 곳이 없고, 집집마다 스스로 분연히 일어나 싸움 준비를 하며 저마다 원수를 갚고자 모여들지 않는 자가 없었소. 그들은 현의 영승(令丞)을 죽이고 군의 수위(守尉)를 살해한 뒤 진나라 공격의 발판으로 삼게 했소."

진여가 다시 나섰다.

"고로 지금 진승께서는 대초나라의 세력을 확장시켜 왕위에 오른 뒤 오광과 주문(周文)에게 백만 군사를 주어 진나라를 공격하도록 했던 거요. 바로 이런 때에 진정한 호걸이라면 제후에 봉함을 받는 업적을 이루는 거사에 참여해야 할 것이오. 잘 상의해 보시오. 천하의 형세에 힘입어 무도한 군주를 공격하고 부모의 원한을 갚으며 땅을 할양받아 차지하지 않으시겠소?"

일방으로는 그렇게 선무하면서 무신의 주력군은 범양(范陽 : 하북성)을 공격할 준비를 하고 있었다.

그런데 한편으로는 범양령(令)은 무신군(軍)이 쳐들어온다는 소문을 듣고 바짝 긴장하고 있었다. 그 때 향리의 모사 괴통(蒯通)이 느닷없이 찾아왔다.

"영께서 곧 자살하려 하신다기에 미리 조문하러 왔습니다."

영이 놀라서 되물었다.

"멀쩡하게 살아있는 나를 조문하다니!"

"진나라의 잔혹한 법을 아시지요. 영께선 영이 되신 이후 십여 년에 걸쳐 진나라 법을 빌미삼아 백성의 부모를 죽이고 백성의 아들을 고아로 만들었습니다."

범양령은 괴통의 말을 여전히 이해하지 못했다.

"내가?"

"백성의 다리를 끊어놓고 백성의 이마에 먹물을 들이는 등 잔혹한 형벌을 수없이 저질렀습니다. 그러나 그토록 억울한 백성들이 영의 뱃가죽에 비수를 꽂지 못했던 이유는 진나라 법이 두려워서 였습니다. 그렇지만 지금은 다릅니다. 천하가 크게 혼란해지면서 진나라 법은 지켜지지 않으니 영의 생명도 지킬 수가 없게 되었다는 뜻입니다. 제가 영을 조문하러 온 것은 그 때문입니다."

다 듣고 난 범양령은 더럭 겁이 났다.

"아아, 이를 어쩌나! 그렇다면 내가 어떻게 해야 살 수 있겠소?"

"방법이야 아주 간단합니다. 범양령의 이름으로 저를 무신장군께 파견하십시오. 이제 영께서는 이 괴통을 만남으로 해서 살아나신 것을 축하드립니다."

괴통은 자신만만했다.

"정말 그렇게만 하면 나는 살아나는 거요?"

"믿으십시오!"

괴통은 범양령의 사신 자격으로 무신을 찾아갔다.

"장군께선 지금 땅을 경략하고 성을 공격해 전쟁을 승리로 이끌려 하시면서도 도무지 계책이 잘못되었다는 사실을 알고나 계십니까?"

"무슨 말이오."

"지금 범양을 치려고 하신다면서요."

"그렇소."

"범양령은 지금쯤 그런 소문을 듣고 마땅히 사졸들을 독려해 전쟁준비를 해야 하는 데도 준비는 커녕 도망도 못하면서 엉거주춤 떨고만 있다는 사실입니다."

"그건 왜 그렇소?"

"겁이 많고 결단력이 없는 인물이라서 그렇습니다. 또 죽음을 두려워하면서도 탐욕스런 인물이라 지금의 지위만 유지되면 금새 항복할 인물이라는 사실을 알려드립니다."

"그대가 범양령의 사자로 왔으면서 범양령을 적군인 나한테 그런 식으로 매도해도 괜찮은 거요?"

"들어보십시오. 지금까지 장군께선 십여 개 성을 빼앗아오면서 성주들을 어김없이 베어버렸지요."

"그랬소."

"그것이 그의 두려움입니다. 그는 진나라 관리이니까요. 그의 두려움은 또 있습니다. 진나라의 혹독한 법에 희생된 많은 무리들이 자기를 죽이고 장군께 투항할 기미를 느꼈기 때문이지요."

"아하, 그래서 범양성은 싸움도 항복도 못하고 있겠구려!"

"진퇴양난이지요."

"그렇다면 내가 어떻게 하는 게 최선인지 그 계책을 주겠소?"

괴통은 그제서야 무신에게 그 책략을 쏟아놓았다.

"장군께서는 범양령에게 다시 영으로 봉한다는 인(印)을 제게 주십시오. 그는 그제서야 안심하고 성을 들어 장군께 항복할 것입니다. 자기들의 영을 죽이겠다던 무뢰배들도 장군님이 겁나서 영을 죽이지는 못할 것입니다."

"범양성이 항복한다면 그건 그대의 공으로 돌리겠소."

"그리고 말입니다. 범양령이 막상 항복해 올 경우 그가 탄 수레에다 한껏 화려한 장식을 해서는 조나라 땅과 연나라 땅의 교외를 요란스럽게 달려가도록 해야 합니다."

"그건 또 왜 그렇소?"

"항복하고자 하나 죽음이 두려워 항복하지 못하고 있는 많은 성주들이 범양령의 처지를 보고 기뻐하도록 하기 위한 전략입니다."

"오호!"

"그렇게만 하시면 조·연의 성들은 장군의 화살 한 발의 손실도 없이 그들에게 모조리 항복을 받을 수 있을 것입니다. 이것이 바로 병법에서 말하는 한 장 격문으로 천 리 밖의 적도 평정한다는 책략입니다."

"대단하오! 그대의 계략대로 하겠소."

무신이 괴통의 책략을 그대로 시행하자 과연 범양의 영은 무신에게 항복을 청해왔다. 뿐만 아니라 범양령의 화려한 마차가 조·연의 외곽을 신바람나게 달려나가자 항복을 자청하는 성이 30여 개에 이르렀다.

무신의 군대가 한단에 이르렀을 즈음 진승의 주력부대인 주문의 군사가 함곡관을 넘어 희(戱 : 섬서성)땅까지 접근했다가 퇴각하고 있다는 소문이 들려왔다.

한편 장이와 진여는 심기가 불편했다. 진승이 자신들의 모책을 사용하지도 않았고 그런데다 장군으로 채용하지도 않았으며 기껏 교위라는 무신의 들러리로 따라붙게 한 사실 때문이었다.

"자, 지금쯤 우리도 슬슬 움직일 때가 되었네."

장이가 입을 열자 진여가 맞받았다.

"내 생각은 이렇네. 무신을 부추겨 진승과 이간시켜야 우리의 입지가 강화되지 않을까 하는……"

"내 생각도 그러하네."

장이와 진여는 곧바로 무신을 찾았다.

"지금 진승은 초왕에 올랐습니다. 그에게는 과거 6국의 계승국을 세우려는 의도가 전연 없다는 사실을 장군도 잘 알고 계시리라 믿습니다. 이런 차제에 장군께서는 3천의 군대로 출발해 조나라 수십 성을 항복받아 홀로 하북 땅에서 우뚝 솟아났습니다. 이런 상황에서는 진승으로부터 독립해 장군께서 왕으로 즉위해 이곳을 진정시키는 게 최선입니다."

무신은 깜짝 놀랐다.

"내가 왕으로?"

장이가 대답했다.

"조왕(趙王)이 되십시오."

"나의 등위가 무모한 항명이 아닐까요? 더구나 진승은 측근의 중상모략을 곧이곧대로 들어버리는 약점이 있는 자인데."

진여가 말했다.

"어차피 장군께선 왕이 되시든 개선장군이 되시든 귀환하는 순간 화를 입을 건 뻔합니다. 어쩌시겠습니까. 지금은 숨 한 번 돌릴 틈 없이 바쁘게 돌아가는 세상입니다. 과감하게 결단하십시오."

장이가 다시 은근하게 둘러쳤다.

"굳이 왕위에 오르기 싫으시다면 장군의 형제라도 왕으로 세우십시오. 그나마도 꺼림칙하다 생각되시면 조나라의 후손 중에서 찾아 세워도 무방하겠습니다. 문제의 중요성은 초나라의 진승으로부터 독립한다는 점에 있습니다."

한동안 조바심을 치던 무신은 결국 결단을 내렸다.

"좋소! 조왕이 되겠소. 그 대신 진여께서 대장군, 장이께서 우승상, 소소가 좌승상이 되어 나를 도와주시는 게 조건이오."

한편 진승은 무신이 조나라 왕에 스스로 올랐다는 소식을 듣고 노발대발했다.

"세상에, 이런 발칙한 놈이 있나! 여봐라, 무신의 가족들은 말할 것도 없고, 장이 진여 소소의 가족들까지 모조리 잡아들여라. 그들을 몰살시킨 뒤 군사들을 동원해 조나라부터 박살내 버리겠다!"

그러자 재상 채사(蔡賜)가 간곡히 말렸다.

"아니 되십니다. 진나라가 아직 멸망도 하지 않았는데 우군의 집안 식구들을 처단하신다니요! 이는 또 하나의 진나라를 만들어 우리를 힘겹게 하는 처사이십니다. 차라리 무신의 조왕 등극을 축하해 주시고 그를 설득해 서쪽의 진나라를 치도록 권유하십시오. 지금으로선 그것이 최선입니다."

"음…… 분노를 바꾸어 화친하라고?"

한동안 궁리하던 진승은 채사의 말이 그럴듯하다 생각되어 태도를 바꾸었다.

"그렇다면 이렇게 하겠소. 무신 일당의 가족들을 궁중으로 옮겨 대접하는 척하며 구금시키고, 장이의 아들 장오(張敖)를 성도군(成都君)에 봉해 그자들을 안심시키는 계략을 택하겠소."

한편 무신은 얼마 후 진승이 보낸 축하사절을 맞았다.

사신은 초왕 진승의 뜻이라면서 조왕 무신에게 이런 말을 전했다.

"서둘러 함곡관 안으로 먼저 진격하셔서 큰 공을 세우라 하셨습니다."

무신은 흔쾌히 승낙한 뒤 진승의 사신들을 돌려보냈다.

그러나 모사들인 장이와 진여는 진승의 속마음을 이미 간파하고 있었으므로 간곡히 조왕 무신을 설득했다. 먼저 진여가 입을 열었다.

"초왕 진승은 사실 속으로는 대왕을 인정하고 있지 않습니다. 계책에 따라 대왕에게 축하사절을 보냈을 뿐입니다."

"그렇다면 그의 태도는 무엇이겠소?"

장이가 대답했다.

"진승의 주력부대인 주문이 함곡관을 넘다가 진의 장한(章邯)에게 철저히 깨지고 나서 민지(澠池 : 하남성)까지 도망쳤다가 추격병에게 목까지 달아났답니다. 결국 진승은 진과 싸울 힘이 꺾였다는 뜻이며 이를 대신해 우리 조나라의 힘을 빌려 진을 침으로써 자기 원수도 갚고 우리 조군의 힘도 약화시키겠다는 계략이 숨어있습니다.

결국 초군은 조군의 힘이 쇠약해졌을 때를 기다려 침공해 올 것이 틀림없습니다."

"그렇다면 우리의 대응책은?"

"그러니 서쪽 진으로 진격할 것이 아니라 북쪽의 연과 대(代) 지방을 치고 남쪽의 하내(河內)를 거두어 영토나 넓게 만들어두는 게 최상책입니다. 그렇게만 해두면 나중에 비록 초가 진을 멸한 후에라도 감히 조나라를 넘보지는 못할 것입니다."

무신은 장이의 계책을 따르기로 했다.

그런데 진나라의 졸사(卒史 : 군사무관)로 있던 한광(韓廣)을 시켜 연(燕)지방을 공략토록 했는데, 한광이 연나라에 도착했을 때 장이와 진여로서는 뜻하지 않던 일이 일어났다. 연나라 사람들은 아무도 한광에게 저항을 하지 않았고, 오히려 호걸들과 귀인들이 한광을 찾아와 부추기기까지 했던 것이다.

"초나라에서는 이미 진승을 왕으로 세웠고 조나라 또한 무신을 왕으로 세우지 않았습니까. 연나라가 비록 작은 나라이기는 합니다만 그래도 전에는 만승(萬乘)의 나라였습니다. 원하오니 장군께서 왕으로 즉위해 주십시오."

한광으로서도 뜻밖의 권유에 놀랐다.

"아니 되오! 나는 조왕 무신의 군대를 데리고 연나라로 진군한 처지요. 더구나 내 모친이 지금 조나라에 있는데 나의 반역을 알면 무신이 용서할 것 같소?"

그러자 연의 장로 한 사람이 나서서 대답했다.

"천만의 말씀입니다. 조나라는 지금 서쪽 진나라를 걱정하며 남쪽의 초를 우려하고 있을 뿐입니다. 기껏 조나라 국력은 우리 연나라의 자립에 신경을 곤두세울 처지가 못됩니다. 더구나 강대한 초나라 국력을 가지고도 조나라 왕과 그의 가족들을 해치지 못했는데 어떻게 연약한 조왕이 감히 장군의 가족을 해치겠습니까."

한동안 궁리해 본 한광은 연나라 원로들의 설득이 옳다고 생각되어 덜컥 왕위에 올라버렸다.

닭 쫓던 개 신세가 되어버린 장이와 진여는 하릴없이 조나라로 돌아왔다. 무신이 이들을 달랬다.

"사정이 그렇게 됐으니 어쩌겠소. 연왕 한광과는 모른척 친선을 유지하면서 연나라 땅의 북쪽 지점이나 공략하도록 합시다. 이번에는 나도 함께 원정길에 오르지요."

조왕 무신은 한편으로 연왕 한광에게 사이좋게 지내자는 뜻으로 그의 가족들을 받들어 연으로 돌려보냈다.

그런데 장이와 진여로서는 또다시 생각지 못했던 사태를 맞고 말았다. 연나라와의 우호관계를 철저히 믿었던 무신이 연의 북쪽을 치기 위해 정탐하러 나섰다가 그만 연나라 군사에게 사로잡힌 것이다.

장이와 진여는 서둘러 연의 장군에게 서신을 보냈다.

─그럴 수가 없소. 어서 우리 조왕을 곱게 돌려보내 주시오.

그러자 연의 장군은 조의 사신들을 모두 죽여버리고 말에다 서신만 실어 돌려보냈다.

─여러 말 할 것 없소. 조나라와 연나라가 언제부터 그토록 친밀한 사이였기에 그런 요구를 하고 앉았소. 조나라땅을 반분만 해주면 조왕을 돌려보낼 테니 서둘러 조처나 하시오.

장이와 진여도 화가 났다.

─어떻게 그런 요구를 우리에게 할 수 있단 말이오? 국토의 분할은 왕의 고유권한에 속하니 땅을 원한다면 그대가 지금 붙잡고 있는 조왕

에게나 요구해 보시오.

이번에는 사자도 죽이고 서신조차 보내지 않았다.

"이를 어쩐다?"

장이와 진여는 걱정이 태산같았다. 화난다고 해서 군사를 함부로 진격시킬 수는 없었다. 조왕 무신이 속절없이 위태로웠기 때문이었다.

그럴 즈음에 조군의 막사에서는 이상한 사건 하나가 벌어지고 있었다. 진진(陳進)이라는 병사가 주위 동료들을 모아놓고 떠들어댔던 것이다.

"그까짓 일을 가지고…… 나한테 수레 한 대만 빌려주면 조왕을 금새 모시고 올 텐데."

막사 동료들이 비웃을 수밖에 없었다.

"자네 미쳤구나! 가는 사신마다 속절없이 죽어갔는데 네가 무슨 능력으로 대왕을 모시고 온단 말이냐. 더구나 모사들인 진여장군도 장이승상도 속수무책으로 앉아 계시지 않는가."

진진은 여전히 큰소리쳤다.

"농담 아니야. 내기를 걸어도 좋아."

"어떤 내기? 목이라도 걸 테냐?"

"어차피 나로선 목을 걸 수밖에 없지 않느냐. 그렇다면 너희들은 나에게 무엇을 내놓을 테냐."

진진의 동료들은 어차피 진진이 농담으로 떠벌리는 줄 알고 아무렇게나 대꾸했다.

"우리들 주머니를 털어 오백 전(錢)을 마련할게. 하지만 넌 돌아오지 못할 테니까."

"좋다. 오백 전과 쌍두마차 한 대만 준비해라."

"정말 갈 거냐? 돈이 아까워서가 아니라 네 목이 불쌍해서 그래. 지금이라도 취소하면 네 헛소리를 용서해 주지."

"취소는 없다."

진진은 동료들이 마지못해 훔쳐온 쌍두마차를 몰아 뒤도 돌아보지 않고 연나라 성벽쪽으로 달려갔다.

연의 성루에서는 달랑 마차 한 대를 끌고와서 누군가가 떠들어대는 게 어이가 없었는지 멀거니 내려다보고만 있었다.

"여봐라, 나는 조나라 장군 진진이다. 지금 우리 조왕을 인질로 잡고 있는 연의 장군을 잠깐만 뵙고싶다."

그러자 성루쪽에서 즉각 반응이 왔다.

"이놈아, 너도 죽고싶어 왔느냐. 장군이라고 해서 목숨을 살려줄 것 같으냐. 살고싶거든 어서 꺼져버려!"

"글쎄, 너희들이 날 죽이려고 쇠뇌를 겨누고 있는 걸 벌써부터 보고 있다. 천천히 날 죽여도 늦지 않을 것이니 제발 너희들의 장군을 뵙게 해 다오. 중요한 정보가 있어서 그렇다."

"중요한 정보?"

장군으로 사칭한 데다 중요 정보를 미끼로 내걸자 효과가 있었던지 경비병은 곧 사라졌다.

얼마 후 정작 연의 장군인 듯한 사내가 성루로 나타났다.

"넌 무엇하는 자냐?"

"내가 무엇을 원하는지 그대는 아는가?"

"그야 물어보나마나 너의 왕이겠지."

"그대는 장이와 진여가 어떤 사람인지 알고 있는가."

"천하의 모사(謀士)라 들었다."

"그들 두 모사가 내심 무슨 생각을 하고 있는지도 아는가."
"자기들의 왕을 데려가고 싶겠지."
"틀렸다."
"무어?"
"장이와 진여는 말채찍 한 번 휘두르지 않고 조나라의 수십 개 성을 함락시킨 인물들이다. 그런 그들이 작은 나라의 일개 경상(卿相)에나 머물고 말 만큼 포부 작은 인간으로 보았는가."
"그건 또 무슨 개소리냐?"
"신하와 왕은 그 지위가 다르다. 당초 조나라의 세력이 안정될 무렵 무신과 장이와 진여는 나라를 삼분할 수가 없어 연장자인 무신을 왕으로 앞세웠을 뿐이다."

연의 성루에서는 여전히 진진의 말뜻을 알아듣지 못했는지 멀거니 바라보기만 했다.

"그러니까 내 말은 우리 조왕을 돌려달라는 뜻으로 심부름 온 게 아니라 어서 죽여주십사 하고 간청하러 온 거다. 생각해 보라. 어서 조왕 무신이 죽어야 장이와 진여가 조나라를 사이좋게 반분해 먹을 수 있을 게 아닌가. 도대체 죽이지는 않고 조왕을 인질로만 잡고 있으니 그들은 너무 답답해 하고 있다."

그러자 연의 장군은 어리둥절한 목소리로 물었다.
"그렇지만 이제까지 계속 조왕을 돌려달라고 요구하지 않았는가?"
"그야 명분 만들기지. 실상은 그대가 조왕을 조속히 처리해 주기를 바라고 있다."
"내가 조왕을 죽인다면?"
"조나라를 반분한 장이와 진여가 힘을 합쳐 조나라의 원수를 갚는다는 명목으로 곧장 연나라를 쓸어엎으러 오겠지."

한동안 성루가 조용했다. 한참 후에 연의 장군이 성루로 다시 나타났다.

"나더러 어쩌란 말이냐."

"연나라를 멸망시킬 수 있는 명분을 장이·진여 두 사람에게 만들어 주든지, 이상 더 조왕을 붙들고 있는 게 귀찮다고 생각된다면 서둘러 추방해 버리든지."

"글쎄."

"이렇든 저렇든 시간이 없다. 장이와 진여는 곧 이곳으로 출격한다고 했으니까. 자, 그럼 난 돌아가서 그렇게 전하겠다. 조왕은 돌아오지 못한다고."

"자 잠깐만 기다리게!"

얼마만큼 기다리고 있으려니 조왕 무신이 단신으로 터벅터벅 걸어서 연의 성문을 걸어나왔다.

진진은 조왕을 마차 왼쪽에다 태우고 먼지를 뽀얗게 일으키며 연나라를 빠져나갔다.

"대왕, 조나라 군사 진진이라 합니다. 병졸 주제에 장군으로 사칭했습니다만 대왕님을 살리기 위해 부득이한 조처였사오니 용서해 주십시오."

"고맙네. 한데, 앞으로 그대는 정작 장군이 될걸세."

조나라로 돌아온 조왕 무신은 상산땅을 평정하고 돌아온 전날의 진나라 현령 이량(李良)에게 이번에는 태원(太原)땅을 공략하도록 명했다.

그래서 이량은 군사를 이끌고 나아가 후읍(后邑)에 이르렀다. 그러나 진나라 군사가 정형(井陘)을 완강하게 가로막고 있었기 때문에 이상 더

전진할 수가 없었다. 바로 그 때 이량은 편지 한 장을 받았다.
 "막사 앞에 있는 미루나무에 화살에 묶인 채 꽂혀있었습니다."
 이량은 그것을 무심코 뜯었다.
 "앗! 이건 2세황제께서 내리신 칙서닷!"
 ──그대는 일찍이 짐을 섬기어 현직을 받고 총애를 누렸다. 그런데도 짐을 배반하고 있다. 그러나 지금이라도 조나라를 버리고 진나라로 돌아온다면 기왕의 배신은 불가피했던 사정이라 여기고 그대의 죄를 사면해 줄 뿐만 아니라 더욱 귀하게 쓰고자 한다.
 "그런데 황제의 옥새는 찍혔지만 편지는 봉해지지 않았잖은가?"
 이량은 고개를 갸우뚱했다.
 곁의 부관도 이량을 부추겼다.
 "그렇습니다. 이런 칙서는 믿어선 안 됩니다. 장군을 다시 진나라로 귀속시키기 위한 계략일 뿐입니다."
 "그렇다면 내가 어떻게 처신하는 게 이롭겠는가?"
 "어쨌건 칙서는 믿지 마십시오. 누군가가 2세황제를 사칭한 게 분명합니다. 더구나 얼마 전에 2세황제가 자살했다는 소문도 떠돌고 있습니다."
 "그건 어디까지나 소문일 뿐이잖는가. 좌우지간 지금 어떻게 행동하는 게 옳지?"
 "이런 상황에서는 명령대로 태원땅을 공략할 수가 없으니 일단 조나라 수도 한단으로 돌아가 증원군을 신청한 후 역시 진나라에 대항해서야지요."
 그러나 이량은 이제까지 진나라의 현령이었다. 어쩔 수 없이 진나라를 배반하는 입장에 처해져 있었지만 한편으로는 황제의 가짜 칙서를 믿고 싶어하는 일면도 있었다.

그러면서도 현재의 입장으론 정세가 오리무중이었기 때문에 이러지도 저러지도 못하고 있는 상황이었다.

"그렇다면 별다른 방법이 없지 않은가. 일단 조나라 수도 한단으로 돌아가보자."

그런데 한단 도착 십여 리를 앞두고 뜻하지 않은 일이 생겼다. 백여 기(騎)의 기마병들이 따르는 호화찬란한 어가(御駕) 한 대가 앞길을 가로지르고 있었다.

"뉘신가?"

이량이 묻자 부관이 대답했다.

"왕의 행렬인 듯합니다."

"그렇다면 예를 다할 일이다. 내려서 길에 엎드리겠다."

그렇게 말하면서 얼른 마차에서 내려 길바닥에 엎드렸다.

앞의 행렬이 이량의 군대 행렬의 중간을 끊어 지나가고 나서였다. 갑자기 병사들이 수군대기 시작했다.

"군대 대열의 허리를 끊고 지나가는 행위는 우리의 허리를 베는 짓과 똑같은 일이다."

"대왕의 행렬이었다면 참겠다. 그런데 이게 뭔가. 한낱 술취한 계집의 행렬 아닌가!"

이량도 그들의 불평을 들었다.

이량은 역시 수행하는 부관을 부를 수밖에 없었다.

"그대들의 불평은 무엇 때문인가?"

"부끄러워서 그렇습니다"

"부끄럽다니?"

"장군께선 보잘것없는 한낱 술취한 계집한테도 말에서 내려 인사를 드려야 합니까?"

"무엇이라고? 그녀가 누구이길래?"

"조왕 무신의 누이동생입니다. 어가를 훔쳐타고 들놀이 나갔다가 술에 취해서 세상 모르게 자고 있었습니다. 아무리 왕의 누이라 하나 어가를 감히 타는 것도 벌을 받아 마땅한데 장군과 같은 분을 말에서 내리게 해 예를 올리게 하니 그것이 부끄러운 일이 아니고 무엇이겠습니까?"

"으음…… 그랬었구나!"

확실한 것은 아니었지만 분노가 슬슬 치밀어오르고 있었다. 바로 그때 부관은 때맞추어 이량의 분노를 부추겼다.

"때는 바야흐로 천하가 진나라에 반기를 들고 설치는 시기입니다. 본래 누가 잘나고 못나고는 없습니다. 오로지 뜻을 세우고 그 능력을 다하면 누구든지 왕이 될 수 있는 세상입니다. 그런데 장군께서는 무엇입니까. 장군께서 세운 왕의 누이한테까지 절을 해야 옳습니까. 저희들은 그런 장군님을 존경할 수 없기로 불평을 늘어놓았던 것입니다."

"그대의 말이 옳다! 그럼 내가 어떻게 하면 좋겠나?"

"우선 저 계집을 뒤쫓아가 죽이라는 명령을 내려주십시오!"

"왕의 누이를!"

"장군께선 황제폐하의 조서를 품에 지니고 계시지 않습니까."

바로 그것이었다. 진나라의 귀족으로 성장해 온 이량의 눈으로는 실상 반란군의 짓거리가 처음부터 도무지 마음에 들지 않았다. 더구나 누구든지 자신을 왕으로 선언해 버리는 반도들의 지리멸렬을 보면서 이들의 앞날은 싹수가 노랗다는 쪽으로 생각이 기울고 있을 때였다.

진나라가 그토록 어설프게 무너질 것이라고는 꿈에서도 생각할 수가 없었다.

역시 이런 기회에 조왕 무신을 배반하고 다시 진나라로 돌아가는 게 옳은 길인 듯 싶었다.

"좋다! 가서 베어랏!"

이량은 한길 가운데에서 조왕의 누이를 벤 후 여세를 몰아 조나라 수도 한단으로 쳐들어갔다.

"단걸음에 달려가서 조왕 무신 일당들을 죽여버리자!"

한편 장이와 진여에게는 그들의 위급을 알려주는 빈객이 있었다.

"마른 하늘에 벼락이 떨어졌습니다. 이량이 배신했습니다. 군대를 되돌려 단걸음에 달려와 조왕과 소소까지 살해했답니다. 두 분은 일단 위난을 피하십시오."

어쩔 수 없이 장이와 진여는 일단 한단으로부터 도망쳐 신도(信都)로 들어갔다.

"어쩌다가 우리는 다시 이 신세가 되었을까!"

진여가 한탄하자 장이가 달랬다.

"서러워할 건 없네, 처음부터 우린 빈손이었거든."

"그건 그렇더라도 앞으로 우린 어떻게 하면 좋지?"

"아무리 계산해 보아도 조나라를 버리고서는 우리가 설 땅은 없네. 어차피 조왕 무신이 죽었다니까 전날 왕의 후손을 찾아 왕으로 세우면 좋을 것 같네. 그래야 조나라의 인심을 얻겠거든."

"옳은 판단일세. 이량의 반란은 조왕이 되려는 게 아니라 진나라로 복귀하려는 행동이겠지. 어쨌건 그자도 참으로 어리석었어."

"거록성(鉅鹿城 : 하북성)을 본거지로 해서 재기를 노려보세."

그들의 판단은 옳았다. 조헐(趙歇)이라는 왕손을 찾아 조왕으로 옹립하자 조나라 인심은 다시 장이와 진여쪽으로 몰렸다.

　장이는 곧장 조왕 조헐을 모시고 거록성의 남쪽 극원(棘原)에 주둔하고 진여의 수만 병력을 거두어 거록성의 북쪽을 지켰다.

　이량은 그동안 진여를 공격해 왔지만 간단하게 폐퇴당하여 장한의 군에게 도망가 그에 귀속되어 있었다.

　한편 진나라 장군 왕리(王離)가 장이를 포위해 왔다. 포위가 됐으니 군량미는 거의 바닥나고 있었다. 왕리는 장한한테서 길 양쪽으로 제방을 쌓아 만든 물길을 따라 군량미를 제공받고 있었는데 그들이 군량이 풍부해진 만큼 장이는 상대적으로 죽을 지경이었다.

　응급조처를 취하지 않을 수가 없었는데, 조처라 해보았자 진여가 진군의 뒤를 때려 포위를 풀도록 요청하는 일밖에 없었다.

　장이는 진여에게 급히 사람을 보냈다. 그런데 어떻게 된 사연인지 진여는 이쪽의 위급함도 아랑곳없이 꿈쩍도 않고 있었다.

　장이는 화가 날 수밖에 없었다. 장염과 진택을 시켜 진여를 책망하는 편지를 보냈다.

　── 당초에 나는 그대와 문경지교를 맺은 사이요. 그런데 나는 지금 왕과 더불어 언제 죽을지도 모르는 급박한 상황에 처해 있소. 진작에 그런 상황을 알려 구원해 달라 하였거늘 그대는 수만의 군사를 끼고 앉아 어째 이쪽의 위기를 모른 척한단 말이오. 서로를 위하여 목숨을 버리자던 의리는 어떻게 되었으며 우리가 믿던 그 진한 우정은 어찌 되었소. 함께 죽자던 한 가닥 의리라도 남아있다면 제발 진군의 측면을 즉시 때려주오. 그렇게라도 해준다면 열에 한둘은 살아남을 것 같소.

　그런데 장이의 편지를 받아본 진여는 사자로 온 장염과 진택에게 엄살을 피웠다.

"이쪽은 이쪽대로 사정과 판단이 있는 법이오. 내 생각은 돌격해 보았자 조나라 군사를 구원하기는커녕 군사 모두를 잃을 것 같단 말이오. 내가 조왕과 장이를 위해 출전하지 않고 있는 것은 의리를 저버렸다든가 죽음을 두려워해서가 아니란 말이오. 한마디로 도무지 승산이 없다고 판단했기 때문이오. 마치 굶주린 범에게 고기를 쓸데없이 던져주는 것과 같다고 생각한 거요. 차라리 나라도 살아남아 조왕과 장이를 위해 나중에 복수라도 하는 게 옳지 않겠는가 말이오."

그러자 장염은 정색을 하고 대답했다.

"어차피 승산없는 싸움이라고 생각되신다면 뒷날을 기약하는 일 또한 무의미하지 않겠습니까. 차라리 함께 죽음으로써 신의를 세우시지요!"

한동안 묵묵히 생각에 잠겨있던 진여는 두 사자에게 흘낏흘낏 눈치를 보면서 대답했다.

"좋소. 그대들의 생각 역시 그러하다면 내가 지금 죽을 수밖에."

그러나 그토록 결연한 말씨와는 달리 태도는 딴판이었다. 자신은 슬쩍 뒤로 빠진 뒤, 장염과 진택에게 5천 병사를 주어 거록성 남쪽을 공격하게 했다.

중과부적이었다. 조군은 접전하자마자 진군한테 전멸했다.

그러나 다음 전투상황은 엉뚱하게 돌아가고 있었다. 연·제·초나라가 조나라의 위급한 사정을 듣고 달려와 진군의 허리를 내질렀던 것이다.

장이의 아들 장오도 북쪽 대(代)땅의 군사를 거두어 와서 진군의 머리 쪽을 두들겼고, 초나라 항우의 군대가 하수를 건너와 장한군을 때려부수며 왕리까지 사로잡음으로써 전세는 완전히 역전되고 말았다.

거록성이 위기를 벗어나자 장이는 진여를 찾아 화부터 내었다.

"이 의리없는 놈아!"

"무슨 소리냐. 어차피 처음부터 승산이 없으면서도 자네와의 의리 때문에 5천의 군사를 풀어 죽기살기로 싸웠지 않았나. 그 대가는 몰살이다."

"죽기살기로? 그래도 죽지 않고 살아있는 네놈은 뭐냐. 귀신이냐. 그따위 거짓말을 누가 믿겠어. 그래 내가 보낸 사자 장염과 진택은 어디 있나?"

"5천 병사와 함께 죽었다."

"바로 네놈이 죽였군!"

"진실로 섭섭하다. 내가 장군자리에 연연해서 거짓을 정말처럼 말하고 있는 줄 알어? 참으로 더럽다. 옛다. 장군의 인수를 가져가거라!"

막상 진여가 장군의 인수를 내팽개치자 장이도 당황했다.

"무어 그토록 화낼 건 뭔가. 이쪽에선 당연히 따져 물어야 할 내용 아닌가."

진여도 지지 않고 화를 내었다.

"일 없네. 난 더할 말도 없어. 신의를 지켰다는 사실을 이렇게 밖에는 증명할 길이 없겠지!"

진여가 측간으로 간 사이 장이의 빈객 하나가 재빨리 속삭였다.

"그렇지가 않습니다. 하늘이 주는 것을 받지 아니하면 도리어 하늘의 앙화가 대신한다고 들었습니다. 어서 그 장군의 인수와 군대를 접수해 버리십시오."

"그럴까?"

장이는 빈객의 설득이 옳다고 판단했다. 기어코 장군의 인수와 군대를 접수했다.

"쳇! 제놈이 뭔데 접수해!"

진여는 이를 갈며 휘하의 심복 군사 수백 명을 데리고 하수의 물가로 떠났다. 거기서 당분간 낚시와 사냥으로 세월을 보내며 내일을 기약할 계산이었다.

조왕 헐은 다시 신도에 있게 되었고, 장이는 항우를 따라 함곡관 안으로 들어갔다.

항우는 제후들을 멋대로 왕에 봉하고 있었다. 그 때 항우는 장이를 총애하고 있었기 때문에 조나라를 둘로 갈라 상산왕으로 지칭하면서 나라의 반을 다스리게 했다.

즈음에 진여의 빈객 중에서도 항우에게 진여를 추천하는 자들이 많았다.

"글쎄. 진여가 장이와 함께 조나라에 공을 세운 바는 알지만 내가 함곡관으로 들어가자고 했을 때 진여는 거절하지 않았는가 말이오. 그런데 그는 지금 어디 있소?"

진여의 빈객이 대답했다.

"남피(南皮 : 하남성)에 있습니다."

"그의 현명함도 인정하나 공적이 장이와 같을 수는 없소. 때마침 남피에 있다 하니 조왕 헐을 대(代)땅으로 옮기고 대신 그쪽의 세 개 현을 맡기겠소."

항우는 사람을 시켜 즉각 진여에게로 인수를 보냈다.

"뭐여! 장이는 왕이고 나는 후(侯)라? 어디 두고 보자! 이토록 공평치 못한 상사(賞賜)를 내린 항우도 용서하지 않겠다!"

그럴 즈음이었다. 진여는 제나라의 전영(田榮)이 초나라에 반기를 들 생각을 하고 있다는 소문을 들었다. 그래서 하열(夏說)이라는 세객을 전영에게 보냈다.

"항우가 비록 천하를 주도하는 사람이긴 하나 공평치 못한 결점이 있는 사람입니다. 이를테면 제 수하 장수들은 모두 좋은 땅의 왕으로 봉하고 전날 고생하던 사람들도 제 심복이 아니면 왕이라도 척박한 땅으로 보내고 있습니다. 그 좋은 예가 대땅으로 쫓겨간 조왕 헐입니다. 차제에 제나라 왕께서 항우에 대항할 작정이라면 진여에게 군사를 빌려주어 제나라를 보호하는 엄폐물이 되게 하십시오."

진여의 세객 하열의 설득에 제나라 왕 전영은 귀가 솔깃했다.

"그러니까 내가 조나라에다 제나라의 심복을 심으란 말이오?"

"나쁠 게 무어 있습니까. 왕께서 초나라에 반기를 드실 생각이라면 말입니다."

"좋소! 그렇게 합시다. 그런데 진여에게 군사를 빌려주면 어디를 먼저 치겠다고 합디까?"

"항우의 세력권이라면 어디든지."

"원래 항우의 본고장은 초가 아니오."

"모르긴 해도 진여는 초를 겨냥하겠지요."

"그렇다면 됐소. 군사를 데려가시오."

그런데 3만 군사를 공짜로 얻은 진여는 전날 장군의 인수 건으로 원수가 되어버린 죽마고우 장이의 진지부터 급습했다.

"뭐라고? 진여가 쳐들어왔다고?"

항우가 군사 대부분을 휘몰고 떠나버렸기 때문에 장이의 성은 무방비 상태였다. 할 수 없이 성을 버리고 달아났다.

"또다시 뜨네기 신세가 되었구려!"

도망치면서 한탄하자 수하인 천문가(天文家) 감공(甘公)이 달래듯이 말했다.

"왕께서는 항차 어떻게 하시렵니까."

"왕은 무슨 왕. 성채마저 빼앗겼는데. 글쎄, 나도 어떻게 해야 할 지 모르겠소. 유방은 예부터 나와 친분은 있으나 힘이 없고, 항우는 강하면서도 나를 왕으로까지 세웠지만 믿을 수가 없소. 결국 의리를 따져 결정하자면 초의 항우한테로 가야겠지요."

감공은 여전히 머뭇거리는 장이를 살피며 조용한 음성으로 말했다.

"전날 유방이 함곡관으로 들어섰을 때였습니다. 다섯 개의 별이 동정(東井)으로 모여들었습니다."

"무슨 뜻이오?"

"유방에게 좋은 일이 있다는 뜻입니다."

"그렇다면 동정이 천문으로 봐서 어디에 해당되는 거요?"

"진(秦)에 해당합니다."

"그건 또 무슨 뜻이오?"

"진에 먼저 들어간 자가 최후의 승리자가 된다는 뜻입니다."

"그렇지만 초가 지금 막강하지 않소."

"나중에는 한(漢)에 먹힙니다."

"좋소. 그렇다면 유방에게로 가겠소."

즈음에 유방은 폐구(廢丘 : 섬서성)에서 진치고 있었다.

"아, 장공! 어서 오시오!"

유방은 장이를 반갑게 맞아들였다. 전날 장이가 외항의 수령으로 있을 때 백수건달로서 장이의 식객이 되어 오랜 신세를 진 사실을 유방은 잊지 않고 있었다.

"진여의 장공에 대한 원한이 아주 깊습다. 초를 함께 치자고 했더니 글쎄 그 조건이 장공의 목을 달라는 게 아니겠소. 그래서 장공을 꼭 닮은 자의 목을 베어 보내놓고 지금 회신을 기다리고 있는 중이오."

3. 유방의 등장

패현(沛縣)의 거대한 현령 저택에서는 잔치가 한창 벌어지고 있었다.
"음, 이놈들 보게나! 아무리 내가 하찮은 정장(亭長) 벼슬에 있지만 나한테 초청장도 보내지 않다니?!"
유방은 크게 헛기침을 뱉은 뒤 잔치가 열리고 있는 곳으로 발걸음을 옮겼다.
잔치는 적에게 쫓기는 몸이 되어 패현의 현령 집에 숨어 있는 선보현(單父縣 : 산동성)의 유력인사 여공(呂公)을 위한 자리였다.
여공은 현령의 귀빈이었기 때문에 패현의 유지들은 현령에게 잘 보이기 위해서라도 돈푼깨나 짊어지고 잔칫집으로 찾아가야 했다.
그러나 유방의 입장은 달랐다. 축하금을 전달하는 게 아니라 순전히 공짜술을 얻어 마시러 가는 처지였다.
축하금 접수는 패현의 주리(主吏) 소하(蕭何)가 맡고 있었다. 그런데 엉뚱한 명함 한 장이 들어왔다.
―축의(祝儀), 일만전야(一萬錢也), 유방.

"이러시면 곤란합니다."

소하가 난감한 표정을 지었다.

"이거 왜 이러시오. 내 돈은 돈같지 않단 얘기요!"

"그런 뜻이 아니라……"

때마침 근처에 있던 여공이 소란을 느끼고 이쪽으로 기웃했다. 그러다가 여공은 깜짝 놀랐다. 맨발로 당하로 달려 내려가서는 유방의 팔을 무작정 끌었다.

"어서 단상으로 오르시지요!"

소하가 여공에게 얼른 귀뜸했다.

"허풍입니다. 항상 빈털터리지요. 그가 이토록 많은 축의금을 낼 턱이 없습니다. 일천 전 이상 낼 수 없는 손님은 당하(堂下)에 앉도록 되어 있습니다."

그러자 여공은 단호하게 고개를 내저었다.

"아니오 아니오! 일만 전이 아니라 저분의 관상은 백만 금도 넘소! 그냥 두시오."

그새 유방은 가장 상석으로 가서 떡 버티고 앉아 있었다. 여공은 종종걸음쳐서 유방 곁으로 다가갔다.

유방은 출생 때부터 그 조짐이 괴이쩍었다. 미천한 신분인 유방의 부친이 밭일을 하다말고 고단하여 큰 호숫가에서 잠이 들었는데 꿈 속에서 천둥번개가 치더니 갑자기 어둠이 사방을 감쌌다.

저만치 부인이 누워있는 것이 희미하게 보이길래 달려갔더니 거대한 교룡(蛟龍)이 부인의 배 위에서 꿈틀거리는 중이었다. 부친은 너무 놀라 소리를 지르다 말고 잠을 깼다. 그 때 부인이 임신하여 낳은 아들이 유방인 것이다.

왼쪽 다리에는 검은 사마귀가 72개나 솟아있었다. 태어날 때부터 우뚝한 콧날에 용의 얼굴을 닮아 있었다.

유방은 친구 사귀기를 좋아했다. 남에게 주기를 즐겼으며, 가슴이 탁 틔어 답답한 데가 도무지 없었다. 또한 넓은 도량을 가지고 있었다.

그런 성격이었으니 먹고 살기 위해 악착같이 일에 매달리지도 않았다. 정장에 임명되고 나서도 일은 커녕 여자를 끼어차고 앉아 외상술이나 마셨다.

그가 단골로 드나들던 술집은 왕씨(王氏) 댁과 무씨(武氏) 댁이었다. 그러나 주인은 한 번도 유방한테서 외상값을 받아본 적이 없었다. 갚지 않아서였다기보다 그가 술에 취해 골아떨어져 있을 때마다 일어나는 괴이쩍은 광경 때문에 받지 않았을 뿐이었다.

"그 참 이상한 인간이네!"

그가 자고 있는 몸뚱이 위에서 용은 언제나 꿈틀거렸다.

더구나 그가 외상술을 마시고 골아떨어진 날에는 어김없이 보통 때보다 몇 배나 많은 술이 팔렸다.

"저토록 많은 술손님을 끌어와 부자를 만들어주니 어떻게 연말마다 유방의 외상장부를 찢어버리지 않을 수 있겠나!"

오래 전에 유방이 노무자 감독이 되어 함양으로 부역 나간 적이 있었다. 그 때 그는 진시황제의 화려하고도 장엄한 순행 행렬을 접하고는 탄식했다.

"아아, 대장부로 태어난 바에야 마땅히 저 정도는 되어야 하는데!"

어쨌건 그런 유방 옆에다 자리를 잡은 여공은 몇 잔의 술을 거푸 권하고 나서 간곡한 음성으로 속삭였다.

"여보시오, 유공. 나는 젊어서부터 남의 얼굴을 살펴보는 관상가였소이다. 그리고 내가 본 관상이 틀려본 적이 한 번도 없었소이다."
"아, 그렇습니까."
"그런데 아까 들어오실 때 보니 제왕(帝王)이 되실 관상이 아니었겠소."
"그렇게 잘 봐 주셔도 복채는 외상으로 할 밖에 없습니다."
"농담 아니외다. 그 시간 이후로 줄곧 유공의 관상을 다시 눈여겨 보았지만 역시 크게 되실 인물임에 틀림없다는 결론을 내렸소이다."
"지금은 일개 정장일 뿐인데요."
"부디 자중자애하십시오. 그런데 말이오. 저에게는 많은 젊은이들이 보고 탐을 내는 딸년이 하나 있소이다. 저는 꼭 귀공에게 시집을 보내고 싶은데 허락해 주시겠소. 데려다 종년으로 부려도 상관치 않겠소이다."
"아 무슨 그런 말씀을. 어쨌건 여공의 소청은 거절하겠습니다."
"그건 왜 그렇지요?"
"귀하게 키우신 여공의 따님이 저같은 백수건달한테 와서 고생하실 생각을 하니 말씀만 들어도 가슴이 찢어질 것 같습니다."
"좌우지간 딱 잡아 거절하진 마시오. 일단 집으로 초청해 술대접 하겠으니 부디 일차 왕림해 주시오."
유방은 여공이 집으로 초청해 술대접한다는 소리에 기뻐서 덜컥 승낙했다.
"아, 그런 초청이라면 기꺼이 응하겠습니다."
그러나 집으로 돌아간 여공이 그런 사실을 부인에게 알리자 부인은 펄쩍 뛰었다.
"그 무슨 망발스런 말씀입니까! 애지중지 키운 딸아이 어디 보낼 데가 없어 그런 건달같은 녀석에게 시집보낼 생각을 다 하셨습니까! 현령의 은혜를 입고 있는 우리가 딸아이를 현령께서 달라고 했을 때에도 당신은 그토록 마다하시더니 허망스럽게도 그래 기껏 정장 따위에게는 자진해서 딸을 내놓으십니까!"

"시끄럽소! 이런 일은 아녀자들이 참견할 일이 아니오!"

장지문 밖에서 부모가 다투는 소리를 듣던 여공의 딸 여안(呂安)이 배시시 문을 열고 들어섰다.

"지금 저의 혼사문제를 가지고 다투시는 중입니까. 그 문제라면 저한테 직접 물어보시는 게 좋지 않겠습니까."

뜻밖의 딸의 제안에 모친은 힘을 얻은 듯 소리쳤다.

"글쎄 얘야. 너의 아버지가 너를 천하의 술꾼에 난봉꾼인 백수건달같은 유방한테 시집보낸다고 하지않느냐. 너처럼 귀하게 생긴 아이가 어찌 일개 정장한테 시집가야 쓰겠느냐. 난 반대다."

"그러시다면 정장말고 또 누가 저한테 청혼하셨습니까?"

"현령이시다. 점잖으시고 인자하시고 후덕하시며 또 현령이라는 지체 높은 지위에 계시는 분이다."

모친의 말이 떨어지기가 무섭게 여안은 야무진 표정을 지으며 대답했다.

"저는 현령이 싫습니다. 기껏 현령의 부인이 되라는 말씀입니까. 지금은 정장이지만 유방 청년이 나중에 제왕이 되지 말라는 법이 없지 않습니까."

모친도 만만찮았다.

"네 말대로라면 현령께서 벼슬이 올라 나중에 제왕이 되지 말란 법도 없지 않으냐."

"저는 아버지의 관상 보시는 눈을 믿습니다. 현령이 아니라 유방 청년에게 시집을 가겠습니다!"

딸의 태도가 하도 단호했으므로 모친도 이상 더 말릴 수가 없었다.

그로부터 얼마 지나지 않아 유방과 여안은 결혼식을 올렸다. 몇 년 후에는 아들 효혜(孝惠)와 딸 노원을 잇달아 낳았다.

유방은 정장 일을 보느라 고향을 떠나 있었고 여안은 효혜와 노원을 데리고 패현에 남아 밭일을 하고 있었다.

여름이었는데 한 노인이 지나가다 여안을 유심히 쳐다보더니 가까이 다가왔다.

"과객이온데, 물 한 잔 주시겠소."

그렇게 부탁하는 노인의 눈에는 놀라움이 가득 차 있었다.

"물론 드리지요. 날씨가 덥습니다."

여안은 바가지에다 샘물을 떠서 노인에게 공손히 바쳤다.

벌컥벌컥 물을 다 마신 노인은 바가지를 여안에게 건네주며 다시 여안의 얼굴을 살폈다.

"덕분에 잘 마셨소. 그런데 참으로 이상한 일이외다. 부인께서는 천하에 둘도 없는 극귀한 관상을 타고나셨는데도 이런 시골에서 땡볕을 얻어맞으며 밭일을 하고 있어야 한다니!"

"아, 관상을 보십니까!"

"내가 보는 관상법으로는 황후의 상이요."

여안은 생각하는 바가 있어 저만치 논두렁에서 놀고 있는 효혜를 불렀다.

"효혜야, 이리 온. 와서 할아버지께 인사를 드려라."

멋모르고 불려온 효혜는 역시 모르는 노인한테 꾸벅 절을 했다.

그러자 노인의 얼굴에는 아까보다 훨씬 더한 놀라움의 빛이 번져났다.
 "아, 역시! 부인께서 존귀한 까닭은 바로 이 사내아이 때문이었구려!"
 부르지도 않았는데 노원까지 달려왔다. 노인은 여전히 감탄의 느낌을 감추지 않고 말했다.
 "이 딸아이 역시 존귀한 관상을 타고 났소이다!"
 노인이 떠난 직후였다. 모처럼 휴가를 얻은 유방이 불쑥 집으로 들어섰다. 그래서 여안은 다짜고짜 조금 전에 일어났던 관상 얘기부터 쏟아내었다.
 "그랬었구려. 그런데 노인은 어디로 갔소?"
 "강둑을 따라 아래쪽으로 방향을 잡는 것 같습디다."
 유방은 서슴없이 제방 아래쪽으로 달렸다. 저만치 노인 하나가 터벅터벅 걸어가고 있었다.
 "앞에 가시는 어르신네. 잠깐 말씀 좀 묻겠습니다."
 노인은 무심코 돌아보다말고 유방의 얼굴을 보는 순간 넋이 나갔는지 한동안 그 자리에 얼어붙어 있었다.
 "저의 집사람과 아이들의 관상을 보아주셨다기에 감사하는 마음을 전하려고 이렇게 달려왔습니다. 가난하여 크게 대접할 수는 없으나 단촐한 술상은 준비할 수 있으니 저의 집으로 되돌아가시지오."
 그제야 정신을 차린 노인은 탄식하듯이 말했다.
 "아아, 역시 그렇구려! 부인과 아이들의 관상이 고귀했던 이유는 바로 그대의 관상 때문이었소!"
 그러나 노인은 대접받기를 한사코 사절했으므로 유방은 하릴없이 혼자서 집으로 돌아왔다.
 패현의 현령은 심기가 좋지 않았다.

'내가 그토록 그자를 대접했는데도 제 딸년을 엉뚱한 데로 출가시켜! 그리고 정장 유방 이놈, 어디 두고 보자. 제깐 것들이 얼마나 행복하게 오래오래 사는가!'

휴가를 끝내고 근무지로 돌아온 유방은 뜻하지 않은 명령서를 현령으로부터 받았다.

──정장 유방은 현내의 인부·죄수 등 3천 명을 데리고 즉시 진시황제의 능묘가 축조되고 있는 역산으로 떠나라. 기일 내에 닿지 않으면 목을 벨 것이니 실수하는 일이 없도록 부하들을 잘 인솔하라. 현령.

명령이라 유방은 별 수 없이 장정들을 거느리고 역산을 향해 떠났다.

그런데 야영을 한 다음날 아침에는 어김없이 수백 명씩의 인부들이 도망을 치고 없었다.

'이런 식으로 가다간 역산에는 나 혼자만 도착하는 게 아닌가!'

풍읍 서쪽 늪지대에 이르러서는 호송 인부들 거의가 달아나버렸다.

"에라, 나도 모르겠다!"

유방도 자포자기하여 행군을 한없이 늦추며 주막이 보이는 대로 들어가 술만 퍼마셨다.

"정장님, 이러다간 장정들은 대부분 도망쳐버릴 것이고 묶인 죄수들은 도착도 하기 전에 모두 죽을 것입니다. 어찌시렵니까?"

십장이 권고했지만 유방이라고 해서 묘책이 있을 턱이 없었다.

"난들 어쩌겠느냐. 우선 죄수들을 모조리 풀어주어라. 그리고 장정들과 함께 내 앞으로 모두 집합시켜라."

"무엇 하시게요?"

"해산 통고를 하겠다."

죄수와 인부들 합쳐 남은 백여 명 모두가 유방 앞으로 모였다.

"그동안 많은 부역자들이 도망쳤다. 나는 알고 있다. 그들이 부질없는 부역에 종사하다가 허망하게 죽는 것이 싫어서 달아났다는 사실을. 그래서 인솔 책임자인 나도 결단을 내리겠다. 너희들도 오늘 밤을 택해 모두 도망쳐라. 나도 마지막으로 달아나겠다."

그런 후 유방은 다시 술을 마시기 위해 주막으로 들어가버렸다.

"자, 그렇다면 우리들도 어딘가로 달아나자!"

그날 밤 유방이 인솔해 가던 대부분의 인부들이 풍읍 근처에서 사라졌다. 남은 장정이라곤 겨우 10명. 그들은 그래도 유방과 최후까지 행동을 같이 하기로 한 자들이었다.

"정장님, 어디로 가야 될지는 모르지만 어쨌건 우리도 어딘가로 도망은 쳐야 하지 않겠습니까."

그러나 술에 너무 취해버린 유방은 대답이 없었다.

그들은 할 수 없이 들것을 구해 골아떨어진 유방을 실었다.

일행은 늪지대의 좁은 길을 빠져나가고 있었다. 그런데 앞장 서서 길을 열던 장정이 파랗게 질린 얼굴로 되돌아왔다.

"안 되겠어! 저 앞에 장정의 두 팔로 다섯 아름은 충분히 될 만큼 엄청나게 큰 뱀이 수십 척 길이로 가로 누워 앞길을 막고 있어. 돌아서 다른 길을 찾아야 돼."

만취 중의 유방이 그 소리를 들었다.

"무어! 사내대장부가 그까짓 뱀 한 마리가 또아리를 틀고 누웠다고 해서 그래 갈길을 두고 다른 길을 찾아나서!"

유방은 비틀거리며 들것에서 일어나더니 장검을 쑥 뽑아들었다.

"어디냐?"

"저으기요!"

유방의 등장　79

과연 뱀 허리의 두께가 사람의 턱밑까지 차오를 만큼 크기가 엄청났다.

그러나 뱀 앞으로 비틀비틀 걸어간 유방은 장검으로 단칼에 두 동강이를 내어버렸다. 다시 비틀거리며 돌아온 유방은 들것에 쓰러지며 소리질렀다.

"자. 다시 전진하자."

깊은 숲속에서 길을 잃었던 장정 하나가 있었다. 그는 멋모르고 유방이 큰 뱀을 베어버린 바로 그 장소까지 왔다. 수상쩍게도 노파 하나가 앉아 훌쩍훌쩍 울고 있었던 것이다.

"아니, 할머니. 한밤중에 더군다나 이런 숲속에서 무슨 일로 혼자 앉아 울고 계십니까?"

울음을 뚝 그친 노파는 표독스런 음성으로 소리쳤다.

"그놈이 내 자식을 죽였네!"

"할머니의 자식이 누구한테서 피살되었다는 뜻입니까?"

"그래. 내 아들은 백제(白帝 : 秦)야. 뱀으로 변신해서는 적제(赤帝 : 漢)가 가지 못하도록 길을 막고 누워있었더니 글쎄 적제 그놈이 나타나 냉큼 내 아들 백제를 베어버리잖아!"

"어디서 베었는데요?"

"바로 여길세……"

장정은 근처에서 그 어떤 흔적도 찾을 수가 없었다.

"할머니는 지금 농담을 하고 계시군요."

그런데 자세히 보니 달빛에 비쳐지는 노파의 눈에는 동자가 보이지 않았다. 필시 요괴라 짐작되어 칼로 내려치려는 순간 노파는 연기처럼 사라져버리는 것이었다.

천신만고 끝에 유방 일행을 만나게 된 장정은 이미 술에서 깨어나 있는 유방에게 조금 전의 그 괴상한 사건을 자세히 보고했다.

'그런 암시는 내게 대단히 고무적이다. 좋다. 지금부터 진(秦)을 친다!'

유방이 난세에 일어날 것을 결심한 것은 바로 그 순간이었다.

유방을 따르던 장정들은 그날의 사건 이후로 유방을 더욱 경외하며 따랐다.

진의 시황제는 살아있을 때 자주 이렇게 탄식하곤 했다.

"그 참 고약하네! 동남방에 천자(天子)의 기가 뻗치고 있단 말야!"

시황제는 자주 동남방으로 출행해 엉뚱한 천자의 기를 제압하려고 온갖 술수를 다 사용했다.

유방은 체포의 사명을 띤 검은 그림자들이 항상 자기 곁을 맴돌고 있다는 사실을 눈치 채고 자신이 그 목표물일지도 모른다는 생각을 하게 되었다.

'왠지 느낌이 좋지 않다. 우선 도망치고 볼 일이다!'

그래서 유방은 망산(芒山)과 탕산(碭山)의 험준한 산악지대로 도망가 숨어 있기를 자주 했다.

그런데 신통한 사건이 있었다. 그토록 유방이 꼭꼭 숨어 있는데도 부인 여안은 집으로 찾아온 손님을 데리고 어김없이 산속을 찾아왔다. 너무나 괴이쩍은 일이라 유방은 아무도 없을 때 부인한테 물었다.

"어쩐 일이오? 도대체 내가 이곳에 숨어 있다는 사실을 어떻게 알아냈단 말이오!"

부인 여안은 아무렇지도 않다는 투로 대답했다.

"그야 너무나 간단하지요, 당신이 계시는 머리 위에는 언제나 운기(雲

유방의 등장

氣)가 서려 있으니까요. 그것만 따라가면 언제든지 당신을 어김없이 만날 수 있답니다."
　유방은 내심 기뻤다. 패현의 젊은이들도 유방에 대한 그런저런 괴이한 소문을 듣고는 따르고자 하는 자들이 늘어나고 있었다.
　진나라 2세황제 원년 가을이었다. 유방은 기현(蘄縣)에서 진승 등이 반란을 일으켰다는 소문을 들었다. 진(陣)땅에 이르러 왕위에 올라 국호를 장초라 부른다는 소식도 듣고 있었다. 또한 다른 군현에서도 그들의 장(長)들을 죽이고 진승에게 호응해 간다는 소문도 잘 듣고 있었다. 유방은 자신이 슬슬 움직이고 싶었으나 그 방법도 모르고 기회도 닿지 않았으므로 아직은 가만히 몸을 웅크리고 있던 중이었다.
　바로 그럴 즈음에 패현의 현령도 그런 소문을 듣고 있었다.
　'가만 있자. 이렇게 우물쭈물하고 있을 때가 아니다. 자칫 하다간 나도 화를 당할지 모르지 않는가. 결국 패현을 몽땅 들어 진승한테 붙어버리면 어떻게 되나?'
　결국 현령은 주리인 소하와 옥리(獄吏) 조참(曹參)을 불러 의논할 수밖에 없다고 판단했다.
　"자, 내가 어떻게 처신해야 천하가 불안한 이 시절에 살아남을 수가 있겠는가?"
　현령의 고민을 들은 소하와 조참은 똑같이 난색을 표했다. 먼저 소하가 의견을 말했다.
　"현령께선 어쨌건 진나라 관리이십니다. 진나라에 반기를 든다고 해서 과연 패현의 젊은이들이 흔쾌히 현령께 동조할 수 있을까요?"
　"그걸 모르니까 이렇게 답답해 하고 있지 않겠나!"
　이번에는 조참이 나섰다.

"현령께서 현 밖으로 추방했던 놈들 중에서 영향력이 있는 놈들 한두 명쯤 회유해 불러들이면 어떨까요?"

"불러들여선?"

"그놈들을 현령의 편으로 만든 뒤 바로 그놈들을 앞장세워 현의 젊은 것들이 꼼짝 못하게 공포분위기를 조성하면 혹시 패현의 젊은 것들도 현령을 따르게 될지 모른다는 뜻입니다."

"그 참 묘한 이론이네. 그런데 진나라 학정에 못이겨 현 밖으로 도망친 자들 중에서 영향력이 있는 자는 누구인가?"

"유방이지요."

"유방?"

현령은 찔끔했으나 곧 표정을 바로잡았다.

"그런데 유방을 불러보려면 누구를 보내야 하는가?"

소하가 대답했다.

"번쾌(樊噲)가 적합합니다. 그는 유방의 아랫동서니까요."

현령은 유방을 불러들인다는 사실이 못내 찜찜했지만 지금 상황으로서는 달리 방법이 없었다. 부디 유방이 여공의 딸과 결혼한 사실에 앙심을 품고 죽음의 현장 역산으로 쫓아보냈던 일을 망각하고 있기만 바랄 뿐이었다.

현령의 부탁을 받은 개백정 출신의 번쾌는 좋아라 하고 유방한테로 달려갔다. 유방은 그 때 역산으로 가지 않았다는 죄를 짓고 패현으로 들어오지 못한 채 인근 호숫가에서 백 명의 졸개들과 함께 숨어살고 있었다.

"형님, 일이 잘 됐습니다. 현령이 형님보고 패현으로 돌아와 자기를 도와달랍니다. 별수없이 진에 반기를 들 모양입니다."

잠깐 생각에 잠기던 유방은 혼연히 고개를 들었다.
"그래, 하늘이 주는 절호의 기회일 것이다!"
한편 성채 위에서 아래로 물끄러미 내려다보고 있던 현령은 깜짝 놀랐다.
"앗? 저놈들이야말로 바로 나를 해칠 불한당들이 아닌가! 안 되겠다. 어서 성문을 닫아 걸어라!"
현령으로선 깜짝 놀랄 수밖에 없었다. 유방 혼자서가 아닌 백여 명의 졸개들에다 번쾌까지 함께 붙어 칼이며 창이며 철퇴를 흔들면서 그들은 패현성을 향해 쳐들어오고 있는 것처럼 보였다.
한편 유방의 입장에서는 사태가 몹시 난감스러웠다.
"불러놓고 성문을 닫아 걸어? 이거 어떻게 된 거야? 그새 사정이 바뀌었다는 얘긴가?"
번쾌가 투덜거렸지만 한 번 닫힌 성문은 결코 열리지가 않았다. 어쨌건 유방 일행은 현령의 오해로 입성하지 못한다는 사실을 밖에서 알 길이 없었다.
한편 성 안의 현령은 현령대로 고민 속에 있었다. 유방 일당들이 일단 반도들로 치부되자 두렵기 이를 데 없었다.
'그렇지만 반도들을 따라야 하는가 진나라 관리로서의 책임을 다해야 하는가!'
아무리 생각해 보아도 유방 일당들에게는 믿음이 가지 않았다. 그들에게 성문을 열어주는 순간 왁작 몰려와서 자신을 쳐죽일 것 같았다.
'그렇다면 결론은 간단하다. 나는 진나라 관리로서의 책임을 다하겠다. 도대체 저런 날강도 같은 도망병들을 끌어들여 목숨을 의탁해 보자고 하던 애초의 발설자는 누구인가!'

소하와 조참은 영리했다. 현령이 자신들을 주살하려는 것을 알고는 서둘러 의논했다.

"어떻게 하려나?"

"셈할 것도 없네. 일단 도망치고 볼 일이야."

"어디로?"

"유방한테로 가자. 그는 인물이야. 가서 이쪽의 사정을 알리고 다음 일을 도모하도록 하자."

밤중에 성벽을 타고 패현성을 탈출한 소하와 조참은 곧장 유방한테로 달렸다.

"일이 그렇게 되었습니다."

소하와 조참한테서 일의 자초지종을 듣고난 유방은 곧 붓을 들어 견백(絹帛)에다 글을 썼다.

──천하는 이미 진나라 학정에 시달려온 지가 오랩니다. 그래서 천하가 분노하며 궐기한 것입니다. 지금 패현의 현령은 성문을 닫아걸고 있으나 분노한 제후들의 창검 앞에서는 그까짓 성문은 아무것도 아닙니다. 패현에서는 현령을 잡아 주살해 버리고 쓸 만한 인물을 골라 현의 장(長)으로 세우십시오. 그런 후 제후들에게 호응한다면 그대들의 가족과 재산은 온전히 보호될 것입니다. 그렇게 하지 않을 경우 그대들 안전은 책임질 수가 없으며 모조리 도륙되어도 책임질 자가 아무도 없을 것입니다. 부디 현명한 판단 있으시길 바랍니다.

유방은 편지를 화살촉에 묶어 성 안으로 쏘아 보냈다.

한편 유방의 편지를 받아본 패현의 유지들은 긴급 회의를 열었다.

"어떻게 하면 좋겠소? 저들의 경고가 단순한 엄포만은 아닌 것 같은데."

"우리 힘으로 성을 지켜낼 수가 없다면 결론은 간단한 거 아니겠소!"
"어떻게?"
"현령을 죽인 뒤 성문을 엽시다. 패현의 백성들이 모두 목숨을 부지하려면 그 길밖에 없소."
"좋소. 찬성이오."
유지들은 그렇게 회의의 결론을 내렸다.
칼 잘쓰는 장정 두 명이 현령의 침실로 숨어들어가 잠자고 있는 현령의 목을 베어가지고 나왔다.
유지들은 현령의 머리를 들고 성벽 쪽으로 나가서 소리쳤다.
"보시다시피 현령의 목을 베었소. 우선 패현성 백성들의 목숨과 재산을 지켜주겠다는 약속부터 주시오. 그래야만 성문을 열겠소."
소하가 대신해 나섰다.
"나는 패현의 관리 소하요. 현령이 죄없는 우리를 죽인다는 바람에 놀라 조참과 함께 성을 탈출했던 사람이오. 이젠 걱정 말고 성문을 열어도 될 것이오. 이곳 책임자인 유방께선 이미 여러분의 생명과 재산에 대한 안전을 약속하셨소."
얼마 후 성문이 조심스럽게 열렸다.
유방 일행이 성안으로 들어서자 유지들과 장정들과 현의 수비병들까지 모두 무기를 버린 채 꿇어앉아 있었다.
"이러시면 안 됩니다. 우리가 입성한 것은 그대들 위에 군림하기 위해서가 아닙니다."
유방이 만류하자 가장 연장자인 듯한 노인 하나가 나서서 말렸다.
"그렇지가 않습니다. 새 현령에 유방어른께서 앉아주십시오. 우리는 벌써 그렇게 추대해 놓고 성문을 열었습니다."

유방이 다시 나섰다.

"저는 사양하겠습니다. 각지에서 제후들이 제멋대로 일어나 천하는 지금 뒤죽박죽 되어 있습니다. 내일의 일은 말할 것도 없고 오늘의 일도 한치 앞을 예측할 수 없는 난세일 뿐입니다. 이런 때일수록 현명한 지도자를 모셔야 합니다. 내 목숨이 아까워 사양하는 것이 아닙니다. 어쨌건 나는 적임자가 아닙니다."

그러자 장정 하나가 나서서 다른 제안을 했다.

"소하나 조참이 현명한데 두 사람 중에서 한 분을 추대하면 어떻겠소."

소하가 나섰다.

"말도 안 되는 제안이오. 조참이나 나는 문관이오. 난세의 지도자감이 아니란 얘기요. 더구나 우리는 일이 잘못되어 진나라 토벌군에게 진압될 경우 자신과 가족이 몰살당하는 것을 두려워하는 겁쟁이란 말이오."

이번에는 다른 노인이 나섰다.

"평소에 유방의 신변에는 여러 가지 진기하고 괴이쩍은 조짐들이 자주 일어나고 있다는 소문을 많이 들어 왔소. 하늘이 낸 존귀한 인물이 아니면 그런 조짐들은 일어나지 않소. 점을 쳐 보아도 그대만큼 길한 인물은 없으니 사양 말고 지도자가 되어 주시오."

유방이 계속 사양하자 곁에 있던 번쾌가 투덜거렸다.

"무얼 그토록 뒤로 자꾸 빠지려고 그러시오. 내가 보아도 형님만한 인물이 없는 것 같으니 냉큼 감투를 써 버리시오."

"조용히 하고 있게. 어떤 직위라도 일단 사양하는 것이 미덕이네. 또한 자리라는 것도 기회가 오면 저절로 따라 오네."

결국 패현의 새 지도자로는 모두 사양했기 때문에 아무도 세울 수가 없었다. 그러기를 며칠.

소하와 조참이 밤을 택해 유방을 찾아들었다.

"관군이든 봉기군이든 어느 한쪽을 선택하지 않으면 무의미하고 무가치한 집단으로 끝나는 것이 오늘의 현실입니다. 어서 대의명분을 세우시고 패현의 지도자가 되십시오. 지금 패현의 장병 3천 명은 지도자의 출현을 목빠지게 기다리고 있는데 귀공의 사양으로 그들을 실망시키면 모두는 뿔뿔이 흩어지고 맙니다. 시간이 없습니다."

"패현 백성들이 진정으로 나를 원하고 있소?"

"의심의 여지도 없습니다. 더구나 그들은 주인없는 패현성을 불안해하고 있어 하루라도 빨리 유방 어른께 의지하고자 하는 마음들입니다."

결국 이쯤에서 유방은 그들의 권유를 승락하기로 했다.

"그렇다면 그대들이 내가 명분있는 지도자로 나설 수 있도록 절차와 의례까지 도와주시오."

"벌써 준비해 두었습니다. 저와 조참은 공무에 익숙한 몸입니다. 그런 문제라면 걱정하실 필요가 없습니다. 호칭의 문제인데 패공(沛公)이라 부르도록 해주십시오. 즉 패현의 지사(志士)라는 뜻입니다."

"괜찮은 호칭이구려."

"그리고 우선 황제(黃帝 : 오제 중의 하나인 전설적인 제왕)의 사당에다 제사를 지내십시오."

"그것뿐이오?"

"난세라 앞으로 수없는 전쟁을 치루어야 할 것입니다. 그러니 치우(蚩尤 : 고대의 전설적인 무신)에 대한 제사를 현청에서 행하시고 무운을 빌어야 합니다. 군고(軍鼓)와 군기에 제물의 피를 바르면 됩니다."

"제사로써 의식은 끝나는 거요?"

"패공께서 이곳으로 오시는 길에 백제의 아들인 뱀을 죽이셨다는 소문은 들었습니다. 적제의 아들인 패공께서는 적색을 존중한다는 뜻으로 기치의 색깔을 적색으로 통일하십시오. 그런 후 패현의 장정 3천 명을 데리고 호릉(胡陵)과 방여(方與)(모두 산동성) 등지를 공격하고 돌아오셔서 풍읍을 굳게 지키고 있으면 좋은 기회가 생길 것입니다."

4. 역발산기개세, 항우

사냥을 나섰다가 항우는 잠시 바위 위에 앉아 쉬고 있었다.
"살려주세요!"
여자의 비명소리였다. 항우는 본능적으로 튕겨져 일어났다. 말발굽소리는 빠른 속도로 달려들고 있었다.
저만치서 검은 바탕에 흰 털이 군데군데 박힌 한 필의 말이 바람처럼 날아왔고, 그 위에서 가냘픈 여자가 결사적으로 고삐를 붙든 채 비명을 계속 내질러대었다.
"미쳐버린 말인가?"
항우는 부리부리한 눈에 광채를 빛내며 달려오는 말 앞으로 돌진했다. 순식간에 고삐를 잡힌 말은 항우 앞에서 곤두박질쳤다. 그 통에 여자는 숲속으로 날아가버렸다.
말은 항우의 완강한 힘 앞에서 갑자기 얌전해졌다.
"어! 이놈 봐라! 백락(伯樂)이 아니더라도 한눈에 명마인 것을 알겠네!"

항우는 감탄하다말고 여자가 날아간 숲속으로 서둘러 들어갔다. 여자는 큰 외상은 보이지 않았으나 기절을 했는지 죽은듯이 눈을 감고 누워 있었다.

"여보시오. 어서 일어나시오."

항우는 여자의 뺨을 가볍게 때리다 말고 깜짝 놀랐다. 그녀가 절세의 미녀였기 때문이었다.

'이러고 있을 때가 아니지. 어서 응급조처를 취한 후 의원한테로 데리고 가야겠다. 차림새로 보아선 고귀한 신분의 딸인 것만은 분명한데……'

항우는 여자를 안아 들고 얼른 말 위로 올랐다.

얼마쯤 달려가자 개울이 나타났다. 항우는 여자를 풀밭에 내려놓고는 목에 매고 있던 수건을 풀어 찬물에 적셨다.

물수건으로 얼굴을 문지르자 그제서야 여인은 가만히 눈을 떴다.

"어맛!"

"아, 이제야 깨어나셨군요."

"장부께서 저를 구해주셨습니까."

여자는 천천히 일어나 앉았다.

"말고삐를 틀어쥔 일밖에 없습니다. 그 때문에 낭자께선 숲속으로 떨어졌고요. 어디 크게 다치신 데는 없습니까."

"옆구리가 조금 결리긴 하지만 크게 걱정할 정도는 아닌 것 같습니다."

"바래다 드리지요. 제 뒤에 타십시오."

여인은 그제서야 생각난 듯이 놀라운 눈으로 옆의 말을 바라다보았다.

"저 오추마(烏騅馬)는 몹시 사납습니다. 아버지가 선물로 받은 말인데 호기심이 나서 잠깐 타본다는 것이 이렇게 되어버렸습니다."

"이제는 온순해졌으니 안심하십시오. 이 항우 앞에서는 아무리 사나운 말이라도 굴복할 수밖에 없지요."

"그 참 이상한 일이군요. 오추마는 주인 외엔 그 누구도 태우지를 않는 말인데……"

"그렇다면 이 오추마의 주인은 저인 것 같습니다."

항우는 호탕하게 웃고나서 등 뒤로 바싹 붙어앉은 여인에게 물었다.

"낭자의 이름을 물어도 되겠습니까."

"우희(虞姬)라 부릅니다."

"그렇다면 산너머 마을에 사시는 우대인의 따님이 혹시 아니십니까."

"바로 그렇습니다."

"아하, 어쩐지!"

"존함이 항우님이라 하셨습니까?"

"그렇습니다."

"저의 집으로 가시거든 아버지께 오추마를 달라는 부탁을 해보십시오. 항우님의 명성을 익히 알고 계시기에 틀림없이 오추마를 선물하실 것입니다."

말뿐만 아니라 우희낭자까지도 얻을 계산이라고 말하려다가 항우는 꾹 참았다.

그런데 우희의 집 근처에서 항우는 삼촌 항량의 부하를 만났다.

"종일 찾았습니다. 항장군께서 급히 모시고 오라십니다."

"삼촌이?"

"급히 의논할 일이 생기신 것 같습니다."

그러자 우희가 먼저 말 위로부터 훌쩍 뛰어내리며 말했다.

"그럼 우선 이 오추마를 빌려드릴 테니 타고 가십시오."

항우는 잠시 주저하다 대답했다.

"대단히 고맙습니다. 일이 끝나거든 반드시 오추마를 돌려드리겠습니다."

"천천히 돌려주셔도 됩니다. 천하를 위하는 일에 오추마가 요긴하게 쓰인다면 아버님께서도 기뻐하실 것입니다."

항우는 우희를 일별한 뒤 가볍게 목례를 했다.

"그럼……"

항우는 오추마를 몰아 막내삼촌 항량이 기다린다는 회계(會稽 : 절강성)땅으로 바람처럼 달렸다.

항우의 본명은 적(籍)이며 우(羽)는 그의 자(字)이다. 고향은 하상(下相 : 강소성)이나 대대로 초나라 장군의 집안으로서 항(項 : 하남성)에 봉을 받았으므로 항씨를 성으로 삼았다.

항우는 진나라에 대하여 좋은 감정을 가질 턱이 없었다. 할아버지 항연(項燕)이 진의 장군 왕전(王翦)한테 피살당했기 때문이었다.

항우는 막내삼촌 항량에게 특별한 사랑을 받았다. 뿐만 아니라 항우 역시 항량을 몹시 따랐다.

그러면서도 항우는 힘만 천하장사였지 인내력이라고는 도무지 없었다. 어렸을 때에는 항량한테서 서도(書道)를 배웠는데 얼마 있지 않아 붓을 내동댕이쳤다.

"이따위 것은 배워서 뭣합니까. 사내 대장부에게 글이란 제 이름자나 쓸 줄 알면 그뿐 아니겠습니까."

항우는 젊어서 항량한테서 검술을 배웠다. 얼마만큼 검술을 습득하자 그나마도 게을리했다.

"넌 어떻게 애가 그러느냐. 한 가지 일에도 그토록 인내력이 없으니!"

"삼촌은 모르시는 말씀을 하고 계십니다. 검술이란 모름지기 한 사람의 적을 상대하는 일이 아닙니까. 저는 그것이 싫습니다. 차라리 만민을 상대해서 싸워 이기는 병법(兵法)을 배우겠습니다."

그래서 항우는 병법을 배우기 시작했다. 그런데 그나마도 얼마 있지 않아 병법서를 덮어버렸다. 항량이 나무랐다.

"병법 배우기에도 벌써 싫증이 났단 말이냐."

"벌써 다 터득했습니다. 병법이란 것도 결국 대강의 요점만 터득해 버리면 더 배울 것이 없습니다."

그토록 사사건건 제멋대로인 조카에 대해서도 항량이 몹시 기특하다고 생각하게 된 사건이 하나 있었다.

진시황제가 회계산을 순행하면서 절강(浙江)을 건너고 있을 때 항우는 항량과 함께 길 가에서 그 웅장하고 찬란한 행렬을 구경한 적이 있었다.

구경꾼들이 그 어마어마한 행렬에 질린 표정을 짓고 있을 때 유독 항우만은 얼굴빛이 달랐다.

"두고 봐라! 언젠가는 네 놈을 내치고 내가 그 자리에 들어가 앉는다!"

항우의 큰 목소리에 기절초풍한 항량은 얼른 항우의 입을 틀어막았다.

"이 어리석은 놈아! 그런 소릴 대놓고 지껄이면 네놈의 목은 말할 것도 없고 우리 항씨 일족이 몰살된다는 걸 모르느냐!"

그러면서도 8척 장신에 웬만한 무쇠솥 정도는 가볍게 쳐들어 올리는 장사 항우가 그토록 미더울 수가 없었다.

항량의 저택은 회계성 근처에 있었다.

항우가 타고 온 오추마를 본 항량은 깜짝 놀랐다.

"이런 명마를 어디에서 구했느냐?"

"삼촌도 척 보시고 금새 눈치를 채시는군요. 이 말은 우대인의 따님 우희한테서 빌렸습니다. 과정을 설명하자면 한참 길어서 생략하겠습니다만 아무튼 우희는 천하의 절색이었습니다. 나는 그녀에게 장가들 테니 삼촌께서 기회 보아 중매를 서 주십시오."

"오냐 오냐. 기회 보아 그렇게 하도록 하자. 그렇지만 더 급한 일이 있다. 어서 밀실로 들어가자. 긴히 의논할 일이 생겼다."

삼촌의 긴장된 표정이나 서두는 태도로 보아 예삿일이 아닌 것만은 분명했다. 항우도 공연히 초조해졌다.

항량은 한때 역양(櫟陽 : 섬서성)에서 어떤 범죄에 연좌돼 체포될 뻔했는데 기(蘄)땅의 옥관 조구(曹咎)의 서장(書狀)을 얻어 역양의 옥관 사마흔(司馬欣)에게 제출함으로써 무사히 놓여날 수가 있었다. 그 때 항우가 중간에서 뛰어 삼촌을 살려놓았다.

뿐만 아니었다. 항량은 그 후 살인을 하고 오중(吳中)으로 도망을 쳤는데 그 때도 항우가 동행했다.

항우는 오중에서 삼촌 항량이 처신하는 것을 보고 옆에서 가만히 배워두었다. 항량은 오중의 유지들한테서 언제나 존경을 받고 있었다. 항량은 그런 처지를 이용해 대규모 토목공사가 있을 때나 혹은 마을에 장례식이 있을 때 언제나 앞장서서 일을 처리했다.

"그런데 삼촌, 빈객들이나 유지의 자제들을 사용해 부서를 나누어 부리는 것을 보면 꼭 병법을 이용하는 것 같습디다."

"옳게 보았다. 병법을 이용만 한 게 아니라 그들을 지도하면서 그들의 재능까지 알아두었다. 나중에 필요할 때 그런 재능들을 써먹을 수 있어야 한다."

"용의주도하십니다."

그러니까 항우의 입장에서도 그런 항량이 그토록 미더울 수가 없었다.

항량은 항우를 밀실로 데리고 들어갔다.

"여보게 조카, 회계군 군수 은통(殷通)이 나를 조용히 만나자고 하네."

"군수가 삼촌을?"

"무엇 때문에 만나자는지 가 보아야 알겠지만 혹시 대택향에서 진승이 군사를 일으킨 사실에 충격을 받고 나를 부르는 게 아닐까."

"가정해 보건데 둘 중의 하나를 은통이 부탁할 것 같습니다. 관군인 자기를 도와 달라든가 반란군이 될 테니 협조해 달라든가."

"대세를 가늠해 보건데, 은통이 관군을 몰아 반란군에 가담할 가능성이 훨씬 많아 보인다."

"그러니까 삼촌을 장군으로 삼고 은통 자신은 왕이 되겠다는 속셈이겠습니다."

"그럴 가능성도 배제할 순 없지."

"삼촌은 그럴 경우 어쩌시렵니까?"

"내가 어떻게 하는 게 좋겠느냐?"

"되물으시니 대답하겠습니다만 은통 따위는 왕이 될 인품이 못됩니다. 차라리 은통을 속여 죽이고 삼촌이 왕이 되십시오. 물론 처음에는 회계군수로 출발하시는 게 좋습니다."

"어쩐지 일이 너무 커질 것 같아 두렵구나!"

"만사에 결행할 시기를 놓치면 후회만 남는다고 했습니다. 은통이 삼촌을 부르는 건 하늘이 주는 기회일 수도 있습니다. 이런 좋은 기회를 왜 외면하려 하십니까."

"그렇다면 구체적으로 어떻게 작전을 세워야 좋을까?"

"이런 일일수록 단순 명쾌해야 성공할 수 있습니다. 저와 함께 회계성으로 가서 저는 밖에서 기다릴테니 삼촌은 은통과 담판하십시오. 그래서 적당한 순간이라 판단될 때 저를 불러들이십시오. 그 때 저 혼자 들어가 은통을 해치우겠습니다."

항량도 항우의 권고를 듣고나서 그 방법 말고는 뾰족한 묘수가 없다고 판단되었다.

항량은 결연한 표정을 지으며 소리쳤다.

"가자!"

회계성에 도착한 항량은 항우를 밖에 기다리게 해놓고 혼자서 들어갔다.

"아, 어서 오시오. 몹시 기다리고 있었소이다."

항량을 맞은 군수 은통은 역시 항량을 데리고 밀실로 들어가면서 속삭였다.

"이미 강서(江西 : 양자강) 쪽에서는 모두가 진나라에 대하여 반기를 들고 있소이다. 이러다가는 결국 진나라는 망하고 말겠지요. 한데, '남보다 선수를 치면 남을 제압할 수가 있으나 뒤늦으면 제압당한다' 는 말을 들었소이다."

"하고자 하시는 말씀의 핵심은 무엇이온지요?"

"한 마디로 말해서 난 내 군사를 이끌고 천하가 저마다 뜻을 펴려는 이 때에 귀공과 환초(桓楚)를 장군으로 삼아 진나라에 대항하고 싶소."

항량은 은통이 반란을 일으킬 생각을 하고 있다는 사실을 확인했다. 그러나 그의 막하로 들어가겠다는 뜻은 도무지 없었다. 그렇다면 항우와 약속한 그대로 일을 진행시킬 일이었다. 더구나 대대로 장군 가문인 자신을 은통 따위가 막하로 들어오라는 데에는 자존심까지 몹시 상했다. 그렇지만 내색은 전연 하지 않고 대답했다.

"좋습니다. 저와 환초가 돕고 군수께서 나서신다면 천하에 안 될 일이 없겠지요. 그런데 환초는 지금 근처에 있습니까."

그러자 은통은 난감한 표정을 지었다.

"글쎄 말이오. 환초는 지금 진나라에 죄를 짓고 늪지대로 숨어 들어가 살고 있다는 소문은 들었는데 찾을 길이 없구려. 누구 환초가 있는 곳을 알고 있는 사람이 혹시 없겠소? 환초는 우리들한테는 절대로 필요한 인물이오."

환초의 행방에 대한 은통의 의문은 사실이었다. 그렇지만 항량으로선 환초를 찾을 이유가 도무지 없었다. 차라리 그의 행방불명을 가지고 책략을 쓸 수 있겠다는 생각이 얼른 들었다.

"환초가 있는 곳을 알고 있는 사람이 있습니다."

"그가 누구요?"

"항우가 알고 있지요."

"항우라면 역발산 기개세(力拔山氣蓋世)한다는 천하장사 말이오?"

"제 조카놈이지요."

"아, 마침 잘 됐소. 우리에겐 그런 인물도 꼭 필요하오. 그런데 그 항우는 지금 어디에 있소?"

"성문 밖에서 절 기다리고 있습니다."

"지금 밖에 있다고? 원, 이럴 수가 있나! 어서 데리고 들어오시오."

은통은 희색이 만면해 가지고 자리에서 몇 번씩이나 일어났다 앉았다 했다.

회계성 밖에서 항우를 안으로 불러들인 항량은 조용히 귓속말을 했다.

"군수 은통은 아무 의심도 없이 너를 불러들였다. 그런데 성내의 병력은 8천이고 우리 병력이라야 너와 나 둘뿐이지 않느냐. 설사 은통이야 간단하게 죽일 수 있다 하더라도 저 많은 병력은 또 어떻게 감당할 수 있겠느냐."

그러자 항우는 그 부리부리한 눈알을 빛내며 소리쳤다.

"그건 제게 맡겨 주십시오. 한동안 군청 안이 수라장으로 변하긴 하겠지만 관리놈들 수십 명만 베어버리면 저들은 넋을 잃고 항복하고 말 것입니다. 걱정하지 마십시오."

항우의 큰소리가 믿음직스럽진 않지만 항량으로서는 그렇게 결단하지 않을 수가 없었다.

"좋다! 그렇게 결행하자. 문 밖에서 기다리고 있다가 부르거든 들어오너라. 그 다음에는 네가 알아서 행동해라."

항량은 은통이 기다리고 있는 밀실로 걸어가면서 일의 승패는 운명에 맡긴다는 생각을 했다. 그리고 승패와 관계없이 은통을 죽이는 명분을 궁리하고 있었다. 게다가 은통이 죽은 뒤의 병력 장악 방법도 골똘히 생각했다.

"그래, 항우는 어찌되었소!"

초조하게 기다리고 있던 은통은 항량을 보는 순간 소리쳤다.

"은통 군수께옵서 중용하신다고 했더니 좋아라 하고 따라왔습니다.

불러들일까요."

"여부가 있겠소. 어서 부르시오."

"여봐라, 우야. 군수께옵서 들라신다. 와서 인사드려라."

은통의 눈길은 입구쪽으로 가 있었다.

잠시 후 눈이 사납고 신체가 장대한 사내 항우가 들어서자 은통은 기가 콱 질리는 모양이었다. 그 무시무시한 위세에 눌려 한동안 입을 다물지 못하고 있었다.

"왜 그러고 계십니까. 어서 항우에게 하명하십시오. 아. 너는 왜 가만히 서 있느냐. 어서 예를 올리지않고."

삼촌이 나무라도 항우는 목례조차 올리지 않고 고함부터 질렀다.

"나는 아직 군수의 부하가 아니오. 나한테 어떤 벼슬을 내릴 것인지 그것부터 알고 나서 예를 올리겠소."

항량은 항우의 계획을 이해하고 있었기 때문에 항우의 무례를 모른 척하고 있었다.

당황한 쪽은 은통이었다.

"아, 그렇소? 내가 실례를 범했소. 글쎄, 그대에게 어떤 직책을 맡길 것인지는 항량장군과 의논한 뒤에 결정하기로 하고…… 한데, 그대는 환초가 어디에 있는지 알고 있다고 했소?"

"물론 알고 있소. 그 역시 내 직위를 확인한 후에 말할 것이오."

한편 은통은 항우의 무례에 화가 났다.

"여보시게! 벼슬을 주든 직위를 주든 그건 이 은통의 고유권한이란 말씀이야. 그대가 요구할 사항이 아니오!"

항우도 대들었다.

"난 그렇게 생각하지 않소. 진나라에 대항하는 반군의 입장에 서면 그

입지가 누구에게든 대등한 거요. 지금 군수께선 진나라 벼슬자리를 박찬 반군의 주모자 정도 처지밖에 더 되겠소. 그런 입장에 있는 당신이 고유권한이니 뭐니 하고 앉았으니 기분 나쁘단 말씀이야."

"무엇이!"

옆에서 이들의 다툼을 지켜보던 항량이 그제서야 간섭하고 나섰다.

"자 자, 이러지들 마시오. 대사를 앞두고 우리끼리 싸움부터 시작해서야 되겠소이까."

항량의 그런 태도가 은통의 화를 더 돋구었다.

"아니오. 항우 따윈 필요없소! 회계군 군수 은통의 위력이 어느 만큼인가 이자를 처치하는 것으로 그 본보기를 삼겠소!"

은통이 허리에서 장검을 획 뽑았다.

그러나 항우의 몸놀림이 훨씬 빨랐다. 비호처럼 은통 앞으로 몸을 날려 함께 바닥으로 나뒹굴었다.

잠깐 후 은통의 멱살을 잡아 쥔 항우는 그 커다란 주먹으로 은통의 머리를 쳤다. 그통에 머리통은 박살나며 피가 사방으로 튀었다.

은통이 완전히 죽은 것을 확인한 항우는 항량에게 소리쳤다.

"삼촌, 완전히 숨이 끊어졌습니다. 어서 다음 조처를 취하십시오!"

"알았네!"

정신을 차린 항량은 은통이 쥐고 있던 장검을 빼앗아 바로 은통의 목을 베었다. 그리고는 은통의 허리에 달려 있던 인수(印綬)를 풀어 제 허리에다 옮겨찼다.

"어떻게 하시게요?"

"어차피 한바탕 치룰 준비는 해야 될 게다. 군 청사로 그들 수령의 목과 인수를 대신 차고 나가면 소란이 일 게 분명하잖느냐."

"그렇다면 제가 앞장서지요."

항우는 은통의 밀실 벽에 걸린 또 하나의 장검을 골라 잡고는 항량과 함께 청내로 걸어나갔다.

"자, 모두들 듣거라!"

은통의 머리통을 잡고 외쳐대는 항량을 본 청내의 관리들은 기절할 듯이 놀랐다.

"앗! 저건 우리 군수님의 머리가 아닌가!"

"그렇다! 자객의 침입이다! 저놈들을 묶어라!"

그것을 신호로 수백 명의 관병이 항량과 항우를 에워쌌다.

"우리는 초나라 대대로 장군 가문의 후손인 항량과 항우이다. 우리가 은통을 죽인 이유는 명색이 군수라는 자가 역적질을 도모하자며 꼬드기기에 여기 항우가 한 방 주먹으로 때려죽인 것이다. 그러하니 너희들은……."

항량의 연설에도 불구하고 청내의 관병들은 이상 더 들으려 하지 않았다. 창과 칼로 조여오며 금새라도 박살낼 기세로 대들었다.

항우는 분노했다. 장검을 휘둘러 앞의 관병 몇 명을 한꺼번에 벤 뒤 좌충우돌 닥치는 대로 찌르고 베었다.

관병들은 항우의 적수가 되지 못했다. 거의 백 명의 관병들이 죽어 나자빠지자 그제서야 관병들은 겁을 내고 슬슬 뒤로 몰렸다.

항량이 다시 소리쳤다.

"여보게들! 우리 초나라는 진나라의 학정에서 벗어나 다시 나라를 재건해야 되는 시기에 온 것이다. 비록 군수를 때려죽인 것이 의로운 일이라고는 할 수 없으나 초나라 재건이라는 대의명분 앞에 진나라의 관리 은통 하나쯤 죽여 없앤 것은 아무것도 아니다. 어떻게 할 텐가. 천하 대세에 순응하여 우리와 함께 초나라를 일으키는 일에 동참할 것인가 아니면 진나라의 앞잡이로 칼을 들었다가 죽은 저들과 같이 비참한 최후를 취할 것인가!"

가만히 듣고 있던 관병들은 하나 둘씩 칼을 떨어뜨리며 바닥에 꿇어앉았다.

"항복하겠습니다."

"초나라 재건에 동참하겠습니다."

"철저하게 진나라를 때려부수는 일에 신명을 다 바치겠습니다."

삽시에 회계군을 평정한 항량은 전날 눈여겨 보아둔 오중(吳中)의 호걸들을 불러 효위(效尉)·후(侯)·사마(司馬) 등의 벼슬을 내린 뒤 정병 8천 명을 수중에 넣고는 회계군을 완전 장악했다.

그런데 벼슬은 커녕 부서 배치도 받지 못한 오모라는 자가 따지고 들었다.

"저는 그동안 장군 밑에서 충성을 하느라고 했습니다. 그런데도 저는 이번 임용에 누락되었습니다. 혹시 장군께서 저를 잊으신 것은 아니겠지요."

"천만에. 내가 어떻게 자네를 잊었겠는가. 너무나 잘 기억하고 있네."

"그러시고도 저를 왜 빠뜨렸습니까?"

"전날 수모(誰某)의 장례식 때 일을 기억하나?"

"그러문요. 제가 책임자였습니다."

"절차는 말할 것도 없고 죽은 자에 대한 불경스런 진행으로 유족들을 분노케 만든 사실도 기억 하나."

"그건······"

오모는 그제서야 머리를 긁으며 뒤로 비칠거렸다.

"그토록 신중치 못한 데다 능력조차 없는 그대를 어떻게 임용하겠는가."

소평(召平)이라는 자가 있었다. 그는 진승에게 호응하여 봉기한 자였다.

그는 광릉(廣陵 : 강소성)에서 선무공작을 하고 있었으나 아직도 투항시키지 못하고 있었다. 바로 그 때 진승이 패주했을 뿐 아니라 진나라 군사가 이쪽으로 들이닥친다는 소문이 들려왔다. 다급했다.

'어쩐다? 좋은 수가 없을까? 그렇지! 머리를 쓰면 화를 복으로 돌릴 수가 있지!'

소평은 양자강을 건너 항량의 지배지역으로 달려갔다.

"항장군, 진승께서 항장군을 상주국(上柱國 : 재상)으로 임명했소이다. 양자강 동부 일대는 이미 평정되었으니 즉각 서쪽으로 진격해 진나라를 토벌하라는 명령이오."

항량은 소평이 왕명을 사칭한 줄도 모르고 군사 8천을 이끌고 양자강을 건너 진격하기 시작했다.

동양현(東陽縣)에 진영(陳嬰)이라는 인물이 있었다. 그는 동양현의 말단관리에 지나지 않았으나 현령을 처치한 동양현의 청년들이 그의 성실하고 겸허 정직한 성품을 사모하며 그를 수령으로 모시고자 했다.

"내가 어떻게 그런 엄청난 일을 감당하겠는가. 나는 싫네."

진영이 사양하는데도 불구하고 벌써 봉기군은 수하에 2만 명으로 늘어났다.

기고만장한 청년들은 진영을 아예 왕으로 추대하려 했다. 뿐만 아니라 그들은 타지방에서 봉기한 군사와는 다르다는 오만함으로 머리에 청색 두건을 쓴 창두군(蒼頭軍)을 창설했다.

별 수 없이 아들이 왕으로 추대된다는 소문을 들은 진영의 모친이 놀라서 달려왔다.

"아니 된다 애야. 내가 너의 집 진씨 가문으로 시집온 이후로 너의 조상 중에서 고귀한 신분을 가진 분이 있었다고는 아직까지 들은 적이 없다. 그런데 갑자기 네가 왕이 된다는 일은 아무래도 불길하다. 역시 너는 누구의 지배 하에 있는 것이 좋을 것 같구나. 반란이 성공하면 봉후가 될 것이고 실패하더라도 도망하기가 쉽지 않겠느냐. 세상에서 표적이 되지 않으니까. 그래서 책임은 면할 수가 있지."

진영은 모친의 만류에 다시 마음이 흔들렸다. 그래서 창두군의 장군들을 소집한 진영은 이렇게 설득했다.

"항씨는 대대로 장군의 가문으로서 초나라에서는 유명한 인물이오. 이런 거사를 거행하려 할 때 우두머리가 될 사람은 그와 같은 인물이 아니어선 안 되오. 진나라 타도라는 큰 일을 이룩하려면 그런 명문 귀족이 앞장서야 되는 일이오."

한편 항량의 진중으로 진영이 보낸 사자가 들이닥쳤다.

"창두군의 진영장군께서는 2만 군사를 들어 항장군의 휘하에 들고자 합니다."

항량과 항우가 희색이 만면해가지고 있는데 또 하나의 사자가 찾아들었다.

"우대인께서 보내신 사자입니다. 항우장군께 여쭤보랍니다. 일차 누옥이나마 방문해 주시면 감사하겠다면서요."

그 순간 항우는 우희의 아름다운 얼굴이 떠올랐다. 뿐만 아니라 어디까지나 빌려 탔을 뿐인 오추마 일도 생각났다.

"돌아가서 말씀 드려라. 그동안 너무 일이 바빠 오추마도 돌려드리지 못하고 가서 뵙지도 못했다고."

"그렇다면 초청에 이제는 응하실 수가 있다는 말씀입니까?"

그러자 항우는 대답 대신 항량을 돌아보았다. 항량은 항우의 생각을 눈치채고서 말했다.

"어서 가 보아라. 그 대신 사흘 후에는 양성(襄城 : 하남성) 공격에 나서야 한다. 수비가 견고해 함락이 어려운 곳으로 보내는 대가로 주는 선물이니 그리 알아라. 그리고 아예 내가 혼서(婚書)를 써줄 터이니 우대인께 갖다 드려라."

얼마 후 항량의 혼서를 받아쥔 항우는 오추마를 후려쳐서 우대인의 집으로 바람처럼 날아가고 있었다.

한편 회수(淮水) 가에서 경포(黥布)가 진을 치고 앉아 누군가를 열심히 기다리고 있었다.

"항량장군이 회계땅을 평정한 뒤 양자강을 건너 서쪽으로 오고 있다는 소문은 사실일까?"

경포는 부관에게 느닷없는 질문을 했다.

"제가 들은 바로는 사실인 게 틀림없습니다."

"진영의 군대가 항량이 대대로 초나라 장군이었다는 이유로 그 휘하로 들어갔다는 소문도 사실일까?"

"그 소문은 이미 사실로 확인되었습니다."

"그렇다면 그대는 진영의 판단이 옳았다고 생각하는가?"

"어리석은 소견으로는 진영의 판단이 정당하다고 보았습니다."

"음……"

육안(六安 : 안휘성) 출신인 경포의 본래 성씨는 영(英)이었다.

영포는 미천한 가문에서 태어났다. 그런데 소년시절 어떤 관상가가 그의 얼굴을 요모조모 살피더니 이런 결론을 내려주었다.

"그 참 요상한 관상이네! 분명히 왕(王)이 될 얼굴인데도 반드시 형벌을 받은 다음에라야 그렇게 된단 말씀이야."

"그럼 됐습니다. 형벌이야 받든 말든 왕만 되면 좋지요."

세월이 흘렀다. 청년이 된 그는 법에 저촉되는 일을 저질러 드디어 얼굴에 먹물을 들이는 경형(黥刑)에 처해졌다.

그 때 영포는 웃으며 말했다.

"두고 보게. 나는 이제 형벌을 받았으니 왕이 될 일만 남은 걸세."

"미친 놈이군!"

사람들은 그렇게 떠벌리는 영포를 보며 비웃었다. 어쨌건 그 때부터 그의 이름은 경포가 되었다.

경포는 형 판결을 받고는 역산으로 끌려갔다. 거기에는 형도(刑徒)들이 수만 명이나 있었다.

경포는 그들 형도들 중에서도 힘깨나 쓰는 호걸들 하고만 교제했다. 그러다가 무리 수백 명을 꾀어가지고는 양자강 근처로 도망쳤던 것이다. 그리고 거기에서 떼도둑질이나 하면서 지냈다.

"뭐? 진승이라는 자가 군사를 일으켜 진나라에 반기를 들었다고? 그 참 신선한 소문이네. 그렇다면 나도 이러고 있을 때가 아니지!"

경포는 즉시 행동할 것을 결심했다. 그래서 우선 파양령(鄱陽令) 오예(吳芮)를 찾아가 무작정 졸랐다.

"진나라에 반기를 듭시다. 기회가 좋습니다. 내게 군사 수천 명만 주시면 한 번 멋지게 일어나 보겠는데!"

오예는 경포의 인물됨을 알아보았다.

"좋다. 군사를 주지. 그 대신 조건이 하나 있네. 금지옥엽으로 키운 내 딸이 하나 있는데 자네가 장가를 들어주겠나?"

"군사를 주시는 것만도 감사하온데 사위까지 삼아주시다니오!"

경포는 감격했다.

그 뒤 경포는 북상해 청파(淸波 : 하남성)에서 진군을 깨뜨린 뒤 다시 동쪽으로 나아가 있다가 항량이 회계땅을 평정한 후 양자강을 건너오고 있다는 소문을 들은 것이다. 지금 경포가 눈이 빠지게 기다리고 있는 인물이 바로 항량이었던 것이다.

"좋다. 그렇다면 나도 군사를 이끌고 항량의 휘하로 들어갈 일이다."

한편 항량은 항량대로 고민 중에 있었다. 경구(景駒)를 초왕으로 내세운 진가(秦嘉)가 항량이 서쪽으로 진격하지 못하도록 방해를 했던 것이다.

항량은 누구에게랄 것도 없이 큰 소리로 투덜거렸다.

"진승은 행방불명이 되어 살았는지 죽었는지도 모르겠고 진가놈은 진승을 배반해 경구를 왕으로 세웠으니 도대체 뭐가 뭔지 알 수가 없구나! 그러나 진가가 대역무도한 인간인 것은 확실하니 진나라 이전에 진가놈부터 처치할 일이다!"

항량은 결단을 내렸다. 진가를 치니 그는 패주해 호릉(胡陵 : 산동성)까지 달아났다. 분노한 항량은 진가를 추격해 들어가 이튿날에는 아예 붙잡아 죽여버렸다.

경구도 양(梁 : 하남성)땅으로 도망해 들어갔다가 병으로 죽었다.

"그런데 장군님, 비록 아직은 전쟁에 승승장구하고 있으나 언젠가는 패할 날이 있을지도 모릅니다. 그래서 드리는 말씀인데 우리한테도 군사(軍師) 역할을 맡아주실 이가 필요하지 않을까요."

부관의 말에 항량은 번쩍 눈이 떠졌다.

"군사(軍師)라! 그 대단히 소견있는 말일세. 그래 그 자리를 담당할 만한 인물이 근처에라도 있다는 말인가?"

항량이 관심을 적극적으로 나타내자 부관은 이 때다 하고 큰소리로 보고했다.

"바로 저 오두산 밑에 범증(范增)이라는 70노인 한 분이 살고 계십니다. 기계(奇計)에 능하여 그 출입이 신출기몰하고 그의 용병술은 신통하기가 손자나 오자의 그것과 같습니다. 그를 얻기만 한다면 천하는 이미 다 얻은 것과 마찬가집니다."

"가서 그를 데려오게."

"아니 됩니다. 현자(賢者)는 불러서 오지 않습니다. 가서 간절히 부탁해야지요."

항량은 별 수 없었다. 부관을 앞세워 오두산 밑으로 달려갔다. 어느새 어둠이 묻어오고 있었다.

"계십니까. 범증이라는 도사님을 찾아뵈러 왔습니다."

"뉘시오?"

"초나라 봉기군 대장 항량장군이 도사님을 뵙고싶다 하여 모시고 왔습니다."

"무슨 일로 오셨는지 장군께 여쭤 보시지요."

항량이 나섰다.

"진나라를 평정해 도탄에 빠진 백성들을 구하려고 군사를 일으켰습니다. 그런데 수하에 용맹스런 장수들은 속속 모여들고 있으나 용병에 지혜를 짜내주실 병사의 스승은 구할 수가 없던 바, 마침 이곳에 그런 현자가 있다기에 선물을 싣고 찾아뵈러 온 것입니다."

범증의 목소리는 금새 쌀쌀하게 변조되었다.

"일 없습니다. 잘못 찾아오신 것 같습니다. 설사 제가 재주가 남보다 조금 뛰어나다 하더라도 벌써 70줄에 접어든 노인이 무얼 어떻게 도와드리겠습니까."

"범선생, 진정 학정에 시달리고 있는 천하의 백성들을 외면하시겠습니까."

항량이 졸랐지만 범증의 고집도 보통 아니었다.

"만나주시지 않으면 이대로 밖에서 밤을 지새겠습니다."

한동안 반응이 없다가 한참만에야 문이 열렸다.

"오늘은 너무 늦었으니 그냥 돌아가시지요. 항장군을 도와드리는 것이 천하를 위하여 이로울지 어떨지 밤에 점을 쳐본 뒤 그 결과를 내일 알려드리겠습니다."

항량 일행도 별 수가 없었는지 범증의 누옥으로부터 사라졌다.

밤이 깊어지자 범증은 방에서 나와 마당으로 내려섰다.

밤하늘에는 별들이 은구슬 뿌린 듯이 좌르르 흩어져 있었다.

범증은 뒷짐을 진 채 하늘을 우러러 보았다. 우선 진나라의 운명을 점성술로 살펴보아야 했다. 초나라의 미래를 점치기 전에 아침이면 찾아올 항량을 따라갈 것인가 어쩔 것인가 하는 결단의 근거를 마련하기 위함이었다. 즉 진에 대항하는 초나라를 도우는 일이 승산있는 일인가를 알기 위해서였다.

범증은 정신을 가다듬었다.

'진나라 지역인 서쪽 별은 태백(太白 : 금성)이다. 군사(軍事)를 지배하고 살벌(殺罰)을 관장한다. 태백은 마땅히 나타나야 할 때에 나타나고 들어가야 할 때에 들어가야 한다. 이런 법칙이 역행되는 것을 실사

(失咎)라 하는데, 태백성은 이를 거역하고 있다. 필히 진나라 군사는 패할 것이다. 그리고 태백은 밤에만 나타나야 한다. 그런데 며칠 전에는 주간에도 나타나지 않았던가. 그것은 천하에 혁명이 일어나 권력이 뒤바뀌는 징조다!'

 진나라의 멸망을 확인한 범증은 이번에는 형혹(熒惑 : 화성)을 찾았다. 초나라 지역의 징후를 관찰하는 별이었기 때문이었다.

 '형혹은 재화나 병란의 조짐을 보이는 별이다. 그런데 형혹이 혜성처럼 보이는 것은 웬일인가. 제후들이 번갈아가며 강세를 과시하던 시절에도 형혹은 이토록 시뻘겋게 빛나지 않았던가. 진시황제 재위시절에는 네 차례나 나타났었고 길이가 하늘 한쪽에서 다른 한쪽까지 뻗었을 만큼 긴 적도 있었다. 결국 진나라는 무력으로 6국을 멸망시키고 천하를 병합하는 동안 전토에는 시체가 산적해 있었다. 결국 초의 형혹이 서쪽으로 흘러가면서 대살륙을 감행할 수밖에 없는 것은 초나라의 운명인가!'

 범증이 고뇌로 밤을 지새우고 있는 동안 벌써 여명이었다.

 "범선생 계십니까."

 누군가가 문 밖에서 부르고 있었다.

 "제가 범증입니다만 꼭두새벽에 사람을 찾아오신 손님은 대체 뉘시온지요?"

 "항량이라 합니다. 어제는 뵈러 왔다가 허탕치고 그냥 돌아갔습니다만, 범선생을 군사(軍師)로 모시는 처지에 애초에 아랫사람을 들려보내는 실례를 범한 일이 밤내 가슴에 걸려 사죄하는 뜻으로 이렇게 새벽을 도와 혼자 달려왔습니다. 사악한 진나라를 응징하고 도탄에 빠진 민생을 구한다는 대의명분으로 이 항량은 분연히 일어섰으니 선생을 군사로 모시는 일을 부디 거절하지 말아 주십시오."

범증은 항량의 간곡한 목소리에 알 수 없는 감동을 느끼고 있었지만 다져둔다는 뜻으로 한 마디 내뱉았다.

"항가(項家)의 무명(武名)이 대대로 초나라에서는 혁혁하다는 사실은 저도 잘 알고 있습니다. 그러나 이전에 회계군수 은통을 죽였고, 항장군의 부하 항우는 양성 공격 때 수비가 견고했던 사실에 앙심을 품고 비록 적병이지만 이미 항복한 포로의 대부분을 구덩이에 묻어 죽였습니다. 이래서야 어떻게 백성을 위한 의병을 일으켰다고 할 수 있겠습니까."

범증의 항의에도 항량은 침착한 목소리로 대답했다.

"은통의 문제는 이미 초나라 백성들 한테서 용서를 받았고, 양성 포로의 매장사건은 소문과는 달리 그자들이 거짓항복을 한 뒤 뒤따라 반격해 왔으므로 그들을 궤멸시켰던 것으로 알고 있습니다."

범증은 항량의 달변에 대하여 가타부타하지는 않았다. 대신 항량이 처분만 기다린다는 듯이 묵묵히 서 있는 동안 이미 싸둔 보따리를 어깨에 진 범증이 바같으로 나섰다.

"갑시다."

"예에?"

"초나라의 별자리가 왕성할 때 진나라를 하루 빨리 멸해야지요."

항량의 입이 함지박만큼이나 찢어졌다.

범증은 항량이 끌고 온 말위로 오르면서 그제서야 갸우뚱했다.

"그토록 새벽같이 저한테로 달려온 이유가 필시 딴 데 있을 텐데요?"

"사실은 그렇습니다. 그동안 행방불명이던 진승이 확실히 죽었다는 사실을 어제 밤 늦게서야 보고 받았습니다. 그래서 반군의 수령을 잃어버린 저희들로서는 어떻게 해야 될지 그것을 몰라 군사(軍師)의 고견을 듣고자 서둘러 찾아왔던 것입니다. 한데, 진승의 패배는 정말 뜻밖입니다."

뚜벅뚜벅 말을 몰던 범증은 가까스로 입을 열었다.

"진승의 패배는 당연한 일입니다."

"예에? 그건 어째서입니까?"

"진나라가 6국을 멸망시킬 때 6국 중에서 초나라가 가장 진나라에 대하여 절치부심 했습니다. 아시겠지만 초의 회왕(懷王)이 인질로 진나라에 갔을 때 진나라에서는 끝내 회왕을 돌려보내지 않고 굶겨죽였습니다. 초나라 사람들은 얼마나 분해했겠습니까. 또한 회왕을 얼마나 불쌍하게 생각했겠습니까. 초나라 음양가(陰陽家) 남공(南公)이 그 사실을 두고 이렇게 표현하지 않았습니까. '두고 보자. 진나라에 대한 초나라의 원한은 민가 세 채밖에 남지 않을 정도로 쇠약해지더라도 결국 진나라를 멸망시킬 자는 초나라일 것이다'고 하지 않았겠습니까. 결국 초나라가 진나라에 대하여 강한 이유는 전날의 그 원한 때문인 것입니다."

"초나라의 원한과 진승의 패배는 어떤 관계가 있는가요?"

범증은 말머리를 가지런히 해서 따라오는 항량에게 안색을 바꾸며 대답했다.

"진승이 절대로 망할 수밖에 없었던 이유를 설명해 드리지요. 진승이 제일 먼저 진나라에 대항해 거사했습니다. 물론 초나라에서 기병했지요. 그러자 강남의 대부분 인걸들이 진승에게 협조했습니다. 그 이유가 어디에 있었다고 생각합니까."

"글쎄요. 진나라의 학정에……"

"그 때문만은 결코 아닙니다. 회왕의 죽음에 대한 초나라 사람들의 정서를 대변한 인물이라고 착각했던 거지요."

"착각이라니요?"

"초나라 사람들은 진승이 초왕의 자손을 왕으로 세울 줄 알았지요. 그러나 진승은 스스로 왕이 되었으니 초나라 사람들의 기대는 무너질 수밖에 없지 않았겠습니까. 진승의 패배는 당연합니다. 초나라 인심이 모두 그를 외면해 버렸으니까요."

이번에는 항량이 고개를 갸우뚱했다.

"범선생, 그런데 저는 강동(江東)에서 기병했지만 초나라 장군들이 벌떼처럼 일어나 제 밑으로 몰려들고 있습니다. 그 점에 대해서는 어떻게 설명하시겠습니까."

"그야 항장군의 가문이 대대로 초나라 장군이었기 때문입니다."

"그렇다면 초나라 인심은 제가 초왕의 후손을 왕으로 세울 것이라는 기대 때문에 모두가 저를 따른다는 말씀입니까?"

"당연하지요. 항장군께서 왕이 되시겠다는 흑심이 조금이나마 드러나는 순간 초나라 인심은 떠나며 장군의 목숨도 위태롭게 됩니다."

항량은 기분 나빴지만 꾸욱 참았다.

"그렇다면 저는 앞으로 어떻게 해야 되겠습니까?"

"어렵게 생각하실 건 없습니다. 초왕의 자손 중에서 한 사람을 찾아 그를 왕으로 추대해야지요. 그래야 민심이 따릅니다. 초나라 사람들이 가장 불쌍하게 생각하고 있는 회왕의 자손을 왕으로 추대한다면 이상 더 좋을 게 없지요. 어쨌건 진승은 대의명분을 잃은 데다가 장이와 진여의 간곡한 진언을 외면했기 때문에 죽었습니다."

항량은 범증의 협박이 싫었다. 그러면서도 범증의 충고가 옳다는 생각도 들었다.

"민간인에게 머슴으로 고용되어 양치기 노릇을 하고 있는 초왕의 후손 심(心)이란 인물을 제가 알고 있습니다. 그를 데려와 조부의 시호를 따서 회왕으로 옹립하고 싶은데 괜찮겠습니까?"

"좋으실 대로."

"진영을 초의 재상으로 삼고 우태(盱台 : 안휘성)에다 도읍하게 하고 싶은데 괜찮을런지요."

"역시 좋으실 대로."

5. 장량과 한신

 호숫가에 앉아 물 속을 유심히 들여다보고 있던 장량(張良)은 혼잣말로 중얼거렸다.
 "이러고 있을 때가 아니다. 진승이 군사를 일으켰다니 나도 슬슬 몸을 움직여야겠다. 그런데 기껏 백여 명의 졸개들을 데리고서야 큰 뜻을 펼 수는 없지 않은가. 경구(景駒)가 초나라 왕으로 자립해 있다니 그쪽으로나 가 볼까. 우선 그의 인품이나 살펴둘 일이다."
 장량은 자리에서 분연히 일어섰다.
 10년 전이었다.
 장량의 조상은 한(韓)나라에서 5대째나 재상 벼슬을 하고 있었다. 그런데 그의 부친 평(平)이 죽은 지 얼마 후에 진시황제가 한나라를 멸망시켜 버렸다.
 '어디 두고 보자! 반드시 이 원한을 풀고야 말 것이다!'
 장량 자신이 재상이 될 차례였다. 그러나 나이가 어렸기 때문에 한나라에서 관리직에도 오르지 못한 채 나라를 잃고 말았다.

어쨌건 한나라가 격하되었을 즈음 장량의 집안에는 시종들만 3백여 명이 있었을 만큼 여전히 큰 집안이었다.

'좋다. 가재도구를 모조리 팔아 자객을 구해서 진시황제를 죽이고 말겠다!'

120근짜리 철퇴를 사용하는 장사가 있다는 소문을 들은 장량은 동쪽으로 향했다.

거기에는 마침 부친과 교제하던 동이(東夷)의 군장(君長) 창해군(倉海君)이 있었다.

"한나라의 원수를 갚으려고 재산을 털어가지고 달려왔습니다. 천하장사가 있다는 소문을 듣고왔는데 추천해 주시겠습니까?"

"돌아가신 그대 춘부장과의 친분을 생각해서라도 어디 그만한 부탁이야 못 들어드리겠소. 그러나 실패할지도 모르는 만일의 사태에 대비하여 그 장사의 이름만큼은 아예 알 생각도 하지 마시오. 내일 정오에 장터 동쪽에 있는 대장간으로 가보시오. 수염이 더부룩하고 눈이 부리부리해서 첫눈에 그가 장사인 것을 알아볼 것이오. 그를 데리고 가시오."

장사를 만나본 장량은 몹시 흡족했다.

'음……믿음직스럽다. 이 사람이면 능히 경계망을 뚫고 들어가 시황제를 충분히 저격할 수 있겠구나!'

장량은 장사를 데리고 박랑사(博浪沙 : 하남성)로 갔다. 마침 시황제가 순행하느라 박랑사 계곡으로 지나간다는 소문을 들었기 때문이었다.

장사가 먼저 장량에게 제의했다.

"자, 그러면 우리는 여기서 헤어져야 되겠습니다. 내일 오후면 시황제가 이 계곡으로 지나갈 것이고 저는 때와 장소를 적절히 맞추어 그자를 저격할 것입니다. 멀찍이 떨어져 계시다가 시황제를 죽이는 장면이나 구경하십시오. 제가 혹시 붙잡히더라도 저는 선생의 존함도 성분도 모르니 불 염려는 없겠지요."

　장엄하고 화려한 진시황제의 순행행렬이 박랑사 계곡으로 지나가고 있었다. 장량은 구경꾼들 틈에 섞여 두근거리는 가슴을 누르며 장사가 어서 진시황제를 저격해 주기를 기다렸다.

　드디어 행렬의 한 군데가 흔들리는 것 같더니 화려한 황제의 마차가 박살나는 것이 보였다.

　'됐다! 성공이다! 이제야 한나라의 원수를 갚았구나!'

　장량은 구경꾼들 틈에서 슬그머니 벗어나와 장터쪽으로 향했다. 이상하게도 오히려 허망한 느낌이 들었다.

　기분 좋게 한 말 술을 거나하게 마시고는 여인숙에 들어 자고 있는데 새벽녘에 관병들이 들이닥쳤다.

　"무슨 일이오?"

　장량은 짐작을 하면서도 모른 척 부스스 일어나 앉았다.

　"잔말 말고. 여기 여인숙에 묵고 있는 손님들은 무조건 조사를 받는다!"

　"조사요?"

　"황제폐하를 저격한 놈을 찾는다."

　"무어요? 폐하께서 저격을 당하시다니."

　"그런데 그놈이 하도 몸이 날래서 감쪽같이 숨어버렸단 말이야."

　관병이 투덜거리는 내용으로 보아 장사는 일을 성공시킨 뒤 도망친 것이 분명했다.

　"그렇다면 폐하께선 참변을 당하셨다는 얘깁니까?"

　"진인(眞人)으로 자부하시는 폐하께서 어찌 일개 자객의 철퇴 따위에 화를 입으시겠는가."

"그러니까 습격은 당하셨지만 화는 입지 않으셨다는 말씀이군요."

"그 바보같은 놈이 앞의 마차를 부수느라 뒷마차에 타고 계신 폐하의 수레를 놓친 거지."

'아뿔사! 그렇다면 원수는 멀쩡하게 살아 있다는 말인가!'

관병들은 장량의 위아래를 몇 번 더 훑어보더니 120근짜리 철퇴를 사용할 위인은 못되는 것으로 판단했는지 서둘러 다른 집으로 떠나버렸다.

그러나 장량은 그곳에 오래 머물 수가 없었다. 대노한 시황제는 범인을 이잡듯이 해서 기어코 체포하라는 엄명을 내렸기 때문이었다. 위험했다.

할 수 없이 박랑사를 간신히 벗어난 장량은 변성명한 채 하비(下邳)로 숨어들어 갔다.

이제는 속절없는 파락호였다. 원수도 갚지 못하고 재산도 날려버렸다. 기가 죽어서 터벅터벅 정처없이 길을 걷고 있는데 저만치 다리 위에서 남루한 옷차림의 노인 하나가 장량을 손짓으로 열심히 부르고 있었다.

"저 말입니까?"

"이놈아, 근처에 네 놈 말고는 아무도 없지 않은가."

소리치는 노인의 목소리는 카랑카랑했다. 더구나 쏘아보는 눈빛 역시 범상치가 않았다.

어물거리며 장량이 노인 앞으로 다가서자 갑자기 노인은 신발 한 짝을 다리 밑으로 벗어던지며 소리질렀다.

'너, 내려가서 내 신발 주워와."

노인의 행동이나 명령이 어처구니 없었지만 상대가 늙은이인지라 참고 내려가서 신발을 건져왔다.

"이놈아, 신발을 가져왔으면 발에 신겨야 할 게 아니냐."

노망든 노인이라 생각되어 무시하고 떠나려 하다가 역시 한번 더 참는 게 좋겠다 싶어 무릎을 꿇고 신발을 신겼다.

노인은 발을 내밀어 그것을 태연히 받아 신었다. 그러고는 고맙다는 말도 없이 그곳을 떠나버렸다.

괴상한 노인이구나 하고 한동안 멍청히 그 자리에 서 있는데 느닷없이 노인이 되돌아왔다.

"이놈아, 가르쳐줄 테니까 닷새 후 새벽 일찍 이곳으로 나오너라."

"예에?"

장량이 엉겁결에 되물었지만 노인은 대꾸도 않고 가버렸다.

이상한 일이었다. 그의 명령에는 거역할 수 없는 어떤 힘이 있었다. 그리고 노인답지 않게 눈빛이 번쩍거리던 사실도 괴이쩍었다.

'범상치가 않다. 닷새 후에 새벽 산보 삼아 나와 보지 뭐.'

그래서 장양은 닷새를 기다려 새벽같이 다리 위로 나갔다. 과연 노인이 나와서 기다리고 있었다. 그런데 노인은 다짜고짜 화를 벌컥 냈다.

"이놈아, 늙은이와 약속을 해놓고 젊은 놈이 늦게 나오는 법이 어딨어. 닷새 후에 다시 나와!"

노인은 획 하니 떠나버렸다.

장량은 노인의 괴상한 짓거리를 아예 무시해 버리며 그런 이상한 숨바꼭질을 그만두려다가 닷새 후가 되자 속절없이 다리 위로 나가게 되는 것이었다.

이번에는 첫닭이 울 즈음해서 도착했는데 뜻밖에도 노인이 먼저 나와 있었다.

"요놈 보게나. 여전히 늙은이보다 늦게 나타나네. 돌아가서 닷새 후에 다시 나오게."

장량은 오기가 났다. 이번에는 자정부터 나가 기다리기로 했다.

역시 이번 만큼은 장량이 노인보다 먼저 다리 위로 도착할 수 있었다. 그날따라 아침 느지막하게 나타난 노인은 그제서야 너털웃음을 웃었다.

"마땅히 그래야지. 배우겠다는 놈이 정성 없이는 안 되지. 자, 이 책을 가져가게."

노인은 제 품속을 뒤적거리더니 책 한 권을 꺼냈다.

"예?"

"이 책을 수백 번 읽어 그 문리(文理)를 터득하게. 그래야 왕자(王者)의 스승이 될 자격을 얻게 되지……"

노인이 내민 책을 살펴보니 태공망 여상(呂尙)이 쓴 「병법서」였다.

"이 귀한 책을……!"

장량이 황급히 인사를 올려도 노인은 못본 척하고 서 있었다.

"왕의 스승이 된다고 하셨는데 그게 무슨 뜻입니까?"

노인은 장량의 질문에는 대답하지 않고 대신 엉뚱한 말을 했다.

"그건 자네가 걱정할 일이 아니야. 그냥 그렇게 되도록 되어 있네. 미리 말해 두지만 자네가 일어날 시기는 십 년 후가 돼. 그리고 13년 후에는 자네가 날 만날 수 있을 걸세."

"만나뵐 수 있는 장소쯤은 알려주실 수가 있겠지요."

"그건 말해 주지. 아마 곡성산(穀城山) 기슭이 되기 쉽네. 나를 찾으려거든 황석(黃石)노인을 들먹이게."

"기억하고 있겠습니다."

"이번에는 실패하지 않을 거야."

"예에? 무슨 말씀이신지?"

"내가 여불위를 키워놨거든. 그의 심성은 살펴보지 않고 세상을 제도할 인물로 점찍은 것이 실패의 원인이었어."

"무슨 뜻인지 종잡을 수가 없습니다."

"자네는 달라. 자네는 끈질기게 참고 기다릴 줄도 알아. 내 신발을 주워다 신길 줄도 알고, 닷새 후 세 번씩이나 기다려 내 앞에 나타난 일만 보아도 자네는 성공하여 명예로운 이름을 세상에 남길 걸세."

"고맙습니다."

"한데 꼭 한 가지를 명심하게."

"그것이 무엇입니까?"

"과욕을 삼가하게. 그리고 때가 되었다고 생각되거든 세상의 욕망에 미련을 두지 말고 가차없이 세속에서 떠나버리게. 그렇게 하지 않으면 여불위처럼 치욕스런 인생을 마감하게 되지."

"무슨 말씀인지 이제사 짐작이 갑니다."

장량은 허리를 굽혀 깊은 인사를 했다.

"어르신네의 경고를 명심하여 실수하는 일이 없도록 하겠습니다."

그런데 허리를 다시 편 장량은 깜짝 놀랐다. 바로 앞의 노인이 갑자기 사라져버린 것이다.

"엇! 사람인가 귀신인가!"

결국 장량은 황석노인의 정체를 이해할 길이 없었다.

어쨌건 그 때부터 장량은 황석노인이 건네준 책을 읽고 또 읽었다. 그러면서 하비에 숨어 살면서 제법 행세를 하며 지냈다.

즈음에 항량이 살인을 하고 도망와서 장량의 신세를 진 적도 있었다.

드디어 10년이 지났다. 진승이 군사를 일으켰다는 소식을 듣고 1백여 명의 졸개들을 거느리고 초나라 왕이 됐다는 경구를 만나기 위해 길을 가고 있었던 것이다.

그런데 이상한 일이 일어났다. 장량이 하비성 서쪽으로 가는 동안 뜻밖의 일행들과 만나게 된 것이다.

"가만 있자. 저 일행들은 누구인가. 누군가가 가서 그것을 알아오라."

장량의 명령에 수하 병사 한 명이 앞에서 다가오는 일행들 앞으로 쪼르르 달려갔다..

"잠깐 멈추시오. 저의 두령되시는 장량선생께서 누구의 부대인가를 확인하고 오라 하셨소."

그러자 앞에 선 부관이 장량의 부하에게 경멸어린 눈빛을 하고서 말했다.

"무엄하다. 감히 누구이길래 패공 유방장군의 군사를 막아서느냐!"

"유방장군?"

"장량이란 자는 또 무엇하는 자이길래 제 이름 따위를 감히 우리 장군님 면전에다 꺼내놓느냐."

장량의 부하도 만만찮았다.

"나 역시 마찬가지다. 유방 따위가 누구인지 나도 모르네. 그러니 돌아가서 우리 두령한테 그렇게 전하마. 거지떼들이 지나가더라고."

두 병사가 한참 소란을 떨고 있는 사이에 유방과 장량이 서로 가까운 거리로 접근하게 되었다.

유방이 장량의 얼굴을 유심히 바라보고 있었다. 장량 역시 유방의 얼굴을 찬찬히 뜯어보았다.

'그 참 이상하네! 처음 보는 얼굴인데도 왠지 감동을 느끼게 하네.'

유방 역시 장량에 대하여 비슷한 감정을 느끼고 있었다.

'인물이다! 처음 보는 얼굴에게 이토록 가슴 뛰는 느낌을 갖는 건 평생 처음이야!'

장량이 먼저 말했다.

"명성을 익히 듣고 있습니다. 수천 병사로 하비성 서쪽 땅을 공략하고 계시다는 소문은 들었습니다."

유방도 합장하면서 대답했다.

"하비 땅에서 백여 명의 협객들을 거느리고 임협(任俠)으로 명성이 높으신 바로 그 장량선생이 아니시오."

"과분하신 칭찬이십니다. 때를 얻지 못하고 10여 년을 숨어 살다가 진승이 군사를 일으켰다기에 바로 기회가 온 것으로 판단하고……"

"진승은 죽었소이다."

"제가 만나러 가는 사람은 초왕 경구어른입니다."

"경구 역시 죽었구요."

"세상에 이런 일이! 이런 일들을 일컬어 운명이라고 말하는가 봅니다. 패공께서 거두어 주신다면 휘하에 들겠습니다."

"나 역시 반갑기가 이를 데 없소이다. 장선생께서 장군자리를 맡으신다면……"

"잔병이 많아 그런 중책은 맡기 어렵습니다."

"그럼 군사(軍師)를 하시겠소?"

장량은 잠깐 생각한 뒤에 대답했다.

"우선 구장(廐將 : 말을 관리하는 무관)부터 맡겨주십시오."

물론 장량이 그렇게 말한 것은 계획이 있어서였다.

장량이 유방과 말머리를 같이해서 얼마만큼 더 진군하고 있는데 맞은편에서 한 떼의 군사들이 이동해 오고 있는 것이 보였다.

"잘 살펴라. 우군인지 적군인지."

유방의 명령이 떨어지자 옆에 있던 번쾌가 심드렁한 목소리로 대꾸했다.

"항장군의 깃발이 보이네요."

유방이 고개를 끄덕이고 있을 때 항량 일행이 다가왔다. 그러자 장량이 작은 소리로 유방에게 물었다.

"항장군 옆에 있는 노인은 누구지요?"

모르는 얼굴이었다.

"글쎄?"

"대단한 지략가로 보입니다. 작은 눈에 반짝이는 눈빛을 보십시오."

"그렇지만 장선생의 눈빛이 더욱 빛나오."

한편 항량 옆에서 말머리를 같이해 진군하고 있던 범증은 앞의 상대가 유방이라는 사실을 알고는 깜짝 놀랐다.

'큰일났다! 저자가 유방이라니. 제왕의 기상을 하고 있지 않는가! 그렇다면 내가 주인을 잘못 선택했구나!'

범증은 통탄하면서 혼자 속을 끓이고 있었다. 이미 항량에게 충성을 맹세한 처지였으므로 그를 떠날 수는 없었다.

'지금은 동지이지만 언젠가는 유방과 적으로 만날지 모른다. 적당한 기회를 보아 그를 제거해야겠다!'

범증이 항량에게 실망한 사건이 하나 있었다.

얼마 전에 회음(淮陰 : 강소성)땅 출신인 한신이라는 청년이 다짜고짜 항량을 찾아와 장수로 기용해 줄 것을 요구했다.

"자화자찬하는 것 같지만 저는 실제로 병법의 대가입니다. 장수로 기용해 써보십시오."

그러자 항량은 콧방귀를 뀌었다.

"장수란 아무나 하는 게 아닐쎄. 그러나 장수로 기용해 달라는 자네의 그 뻔뻔한 용기가 가상하니 그에 알맞는 벼슬자리를 하나 주지. 집극랑관(執戟郎官) 말일세. 미미한 자리지만 그나마도 받겠는가. 싫다면 떠나도 좋아."

뜻밖에도 한신은 집극랑 벼슬자리를 얼른 받아들였다.

한신이 밖으로 나간 뒤였다. 옆에 있던 범증이 간곡한 목소리로 말렸다.

"한신은 인물입니다. 그런 벼슬자리로는 언젠가는 떠나고 맙니다. 후일에 그로 인해 화를 입을지도 모릅니다. 장수 자리를 주든가 아니면 적당한 죄를 뒤집어씌워 죽이십시오."

그러자 항량은 웃음을 터뜨렸다.

"군사(軍師), 정말 사람을 너무도 볼 줄 모르는구려. 저토록 풍채가 초라한 인간에게 어떻게 장군 자리를 주며, 또 병학의 대가라며 허풍을 쳤다 해서 어찌 목까지 날리겠소."

'항량이야말로 정말 사람 볼 줄 모르는구나! 한신은 정말 아까운 인물이다! 이렇게 되면 항량과는 천하를 함께 도모할 수가 없겠는데.'

모사 범증이 그토록 아까워했던 한신의 젊은 시절은 그 형편이 눈물겹도록 참담했다. 찢어지도록 가난한 데다가 이렇다하게 드러나는 재능도 없어보였으므로 누구에게 추천이 되거나 하는 일도 없었다.

게다가 장사를 해서 생계를 꾸릴 능력조차 없었으니 항상 남에게 빌붙어 얻어먹고 살 궁리나 해야 했다.

한신은 우선 살아남기 위해 회음땅의 한 시골 정장(亭長) 집으로 무작정 쳐들어가서 주저앉았다. 정장의 아내가 그런 한신을 이쁘게 볼 턱이 없었다.

'어떻게 하면 저 인간을 객사로부터 내쫓을 수가 있을까?'

궁리 끝에 정장의 아내는 한 가지 묘수를 생각해냈다. 새벽같이 밥을 지어서 식구끼리 후다닥 먹어치우고는 한신이 아침을 얻어먹기 위해 주방을 기웃거릴 때쯤에는 벌써 설거지를 깨끗이 끝내놓곤 했다.

한신도 그녀의 속마음을 짐작했다.

'밥을 얻어먹을 수는 없고 굶어 죽을 수도 없으니 이곳을 떠날 수밖에. 그럼 어디로 가서 식사를 해결하나.'

한신은 갑자기 암담해졌다. 그래서 고기라도 낚아 연명해야 되겠구나 생각하고 회음성 밑으로 낚시질을 하러 갔다.

낚시터 저만치 아래에서 한 떼의 아낙들이 빨래를 하고 있었다. 점심 때가 되었는데 빨래를 하던 한 젊고 아름다운 여인이 무언가를 싸들고 한신 쪽으로 올라왔다.

"점심은 잡수시지 않나요?"

한신은 황급히 대꾸했다.

"아, 예. 그토록 배가 고프지는 않습니다."

"어제도 눈여겨보니까 종일 굶으시는 것 같던데 그럼 어제도 배가 고프지 않았다는 말씀입니까?"

"글쎄 그건……"

"거짓말하지 마세요. 자, 밥을 드릴 터이니 미안해 하지 마시고 드세요. 저희들은 아마 한 달 가까이 여기서 빨래를 해야될 것 같애요. 점심 때마다 나오시면 제가 밥을 남겨 드리지요."

한신의 눈에는 아름다운 그녀가 그 순간 선녀처럼 보였다.
"두고 보세요. 내가 성공하거든 반드시 크게 은혜를 갚겠습니다."
한신이 감격으로 목이 메이는데도 여인은 대꾸없이 미소만 살짝 짓고는 서둘러 빨래터로 내려갔다.
며칠 동안 그런 일은 반복되었다. 여인은 때맞추어 밥을 가져왔고 무어라 감사의 말을 전해도 여인은 미소만 짓고서는 서둘러 아래로 내려갔다.
그러던 어느 날이었다.
한 떼의 사내들이 낚시질을 하고 있는 한신 쪽으로 몰려왔다.
"야, 이봐!"
놀라서 바라보니 회음의 백정촌(白丁村) 젊은 사내들이었다.
'이거 무엇 때문인지는 모르지만 크게 한 판 싸움이 붙겠구나!'
한신은 등에 비스듬이 지고 있던 칼의 손잡이를 잠깐 어루만졌다. 그 칼은 한신에게는 귀중한 칼이었다. 집안에서 대대로 내려오던 보검이었다. 그래서 아무리 배가 고파도 시장에 내다 팔지 않았던 장검이었다.
"이봐, 너 뭘 하고 있어!"
우두머리인 듯한 사내가 거친 목소리로 다시 물어왔다.
"보면 모르겠소."
"이자식 이거 겁도 없이 세게 나오네! 너 우리가 누군 줄 알어?"
"개백정이겠지 뭐."
"알고 있네. 그런데 우리가 무엇 때문에 너를 찾아왔는지 알겠어?"
"모르겠는데?"
"너 저기 아래 빨래터에서 빨래하고 있는 아랑낭자를 알고 있지?"
"아랑낭자? 그녀가 누군데?"

그건 사실이었다. 매일 점심을 가져다주는 여인이 아랑이라 할지라도 한 번도 이름을 물은 적도 가르쳐준 적도 없었으므로 알 길이 없었다.

"이자식 이거 거짓말하네! 너 그럼 이름도 모르는 여자한테서 매일 점심을 얻어 쳐먹고 있어?"

"아 그 여자라면 알지. 이름은 가르쳐주지 않았기 때문에 모르지만."

"그거 정말이야?"

"그까짓 거짓말하면 뭘 해. 나같은 거지한테는 한 끼 식사가 중요하지 여자한테는 관심이 없어. 더구나 이름 따위에는 말이야."

한신의 대꾸에 우두머리 사내도 한동안 말을 잊은 듯했다. 그러더니 한신의 장검을 찬찬히 살피다 말고 갑자기 무릎을 쳤다.

"야 너! 등에 지고 있는 칼 나한테 넘겨."

"싫은데."

"너 겁쟁이지. 칼은 가지고 다니면서도 사람을 찌를 줄은 모르니."

"때때로 찌르기도 한다."

"그렇다면 겁쟁이가 아니라는 증거로 너의 칼을 빼서 내 배를 찔러 보아라."

"난 죄없는 사람은 찌르지 않는다."

"네가 칼을 빼지 않으면 내가 너의 배를 찌를 테다."

"그건 곤란하다. 나를 죽이겠다면 나도 싸우다 죽을 수밖에."

우두머리 사내는 잠시 곤혹스런 표정을 떠올렸다가 다시 말했다.

"네가 살아날 수 있는 방법은 딱 하나 있다. 아랑낭자에게 이상한 눈길을 보내지 않을 것과 나의 명령에 복종한다는 뜻으로 엎드려 내 가랑이 밑으로 기어 나가는 일!"

"내가 거절한다면?"

한신이 대꾸하자 백정 우두머리는 눈을 부라렸다.
"그렇다면 우리들이 너를 진짜 개패듯이 패줄 테다."
"좋다."
"무슨 뜻이냐?"
"너의 바지 가랑이 사이로 기어서 지나가겠다."
"생각 잘 했다. 그렇다면 다시 한 번 더 반복해라. 나는 아랑낭자한테 지분거리지 않는다. 나는 비겁한 놈이기 때문에 칼을 빼는 대신 남의 바지 가랑이 밑으로 기어나간다' 하고서 말이야."
한신은 전연 부끄러워하는 빛도 없이 백정 우두머리가 시키는 대로 읊었다.
"나는 아랑낭자한테 지분거리지 않는다. 나는 비겁한 자이므로 칼을 빼는 대신 남의 바지 가랑이 밑으로 기어나간다."
"됐다. 스스로 선택한 행동이니까 후회하지 말라. 자!"
한신은 넙죽 엎드리더니 개처럼 백정 우두머리 가랑이 사이로 엉금엉금 기어나갔다. 백정들은 사방에서 낄낄거리며 좋아라 박수를 쳤다.
칼을 맨 채 남의 사타구니로 빠져나갔다는 한신에 관한 소문은 삽시에 마을 전체로 퍼졌다. 그러나 한신은 아무렇지도 않은 얼굴로 돌아다녔다.
그렇지만 달라진 사실이 하나 있었다. 아랑한테서 밥을 얻어먹고 난 뒤 고맙다는 인사를 해도 미소를 짓지 않는다는 사실이었다.
그럭저럭 한 달이라는 세월이 흘렀다. 아랑이 다가오더니 굳은 표정으로 한신에게 말했다.
"내일부터는 제가 나오지 않습니다. 빨래일이 모두 끝났거든요."
"그동안 신세 많이 졌습니다. 성공해서 이 은혜는 반드시 갚겠습니다."

그러자 아랑은 발칵 화를 냈다.

"뭐라구요? 제 손으로 벌어 입에 풀칠도 못하는 댁같이 못난 사람이 성공해서 나중에 은혜를 갚겠다구요? 보답 따윈 필요없습니다. 저로서는 굶고 있는 댁이 하도 불쌍해서 밥을 좀 나누어 드린 것뿐입니다."

아랑은 뒤도 돌아보지 않고 빨래터로 내려가버렸다.

그로부터 얼마 지나지 않아 한신은 회수를 건너오는 항량을 만나 집극랑이라는 말단 벼슬을 얻어 함께 출정하고 있었던 것이다.

'그런데 이렇게 되면 문제가 다르다. 이름도 알려지지 않고 벼슬까지 말단이라 내가 아무리 훌륭한 계책을 올려도 항량은 들어줄 생각조차 하지 않는다. 그렇다면 주인을 바꿀 수밖에……'

한신은 곰곰 궁리하고 있었다.

한편 장량을 참모로 얻은 유방은 의기양양했다. 장량이 곁에 있는 한 어떤 싸움이든 이길 것 같았다.

봉기군 총대장인 항량한테서 전갈이 왔으므로 유방은 군사들을 이끌고 설(薛 : 산동성) 땅으로 갔다. 마침 항량은 그 때 초왕으로 회왕을 세운 뒤였다.

유방 곁에 붙어있던 장량이 썩 나서며 항량에게 건의했다.

"항장군께 아룁니다. 장군께서는 이미 초나라에 후사를 세우셨습니다. 그래서 드리는 말씀인데 한(韓)나라에서도 적임자를 찾아 후사를 세워주셨으면 합니다."

항량으로서는 장량이 못보던 얼굴이었다.

"그대는 누구요?"

"유방장군의 막하에 있는 장량이라 합니다."

"그대의 경력을 묻고 있는 중이오."

"대대로 한나라 재상의 자손입니다."

"그래요? 그런데 그대는 한나라에도 후사를 찾아 세우면 어떤 이득이 있을 것이라 생각되오?"

"어차피 진나라에 맞설 한나라 세력을 형성함으로써 우리 봉기군들의 군세가 강화되지요."

"그럴듯한 생각이오. 그렇다면 누구를 한나라 후사로 하지요?"

"한의 공자들 중에서는 횡양군 한성(韓成)이 현명합니다."

"그를 찾아오시오."

그렇게 되어 한성이 한왕(韓王)이 되었고, 장량이 한나라의 사도(司徒 : 대신)에 임명되었다.

그렇지만 유방이 간곡히 원했으므로 장량은 유방 곁에서 떠날 수가 없었다. 진나라 요관(嶢關) 아래에 도착했을 때였다. 이미 유방의 군사는 2만으로 불어나 있어 그 숫자의 힘으로 전면승부를 꾀하고 있었다.

이 때 장량이 간했다.

"진나라 군사는 여전히 강합니다. 정면승부는 위험합니다."

"그렇다면?"

"제가 듣기로는 저편의 장군은 무식한 백정의 아들이라 합니다. 힘은 세지만 이익에는 약하지요. 모름지기 저런 자는 이익으로 움직여야 합니다."

"어떤 식으로?"

"장군께서는 잠시 성벽이나 지키며 머물러 계십시오. 그동안 5만 명 분의 식사 준비를 시켜 군세를 과장한 뒤 산봉우리마다 많은 깃발을 꽂아 의병(疑兵)을 가장하는 겁니다. 그렇게 의심하면서 겁내도록 만든 뒤 언변이 능한 자를 진나라 장수에게 많은 보물까지 실어 보내 설득하면 금새 무너질 것입니다."

"그렇다면 세객으로는 누구를 보내지요?"

"역이기가 좋습니다."

역이기는 진류현(陣留縣)의 고양(高陽 : 하남성)이 고향이다.

책읽기를 즐겨했으나 집안이 워낙 가난했으므로 먹을거리가 없어 이(里)의 마을 성문지기를 하면서 입에 풀칠을 하고 지냈다.

그토록 숨어지냈으니 현자들도 그의 능력을 알아볼 수가 없었다. 차라리 그를 두고 미치광이 선생이라고까지 부르고 있었다.

때마침 진승과 항량 등이 봉기해 위풍당당하게 고양 성문을 통과해 가고 있었다. 역이기는 그 때 초라한 고양 성문을 지키며 통과하는 장수들을 눈여겨보았다. 누구에게 몸을 의탁할 것인가를 결정하기 위해서였다.

아무도 마음에 드는 인물이 없었다. 하찮은 예의나 체면에 구애되는 올망졸망한 인물들에 지나지 않다고 생각되었다. 그래서 역이기는 천하의 대계가 담겨있는 가슴의 문을 꼭꼭 닫아두기로 작정하고 있었다.

바로 그 때 유방이라는 자가 군사를 이끌고 성문을 통과했다.

'앗! 바로 저자닷!'

역이기는 감탄했다.

그날 밤 유방의 군사는 고양 들판에다 야영을 하고 있었다. 역이기는 그를 만나보기로 작정하고, 유방을 존경해 따르고 있는 고향 청년에게 그에 대하여 슬며시 물었다.

"유방의 얼굴을 보아서는 감동적인 인간이겠더라만, 대체 그자는 어떤 인물이더냐?"

"딱 한 마디로 표현하자면 오만불손하기가 그지 없지요."

"그런데도 넌 어째서 그자를 추종하느냐."

"묘한 매력이 있습니다. 대단히 큰 포부를 지닌 듯하고요, 소소한 일에 구애받지 않고 활짝 트인 듯한 그 품격도 마음에 들고……한데, 유방 장군에 대해서는 왜 물으십니까."

"나를 그자에게 소개시켜 줄 수 있겠느냐?"

그러자 청년은 펄쩍 뛰었다.

"그건 곤란합니다!"

"곤란하다니?"

"역선생께서는 유자(儒者)가 아니십니까."

"유자가 뭐 어때서?"

"패공께선 선비를 유달리 싫어하시거든요. 어느 정도냐 하면 유관(儒冠)을 쓰고 찾아오는 빈객이라도 있으면 패공은 다짜고짜 그 빈객의 관을 벗겨 그 속에다 오줌을 싸버리거든요."

"미친 놈이군."

"얻어맞지 않고 욕이나 먹고 쫓겨나는 정도라면 행운에 속하지요."

역이기는 한동안 생각한 뒤에 마을청년에게 말했다.

"뒷일은 내가 감당하마. 좌우지간 소개나 시켜라."

"시도는 해보겠습니다만……"

자신없다는 표정을 짓고 있는 마을청년에게 역이기는 이렇게 당부했다.

"패공께는 이렇게 말씀드려라. '저의 고향에는 역선생이라는 인물이 있는데, 나이는 예순, 신장은 여덟 자, 사람들은 그를 두고 미치광이라 하나 자신은 결코 미치광이가 아니라고 합니다' 하고 말해 주게나."

"낭패를 당해도 저는 모릅니다."
"걱정 말게."
유방은 고양의 여사(旅舍)에 머물고 있었다. 마을청년이 유방에게 역이기 얘기를 하자 심드렁한 반응이면서도 만나보겠다는 허락을 내렸다
역이기가 유방을 만나러 여사 안으로 들어서자 마침 유방은 의자에 걸터앉아서 두 여자에게 발을 씻기고 있었다.
"역이기라 하오."
역이기가 합장하며 소리질렀다. 그러나 유방은 못들은 척했다.
"그대는 지금 진나라를 도와 봉기군을 치는 중이오!"
역이기의 호통소리에 깜짝 놀란 유방이 뒤로 자빠질 뻔했다.
"무어?"
"그렇게 밖에는 생각되지 않아."
"이 미친 선비놈이!"
"남들도 흔히 그렇게 말하지. 정작 나는 미치지 않았지만."
"천하 백성들이 무도한 진에게 고통당하기에 분연히 일어선 나에게 진의 앞잡이라는 식으로 말하는 그대를 누가 미치지 않았다고 말할 수 있겠나."
"내 말은 그토록 정의로운 인간이 의자에 퍼질러 앉아 오만불손하게 연장자를 맞이해?"
유방은 다시 대들려고 역이기의 눈을 쏘아보았다. 역이기도 맞받아 쏘아보고 있었다.
그 때 유방은 노인의 눈길에서 압도되는 자신을 보고 있었다.
다소곳해진 유방은 발 씻기던 여인들을 물리쳤다.
"그토록 당신이 오만방자한 건 진나라를 쳐부술 계략이라도 품고 있

다는 뜻이오?"

"물론. 옛날 6국이 합종과 연횡하던 시대의 형세라도 분석 평가해 볼 테니 들어보시겠소?"

"무어 그렇게까지……"

유방은 역이기가 예사로운 인물이 아니라는 걸 직감했다. 그래서 옷깃을 여민 뒤 역이기를 상좌에 앉혔다.

"장차 어떤 계략을 쓰는 게 좋겠소?"

"계략이고 뭐고도 없소. 1만도 못되는 오합지졸들을 거느리고 무얼 어떻게 하겠다는 거요. 범의 아가리를 쑤시는 격이지."

"그래서 지금 고민하고 있소이다."

"내가 지금 백 마디 말로 설득한들 패공께서 날 믿기나 하겠소. 우선 나를 사자로 보내 보시오."

"어디로?"

"어딘 어디겠소. 여기 진류성 얘기요. 근처를 잘 살펴보시오. 사통팔달의 평야가 널린 천하의 요충이오. 성내에는 식량이 무진장으로 비축돼 있소. 또한 현령과는 친한 사이이니, 몇 마디 말로써 그를 항복시킬 수 있을 것이오."

역이기의 큰소리를 유방은 긴가민가한 표정으로 듣고 있었다.

"그런데 현령이 내 말을 듣지 않을 수도 있을 것이오. 그럴 경우를 대비해 군사를 몰아 공격할 준비를 해주시오. 내가 안에서 내응하리다."

"말씀대로 해봅시다."

"그럼 당장 시작합시다."

역이기는 곧 사자로 파견되었고, 유방은 군사를 몰아 그의 뒤를 따랐다.

진류성은 역이기의 계획대로 힘들이지 않고 항복받았다. 그 공로로 역이기는 광야군(廣野君)으로 불려졌다.

한 번 공을 세운 역이기는 그제서야 유방에게 한 가지 요청을 했다.

"무엇이든 청해 보시오."

"내 아우인데 이름은 역상(酈商)이오. 쓸 만한 인물이니 써 주시겠소."

"누구의 말씀인데 듣지 않겠소. 역선생의 추천이라면 안심하고 쓰겠소이다."

그런 역이기였다. 잠시 잊고 있던 역이기를 장량의 깨우침으로 유방은 곧장 기억해내었다.

"그렇소이다. 역이기를 요관에 세객으로 보내면 틀림없이 성공하고 올 것이오."

유방은 장량의 계략대로 역이기를 요관으로 보내자 진나라 장수는 쾌히 항복할 것을 알려왔다.

"자, 일이 잘 됐으므로 진나라 병사들을 봉기군으로 편입시켜 함께 함양으로 진격해 들어가고 싶소."

그러자 장량은 펄쩍 뛰었다.

"아니 됩니다. 배반한 자는 진나라 장수 하나뿐일 가능성이 많습니다. 틀림없이 사졸들은 그를 따르지 않을 것입니다. 그런 그들에게 안심하고 접근하면 우리가 낭패 당하기 십상이지요."

"그렇다면 어떤 식으로 진군의 항복을 받아들이지요?"

"장수와 병사의 생각이 다르니 머잖아 자중지란이 일어납니다. 그로 인해 군기가 해이해지지요. 그 때 들이닥쳐 부수는 겁니다."

"좋소이다. 장선생의 계략대로 하겠소이다."

장량과 한신

한편 항량은 그동안 동아(東阿)로부터 출발해 서쪽 정도(定陶)에 이르기까지 종횡무진으로 활약하면서 진군을 무찔러 나갔다. 더구나 항우가 이유(李由 : 이사의 아들)를 베었다는 소식을 접하고부터는 항량은 기고만장했다.

"초군이 가는 길에 거칠 것이 없다! 이 여세를 몰아 단박에 함양을 짓밟겠다!"

항량의 수하에 송의(宋義)라는 인물이 있었다. 그는 항량이 진군을 우습게 보는 경향을 우려하지 않을 수가 없었다.

"장군, 몇 번 전쟁에 이겼다고 해서 교만해선 안 됩니다. 벌써 장군께서 의기양양해 하시니 사졸들은 틀림없이 게을러졌을 게 사실입니다. 지금 진나라 군사는 날로 증강되고 있습니다. 저는 장군을 위하여 장군의 오만을 우려하지 않을 수가 없습니다. 계속해서 긴장을 유지하십시오."

"무슨 소리요! 이제까지 우리의 기세로 보아 진군의 무엇이 겁나서 움츠러들어야 한다는 말이오. 또 병사들이 조금 우쭐해 한다고 해서 나쁠 건 무어 있겠소. 송선생의 충고야말로 진짜 기우인 것이오. 더구나 송선생의 그런 건의는 초군을 위해 아무 도움이 되지 않소. 마침 제(齊)나라로 사신 갈 사람을 찾고 있는데 할일 없는 송선생이나 갔다 오시오."

그런 식으로 송의는 쫓겨났다.

집극랑 한신도 항량의 태도를 읽고는 대번에 위험을 느낀 나머지 간하러 장군막사로 들어갔다.

"장군님, 공격 일변도가 반드시 필승을 불러오지는 않습니다. 오늘 밤 야간공격을 감행한다고 들었는데 병법상 그것은 옳지 않습니다. 수비를 견고히 한 뒤 기회를 보아 전면 공격을 하시지요."

항량이 화를 벌컥 냈다.

"또 너냐? 군사를 일으켜 한 번도 져본 적이 없는 내가 그래 요까짓 정도성 하나를 함락 못시켜 전략 운운해야 한다는 말이냐. 귀찮으니 어서 물러가라!"

한신은 그 순간 결단을 내렸다.

'오늘 밤 항량은 죽는다. 나까지 개죽음 당할 수야 없지. 밤을 도와 줄행랑을 쳐야겠다!'

송의가 제나라로 가던 중이었다. 저쪽에서 마주오던 제나라 사신 고릉군 현(顯)을 우연히 만났다.

"귀공은 무신군(武信君 : 항량)을 만나러 가는 중입니까?"

"파죽지세로 진군을 쳐부수고 계신다기에 도움을 요청하러 가는 중입니다."

"그만두시지요. 바로 그 파죽지세가 초군의 파멸을 부르고 있습니다."

"무슨 뜻입니까"

"다만 그렇다는 말이지요."

"그렇다면 정도성 전투에서 항량장군의 군사가 패한다는 뜻입니까?"

"반드시 패합니다. 그러하니 귀공께선 가급적 유람 가시듯 천천히 현지에 도착하십시오. 그러지 않으셨다간 애꿎은 개죽음을 당하지요."

"참으로 황당합니다. 어쨌건 충고 고맙습니다. 가긴 가야 하니까 서둘지 않고 느릿느릿 가겠습니다."

그 때만 해도 고릉군 현은 송의의 예언을 확신하지는 않았다.

그새 항우는 우희와 깊은 사랑에 빠져 있었다.

한바탕 전투가 끝나고 요요한 광야에 보름달이라도 떠 있다면 그 달덩이가 우희의 얼굴이 되어 항우의 가슴을 갈갈이 찢어놓게 되는 것이었다.

'이대로는 참을 수가 없다! 언제 끝날지도 모르는 이놈의 전투. 오늘 싸우지 않으면 내일 싸워도 된다. 우희한테로 우선 달려가보자. 가서 우대인에게 졸라 초례라도 치루게 해달라고 하자.'

오추마의 발걸음은 과연 빨랐다. 그는 주인의 마음을 다 안다는 듯이 우희가 기다리고 있는 곳으로 쏜살같이 달려왔던 것이다.

벌써 보름째였다. 항우는 우희와 초례를 치루고 난 그날부터 하루도 밖으로 나온 적이 없었다.

"우희, 사랑하는 우리가 다시 헤어질 생각을 하니 벌써부터 내 가슴이 찢어지는 것 같구려!"

항우는 다시 우희를 가슴에 한껏 껴안으며 울부짖었다.

"그러시다면 우리가 헤어지지 않으면 되지 않습니까."

"그것은 불가능한 소리요. 삼촌께서 내가 군문을 이탈했다는 소식을 들으시면 얼마나 진노하실지 모르오. 군법에 회부되기 십상이오."

"그렇다면 이를 어쩌나!"

우희는 짐짓 파르르 떨었다.

"하지만 너무 걱정 마시오. 법망을 피해갈 수 있는 방법이 꼭 하나 있으니까."

"그게 무언데요?"

"바로 우리들의 총사령관인 삼촌께서 나한테 우대인께 드리라며 써주신 혼서가 있지 않소."

"그 청혼서가 장군님의 안전과 무슨 상관입니까?"

"초나라 법에 혼례를 치루고자 하는 사졸에 대해서는 스무날 동안 특

별 휴가를 주도록 되어 있소."

"그렇다면 닷새밖에 남지 않았겠습니다."

"한 달 동안은 더 머물고 싶소. 내가 혼서를 직접 써주신 바로 그 총사령관의 조카라는 특권이 있으니 다른 자들보다는 두 배 더 휴가를 신청해도 될 거요."

우희 역시 항우와 떨어지기가 싫었다.

"장군님께서 저를 항상 데리고 다니실 수 있는 방법은 없겠습니까?"

"전쟁터로?"

"어디든지. 전쟁터라고 해서 저는 전연 무섭지가 않습니다. 만일 장군님의 신상에 불상사라도 생기면 저 역시 장군님을 따라 갈 작정이니까요."

"오, 우희!"

둘은 다시 서로를 껴안았다.

바로 그 때였다. 신방 밖이 갑자기 소란스러워지고 있었다.

'혹시 진나라 군사?'

항우는 갑자기 긴장되었다.

항우는 서둘러 갑옷을 입으며 장검을 허리에 찼다. 그런 후 귀를 기울여 바깥의 동정을 살폈다.

"항장군께서 이곳에 계시지요? 급한 일이 생겼소이다. 당장 만나게 해주시오!"

뜻밖에도 경포의 목소리였다. 항우는 화들짝 뛰쳐나가 경포를 반겼다.

"아, 어쩐 일이오?"

"마침 계셨군요. 일이 다급하여 말을 달려 왔습니다. 항량장군께서 정도성 싸움에서 패사하셨습니다!"

"무엇이!"

"진나라 장군 장한(章邯)이 전군을 동원해 쳐나왔으니 항장군인들 어쩔 수가 있었겠습니까."

"아, 삼촌!"

항우는 부르르 떨더니 더 들으려 하지 않고 한참 동안을 대성통곡했다.

그렇게 울고난 항우는 결연한 목소리로 경포에게 물었다.

"사태의 경과를 말해 보시오."

"항량장군께서 다소 방심한 데다 진나라 군사들을 과소평가한 게 화근이었습니다. 더구나 송의와 한신이 충고했지만 마치 귀신이 씌운 것처럼 듣지 않으셨습니다. 어쨌건 전투에도 대패하자 사졸들은 도망치기에 급급하여 수십 만 대군은 풍지박산이 되었습니다."

항우는 이를 부드득 갈고 나서 말했다.

"내가 알고싶은 건 그 후속조처란 말이오."

"초의 회왕께선 항장군의 전사에 충격을 받으셨는지 우대(盱台)성을 버리고 팽성(彭城)으로 전격 천도하셨습니다."

"그리고?"

"항우장군님의 군사와 여신(呂臣)의 군사를 병합해 스스로 지휘하시겠답니다."

"유방은?"

"무안후(武安侯)에 임명되어 지금 탕군(碭郡)의 군사들을 지휘하고 있지요."

"다른 변화는 없소?"

"있습니다. 송의를 상장군에 임명하고……"
"뭐요!"
항우의 고함소리에 경포는 깜짝 놀랐다.
"항우장군님을 노공(魯公)에 봉하여 차장에 임명하셨고……"
"내가 송의의 밑이라고?"
"범증을 말장으로 삼았습니다."
"나는 이런 인사 결정에 승복할 수가 없소!"
"불만이 있으시더라도 참으셔야 합니다. 군략적으로 송의가 실수할 때까지만 참으십시오."
 항우는 대꾸하지 않았다. 그리고 송의가 실수할 때까지 참을 생각은 도무지 없었다.
 송의가 상장군에 임명된 데에는 그만한 이유가 있었다.
 전날 제나라로 사신 가던 송의를 만났던 제의 고릉군 현이 초의 회왕에게 진언했기 때문이었다.
"송의를 크게 쓰십시오. 그는 매우 현명합니다."
"그가 현명하다고요?"
"항량장군의 사신으로 제나라로 가던 그를 제가 오던 길에 만난 적이 있지요. 그 때 송의는 항량의 죽음을 정확히 예측했습니다."
"항량의 패사를?"
"아니나 다를까 며칠 후에 항량이 죽었다는 소문이 들려 왔습니다."
"그가 그토록 현명하오?"
"전투가 시작되기도 전에 벌써 참패를 예측하는 안목이 있는 걸 보면 예사로운 군략가가 아닙니다."
"좋소! 당장 그를 불러 쓰겠소!"

그렇게 되어 상장군에 임명되었던 것이다.

한편 진나라 장군 장한은 초군을 그토록 초주검을 만들어놓았으니 이상 더 걱정하지 않아도 되는 것으로 판단하고 방향을 돌려 조(趙)나라를 공략하고 있었다.

즈음에 조나라는 조헐이 왕이었고 진여가 장군, 장이가 재상이었다. 그런데 진군에게 쫓겨 거록으로 물러나 있었다.

장한은 장수 왕리와 섭간에게 거록을 포위케 하고 자신은 남쪽에 포진해 용도(甬道)를 구축한 뒤 보급로를 확보한 상태였다.

어쨌건 조나라를 구원할 초나라의 군대가 재편성되었다. 송의는 별동대의 장수들도 모두 휘하에 넣고는 이름하여 경자관군(卿子冠軍)이라 했다. '경자'는 귀족의 자제들로 구성된 군대란 뜻이며, '관군'은 상장군 자신이 친히 지휘하는 초군 최정예 친위대라는 뜻이었다.

특수부대라는 사기진작책으로 붙여준 이름이었다. 그런 만큼 송의의 군사는 자부심으로 넘쳐흘렀고, 그 이름만큼이나 부대는 화려했다.

"자, 거침없이 진군한다!"

초군은 보무도 당당하게 진격해서 안양(安陽 : 산동성)에 당도했다. 그런데.

'무엇 때문인가! 그토록 황급히 달려와서는 46일 동안이나 여기서 꼼짝않고 머물다니! 이름만 경자관군이면 뭘 하나. 벌써 사기가 폭삭 떨어졌는데!'

항우는 답답했다. 상장군 송의의 막사로 따지러 들어갔다.

"상장군, 이거 어떻게 된 겁니까. 진나라 군사가 거록을 포위해 조왕이 몹시 위험하다고 하지 않습니까. 급히 군사를 이끌고 황하를 건너 그들을 구해야지요!"

"지휘관은 나요. 모르면 가만있기라도 하시오!"

항우는 지지 않았다.

"도대체 우리가 무엇 때문에 그토록 뭣빠지게 달려와서는 갑자기 전진도 후퇴도 않고 46일 동안이나 꼼짝 없이 자빠져 있는지 그 이유나 설명해 달란 말이오!"

송의도 덩달아 고함질렀다.

"그게 전략이오!"

"우리 초군이 성 밖에서 공격하고 조군은 성내에서 호응하면 그까짓 진군은 대번에 무너질 텐데, 그렇게도 하지 않는 이유는 또 뭐요?"

"여보시오, 항장군. 갑옷 입고 무기 들어 싸우는 일에는 나 송의가 그대만 못하지만 본진(本陣)에 앉아서 최후의 승리를 낚아채는 계략을 세우는 데는 그대가 나만 못하오!"

기가 막힌 항우가 그 커다란 주먹으로 제 가슴을 쾅쾅 쳐대자 송의는 달래듯이 말했다.

"소 등을 손바닥으로 치면 등짝에 붙어 있는 쇠파리는 죽일 수 있을지 모르나 털 속에 박혀 있는 벼룩이나 진디등에까진 죽이지 못하오."

"무슨 말인지 알아듣지 못하겠소."

"지금 진군이 조군을 공격하고 있지만 설사 진군이 이긴다 해도 기진맥진해질 수밖에 없단 말이오. 그 때 우리 초군이 지친 진군을 들이친단 말이오. 벼룩과 진디등에까지 박멸한다는 뜻이오."

"아니, 그렇다면 우군인 조군을 우리가 돕지 않겠다는 얘기요?"

"조군이 스스로 살아남기 위해 진군한테 결사항쟁하란 뜻이 담겨 있소. 만일 진군이 조군한테 패한다면 우리는 천천히 북치면서 서쪽으로 나아가 진의 본거지인 함양을 점령하는 거요."

장량과 한신

"만일 조군이 진군한테 몰살당한다면?"

"그래도 이긴 진군이 기진맥진해 있을 테니까 그제서야 우리 초군의 군영에다 북을 쳐서 안양의 진나라 군사들을 박살내는 거요."

"연합군이면서도 초군의 이익만을 위해 조군을 사지에 빠뜨리는 그따위 책략에 나는 동의할 수가 없소!"

살기등등한 항우의 태도에 큰소리치던 송의도 더럭 겁이 났다. 그제사 일단은 자리를 피할 궁리를 했다.

"일단 막사로 돌아가시오. 항장군이 그토록 나의 계략을 완강하게 반대하니 나 역시 밤새 생각을 바꾸도록 노력해 보겠소. 내일 아침에 다시 봅시다."

그쯤 나오자 항우 역시 별 수가 없었다. 하릴없이 차장의 막사로 물러나와 혼자 소리지르며 밤새도록 술을 마셨다.

그런데 다음날 아침이었다. 전군(全軍)에 느닷없이 한 장의 방이 붙었다.

──병사들이란 모름지기 호랑이처럼 사납고 거칠기만 해서도 안된다. 겉으로는 염소처럼 순한 척하면서도 기실은 주인에게 복종하지 않는 병사여서도 안 된다. 탐욕스런 이리떼처럼 패거리나 짓고 다니는 강포한 병사여서도 물론 안 된다. 이상의 지시를 어기는 자는 그 지위 고하를 막론하고 참형에 처한다! 상장군 송의.

"무슨 이런 놈의 포고문이 다 있어!"

항우는 분노가 머리 끝까지 치받쳐 올랐다. 어처구니없는 포고문에 전신이 부들부들 떨리는 데다 눈알까지 시뻘겋게 불타올랐다.

한참을 혼자서 씩씩거리고 있는데 막사 자락이 펄럭이더니 뜻밖에도 경포가 썩 들어섰다.

"아, 마침 잘 오셨소. 귀관께선 오늘 아침 전군에 붙은 포고문을 읽어보았소?"

"밤내 붙었더군요. 진작에 살펴 읽어보았습니다."

"살펴 읽어요? 난 무식해서 그게 무슨 뜻인지 지금도 알 수가 없단 말이오."

"무식하기야 제가 장군님보다 훨씬 더하지요. 하지만 영내에 붙은 방의 내용에 대해서는 어렴풋이 짐작이 갑니다만……"

"그따위 방을 보고 내가 분노한 것은 딱 세 가지 이유 때문이오. 첫째는 포고문 내용을 차장군인 나까지도 이해할 수 없도록 애매모호하게 작성됐다는 사실, 둘째는 상장군께서 어젯밤 늦도록 차장군인 나와 함께 있었는데도 의논 한 마디 없이 그런 엉뚱한 포고문을 전격적이며 독단적으로 작성했다는 점, 셋째는 분명히 어젯밤 상장군께서 오늘 아침에 나와 만나기로 약속까지 해놓고 장수란 자가 밤새 어딘가로 줄행랑을 놓았다는 사실이오."

"저는 그분이 어디로 갔는지 어디서 무엇을 하고 있는지를 조금은 감지하고 있습니다만……"

"그가 지금 어디에서 무얼 하고 있소."

"그보다 우선 방을 붙인 의도가 더욱 궁금하지 않습니까."

"의도뿐만 아니라 그 확실한 내용까지도 알고 싶소."

"그는 분명히 항장군을 두려워하고 있습니다. 그러나 상장군의 권위로 항장군의 기세를 꺾어놓아야 되겠다는 의도에다 그 내용도 항장군에 대한 경고인 줄로 알고 있습니다."

"이런 괘씸한!"

"내용을 다시 읽어보십시오. 어디 웬만한 사졸에게나 해당되는 경고가 한 줄이라도 있던가요. 모두가 항장군을 겨냥한 경고이지."

"좋소! 그는 지금 어디에 있소? 만나서 직접 따져볼 일이오!"

"이런 때일수록 침착하셔야 합니다. 언젠가 제가 상장군께서 실수하는 일이 생길 때까지 기다려야 된다고 말씀드린 적이 있지요."

"기억나오. 하지만 상장군이 포고문을 발표했다고 해서 그게 실수라고는 할 수 없지 않소."

항우의 말에 경포는 손을 내저었다.

"그렇지가 않습니다. 송의가 개인적인 일로 군문을 이탈한 것부터가 벌써 법을 위반하고 있는 행위입니다."

"개인적인 일?"

"그가 지금 어디로 갔는지 아십니까. 바로 자기 아들 송양(宋襄)을 제나라 재상으로 임명한 뒤 그를 배웅하느라고 무염(無鹽)까지 갔습니다. 지금쯤 성대한 송별연을 베풀고 있을 것입니다."

"그럴 수가!"

"조나라가 망하든 말든, 진나라가 쳐들어오든 말든, 우리는 여기서 늦가을 찬비나 맞으며 죽이 될지 밥이 될지도 모르는 군사들을 데리고 눈물겨운 한겨울을 하는 일 없이 보내는 거지요."

항우는 분을 삭이지 못해 마냥 고함을 질러댔다. 그러자 경포가 다시 손을 내저었다.

"아서요. 일을 결행하기 전에 부하들이 미리 눈치 채면 곤란합니다."

"일을 결행해!"

"분하고 원통하지도 않습니까. 항량장군께서 패사하신 것도 송의에게 일말의 책임이 있습니다. 전투에 뻔히 질 줄 알면서도 간곡히 말리지 않았으니까요."

"정말 그렇소!"

"이제 어떻게 하시렵니까?"

"그를 죽이겠소!"

"부하들이 용서할까요?"

"힘으로 그들을 누르겠소!"

"그것은 다음의 문제입니다. 우선 장수들을 모아놓고 송의가 돌아오기 전에 설득부터 시키시지요."

"좋소. 지금 당장 소집하겠소!"

항우는 부장급 이상의 지휘관들을 막사 앞으로 불러모은 뒤 열변을 토하기 시작했다.

"온 힘을 합쳐 진나라를 토벌해야 되는 마당에 상장군 송의는 제 아들 송양을 제나라 재상으로 임명한 뒤 그를 배웅하느라고 군문을 이탈했다. 군대를 책임진 우두머리가 그런 사사로운 일에만 매달려서 될 일인가. 지금 백성들은 기근에 시달리고 전 사졸들은 토란이나 콩만 먹고 있으며 우리 진중에서도 벌써 식량이 바닥났다. 그런데 상장군 송의는 지금 무염에서 배터지게 먹고 마시며 즐기고 있다. 마땅히 군사를 이끌고 황하를 건너 조나라를 구한 뒤 조나라로부터 식량을 원조받아 합심해서 진군을 쳐부수어야 하는데도 송의는 진군이 지칠 때를 기다려 그제야 치겠다고 지금까지 하품만 하고 앉았으니 이게 말이나 되는 일인가!"

항우는 주먹을 지고 허공을 세게 한 번 친 뒤 하던 말을 계속했다.

"강력한 진나라 군사가 새로 탄생한 미약한 조나라를 때려부수는 건 식은 죽 먹기가 아닌가. 결국은 조나라가 멸망하면 진나라는 더욱 강대해지는데 지친 진나라 군사를 맞겠다는 말이 어떻게 논리에 맞는가. 또 우리 초나라 군사가 최근에 격파당한 뒤 왕께선 송의를 믿고 그에게 모든 병력을 주어 진군을 부수라고 명했던 것이다. 그런데도 송의는 적과 맞서기는 커녕 사사로운 일에나 몰두하고 있는 것이다. 우리는 지금 여기서 늦가을 찬비를 맞으며 추위와 굶주림에 허덕이면서도 대책도 없이 손털고 앉아만 있어야 되니 한심스럽기가 그지없다……"

항우는 부하장수들이 송의에 대하여 분노하는 기미를 포착했다.

'됐다! 이제는 가만히 결행한다!'

송의는 그로부터 열흘이 지나서야 돌아왔다.

항우는 상장군에게 보고하러 온 척하고 장막으로 들어가 느닷없이 칼을 빼서는 송의의 목을 잘라버렸다.

상장군의 장막 앞으로 다시 부하장수들을 소집한 항우는 송의의 머리를 들고 그들 앞에 섰다.

"이게 누구의 머리인 줄 아느냐!"

장수들은 일제히 비명을 질렀다.

"송의는 제나라와 비밀리에 공모하여 초나라에 반기를 들었던 것이다. 이를 알아채신 왕께서 은밀히 나에게 명하여 송의를 처단하라 하신 것이다. 그래서 내가 대신 목을 벤 것이다. 너희들은 내가 한 행동에 대하여 이의 있는가?"

적어도 표면적으로는 항우가 두려워서 반항할 수가 없었다.

"아닙니다. 애당초 초나라를 일으킨 것도 항장군 일가가 아니었습니까. 역적을 주살할 수 있는 자격 역시 항장군밖에 없습니다. 저희들은 모두 항장군을 따르겠습니다. 항우 차장군께서 대장군이 되십시오."

막사로 되돌아온 항우는 칼 잘쓰는 병사 하나를 불렀다.

"너는 서둘러 제나라로 가라. 가서는 송의의 아들 송양을 없애라. 실수 없도록 하라."

자객을 내보낸 뒤 이번에는 장수 환초(桓楚)를 불러들였다.
"회왕한테 그대가 사자로 가서 그간의 전말을 낱낱이 보고해 주오."
"왕께선 틀림없이 항장군을 상장군에 정식으로 임명하실 것입니다."
"그대의 역할에 달렸소."
이번에는 다른 병사 두 명을 불러들였다.
"너희들은 평복으로 갈아입고 초나라로 가라. 가서는 나에 대한 소문들이 어떻게 나고 있는지 빼놓지 말고 수집해 오너라."
얼마간 안양에 머물고 있으려니까, 환초를 통해 보고한 상장군 송의를 죽인 전말에 대한 회신이 항우의 손에 당도했다.
"회왕께선 반역자를 처치하신 항장군의 쾌거를 높이 사시며 저 종리매(鐘離昧)를 보내어 대장군에 임명되신 사실을 알리라 하셨습니다. 그리고 진군을 빨리 격파하라는 어명을 내리셨습니다."
항우는 기뻤다.
"수고하셨소. 황하를 건너 즉시 거록을 구원하러 떠나겠소."
항우는 경포를 선봉장으로 삼고 포(蒲)장군에게 경포를 뒷바침하게 했다.
황하를 건너는 배 속에서 였다. 항우는 경포와 포장군을 불렀다.
"참으로 이상한 일이오. 내가 알기로는 거록을 구원하러 온 봉기한 제후들의 군사가 수십 개 부대인 것으로 알고 있소. 그런데 근처 수십 군데에다 성채만 쌓고 각기 그 속에 틀어박혀 한 발짝도 나오지를 않고 있으니 도대체 어찌된 일이오?"
포장군이 대답했다.
"장한이 겁나서 입니다. 그는 진나라의 명장입니다."
"명색이 구원군이라면서. 그리고 구원하러 왔으면 마땅히 조군을 구해야 될 게 아니오! 버러지같은 겁쟁이들! 어디 두고 보자! 어쩌면 이번 전투가 나의 운명이 될지 모르오!"

"무슨 뜻입니까?"

경포가 물었다.

"세상에 믿을 놈이 한 놈도 없다는 뜻이오!"

경포와 포장군이 고개를 갸웃거리고 있는데 대선단이 황하의 피안에 도착했다. 항우는 제일 먼저 육지로 뛰어내리면서 소리질렀다.

"우선 우리가 타고 온 배들을 모조리 침몰시켜라!"

경포가 놀라서 물었다.

"배를 없애면 우리 군은 되돌아갈 수가 없습니다."

"되돌아가지 않으면 된다. 그리고 가마솥도 때려부수고 야영 천막도 불태워 없애라."

포장군도 놀란 눈으로 물었다.

"도대체 어쩌시렵니까?"

"승리 아니면 죽음뿐이다! 비겁한 우리 연합군에 대한 복수이기도 하다. 군량미도 딱 3일분만 준비해라. 사흘 후에는 우리가 배터지게 먹든지 아니면 죽어 있을 것이니 이상은 필요없다."

대장군 항우의 비장한 결심을 읽고는 있었지만 경포와 포장군은 말문을 열지는 못했다. 그 때 항우는 다시 한 마디 덧붙였다.

"내가 선두에 서겠소. 두고 보시오. 우리를 구원해 줄 구원군은 아무도 없을 것이오. 그러나 우리는 싸움에 이길 것이오. 전투가 끝난 후 제후군의 장수 그 누구도 초의 군문을 무릎으로 걸어 들어오지 않고는 배길 수 없을 것이오!"

6. 원한

"아직도 아무 소식이 없느냐?"

진나라 장군 장한(章邯)은 장군 막사 바깥을 내다보며 누구에게랄 것도 없이 고함을 질러댔다. 벌써 다섯 차례째였다.

옆의 막사에 있던 부관이 때맞추어 대답했다.

"함양으로 심부름 보냈던 장사(長史) 흔(欣)께서 방금 도착했습니다."

"어서 들라해라!"

그동안 거록을 공략하던 장한은 항우의 군사한테 처절하게 두들겨 맞았다. 장수 왕리가 사로잡히고, 섭간은 초군에게 항복하는 대신 불에 타 죽었으며, 소각은 살해되었다.

장한은 다급했다. 그래서 장사 흔을 함양으로 보내 구원군을 요청했다. 그러나 장사 흔은 울면서 빈손으로 돌아온 것이다.

당시에는 재상 조고가 실권을 쥐고 흔들던 때였다.

"제가 수도 함양에 이르러 사마문(司馬門 : 궁정의 바깥문) 밖에서 사흘간이나 머물면서 2세황제를 뵙기를 요청했지요. 그러나 재상인 조고가 가로막고 황제를 만나게 해주지를 않았습니다. 더더구나 한심했던 사실은 조고가 저의 절박한 보고 내용을 전연 믿으려 들지를 않았다는 점입니다."

"그게 보고의 모두냐?"

장한의 되물음에 장사 흔은 다시 한 번 훌쩍거렸다.

"제가 그토록 오래 버티니 조고가 저를 이쁜 눈으로 볼 턱이 없지요. 갑자기 불안한 느낌이 들었습니다. 그래서 소득없이 줄행랑을 놓았지요. 그런데 말입니다. 제가 갔던 길을 택하지 않고 샛길로 슬쩍 피해 숨어 있자니까 저를 죽이려는 자객들이 저를 추적해 지나가는 게 아니겠습니까."

"어쨌건 살아있으니 다행이 아니냐."

"한데 말입니다. 조고가 궁중에 있어 정권을 장악하고 있는 한 장군님께서 요청할 수 있는 일이란 아무것도 없습니다. 심지어 조고는 장군께서 전투에 승리하시더라도 그 전공을 질투하실 걸요. 더구나 전투에 패하기라도 하면 처벌을 면할 길이 없을 테고요. 이 점 숙고하시기 바랍니다."

장한의 얼굴이 고통스럽게 일그러졌다. 난감했다. 진나라 장군으로 존재하는 자체가 고통이라는 생각이 들었다.

바로 그 때였다. 부관 하나가 뛰어들어 왔다.

"진여한테서 이상한 서신이 도착했습니다. 보시지요."

"무엇이 이상하다는 건가?"

"진나라 대장군한테 진을 배반하라는 설득을 하고 있으니 이상한 편지가 아니고 무엇이겠습니까."

장한은 갑자기 반가운 생각이 들었다.

"서둘러 읽어보아라."

장한은 진여가 보낸 편지를 부관한테 읽도록 명령했다.

──지난날 진나라 장군 백기는 남쪽땅 언·영을 정벌하고 북쪽으로는 조괄의 군대 40만을 구덩이에 묻어죽이는 등 그 공로의 빛나기가 이를 데 없었습니다. 그러나 그는 결국 죽임을 당했습니다. 또 진나라 장수 몽연은 북쪽의 융적(戎狄)을 쫓아버리고 유중(楡中 : 오르도스 지방)의 수천 리 땅을 개척했습니다. 그러나 결국은 양주(陽周)에서 참살되었습니다. 왜냐하면 그들의 공로가 너무 커 봉(封)할 수가 없었기 때문입니다. 지금 장군께서는 진나라 장군이 된 지 3년 동안에 쌓으신 공이 기왕의 인물들에 필적합니다. 그렇지만 수십 만 군사도 잃었습니다. 바로 그 점이 장군을 위험에 빠뜨리는 사단이 되는 것입니다. 그런 반면에 전국에서 제후들은 더욱 심하게 일어나고 있습니다.

"그건 정말이다!"

──재상 조고는 오래 전부터 아첨을 일관으로 자신의 지위를 유지해왔습니다. 사태가 위급하게 되자 2세황제가 자신을 주살하지 않을까 두려워하게 되면서 자신의 책임을 면하기 위해 다른 사람에게 죄를 뒤집어씌울 궁리를 하기에 이르렀습니다. 바로 그 속죄양이 장한장군인 것입니다.

"무엇이!"

──장군께선 대대로 외지에 오랫동안 있었기 때문에 조정에는 적이 많습니다. 그러므로 장군께선 공로가 있어도 주살될 것이며 공로가 없어도 그로 인해 주살될 것입니다. 또 어리석은 자도 지혜로운 자도 지금 모두 하늘이 진나라를 멸망시키고 있는 중이라는 사실을 알고 있습니다. 이런 상황에서 장군은 황제께 직간하지도 못하고 외국에서 망국의

장수가 되어 홀로 고립된 채 전전긍긍하고 계십니다. 이 얼마나 슬픈 일입니까.

"맞아!"

──장군이시여, 어째서 창끝을 돌려 제후들과 합종을 맹약한 뒤 진나라를 공격하려 하지 않습니까. 영토를 분할해 왕위에 올라 남면(南面 : 왕의 지위)하여 고(孤 : 제후의 자칭)라 칭하는 계기를 도모하지 않습니까. 자신은 진정 요참의 형을 받고 처자들은 저자에서 살육되는 불행을 감수하려 하십니까

"그건 안 돼!"

장한은 소리질렀다.

한편 진나라 황궁에서는 별스런 사건이 진행되고 있었다. 후궁 수십 명이 저희들끼리 숙덕거리다 말고 낮잠을 즐기고 있는 황제의 침실로 우루루 몰려갔던 것이다.

"폐하, 어서 일어나시옵소서! 큰일났습니다. 초나라 군사들이 지금 함양성 근처까지 쳐들어왔습니다!"

2세황제는 후궁들의 말을 이해할 수가 없었다.

"너희들 지금 무슨 당찮은 소리들을 지껄이고 있느냐. 초나라 군사가 함양으로 쳐들어온다는 게 말이나 되느냐. 천하가 이미 진나라 하나로 통일된 것이 언제인데!"

2세황제의 호통에도 불구하고 후궁 중의 하나가 대표로 나서서 차분하게 대꾸했다.

"어쨌건 장한장군은 대패하였으며, 머잖아 초나라 군사가 이곳 궁중까지 쳐들어온다는 소문이 파다한 건 사실입니다."

"설마!"

"승상을 불러 물어보십시오."

2세황제는 긴가민가한 표정으로 조고를 급히 불러들였다.

"그게 사실이오?"

"무슨 말씀이신지 소신은 알아들을 수가 없습니다."

"승상이란 자가 30만 대군을 이끌고 나간 장한장군의 패배를 모르고 있단 말이오!"

조고는 당황했다.

"폐하께서도 아시다시피 신 조고는 국가의 내정을 담당하고 있사오며 외침에 대한 방비는 대장군 장한과 장군 왕리가 전담하고 있지 않습니까."

"그렇다면 역도들이 함곡관 바깥까지 쳐들어온다는 소문은 사실이 아니란 얘기요?"

"금시초문입니다. 유언비어인 게 틀림없습니다. 더구나 장한은 승상인 저에게 아무 연락도 없습니다."

"분명코 구원군을 보내달라는 아무런 장계도 없었단 말이오?"

"그렇습니다."

2세황제는 짐짓 조고의 말을 믿고 싶어하는 표정이었다.

진땀을 뺀 조고는 어전을 물러나오면서 이를 부드득 갈았다.

'장한 이놈, 어디 두고 보자!'

그러나 장사 혼이 위험을 미리 알고 도망쳐버린 것을 알자 초조해지지 않을 수가 없었다. 조카인 조상(趙常)을 급히 불렀다.

"황제의 조칙이다. 서둘러 달려가서 장한의 대장군 인수를 접수하고 네가 그 자리에 앉아라. 그리고 어떤 일이 있더라도 장한을 잘 달래서 함양으로 보내거라. 만일의 사태에 대비하여 장한의 가족들과 동예의 가족 장사 흔의 가족들을 인질로 잡고 있을 테니 걱정하지 말고 일이나 잘 처리해라."

한편 장한의 진중으로 조고의 핍박을 피해 진희(陣希)가 들이닥쳤다.

"장장군, 큰일났습니다. 장군의 가족들을 이미 조고가 인질로 붙들어 놓았다가 장사 흔이 도망친 것을 알고는 그의 가족과 동예장군의 가족들까지 체포했습니다. 소문으로는 가족들 모두를 이미 도륙했다는 것입니다."

"그게 정말이오?"

"십중팔구는 사실일 것입니다."

그 순간 막사 바깥이 왁자하더니 함양으로부터 황제폐하의 칙사가 도착했다는 외침이 들려왔다.

장한은 긴장하면서 막사 바깥으로 달려나갔다.

"앗, 그대는!"

장한은 황제의 칙사가 조고의 조카 조상이라는 사실에 기겁할 듯이 놀랐다.

"그렇소. 승상의 조카 조상이오. 장장군은 대장군의 인수를 제게 맡기고 곧장 함양으로 떠나시오."

"한 가지 묻겠소. 내가 무엇 때문에 해임되는 거요?"

"내가 알기로는 장장군께서 오랜 동안 외지에서 역도들을 토벌하느라 그 노고가 크기로 폐하께서 후한 상을 내리기 위해 부르시는 듯하오."

"한 가지 더 묻겠소. 장사 흔에게 장계를 들려보내 승상부의 문과 황궁의 문을 수십 차례나 두들겼으나 끝내 무응답이었소. 그 이유는 무엇 때문이었소?"

"내가 모르는 일이오."

"대장군의 장계를 그토록 소홀이 대접한 폐하께서나 승상께서 갑작스럽게 저한테 상을 내리신다니, 그대 같으면 쉽사리 수긍하겠소?"

"무슨 뜻이오?"

"황제의 친서가 가짜란 얘기요! 난 받지 않겠소!"

"무엄하오! 황제의 조서를……"

"또 한 가지 묻겠소. 승상이 내 가족들을 체포한 건 무슨 이유요?"

갑자기 조상의 얼굴빛이 하얘졌다.

"그건 또 무슨 얘기요?"

"시침떼지 마시오! 나에 대한 함양의 대접이 그러하거늘 어떻게 상을 내리기 위해 귀향 조처한다는 그대의 말을 믿겠는가 말이오!"

"도대체 누가 그런 거짓말을 지꺼렸소?"

"진희요."

"그자가 여기 있소? 그자한테는 역적모의한 죄명으로 체포령이 떨어져 있소."

"그 말 역시 믿지 않겠소. 내 가족의 안전을 확인하기 전에는 그대 역시 돌려보내지 않을 것이며, 내가족이 몰살되었다는 사실이 확인되면 그대의 목도 온전치 못할 것이오."

그런 후 장한은 장막 밖을 내다보며 외쳤다.

"여봐라, 어서 여기 가짜 황제의 칙사를 체포하라!"

병사들이 달려들어와 발버둥치는 조상을 끌고 나갔다.

일단 조상을 체포한 장한은 그만큼 갈등도 심했다. 그래도 명색이 황제의 칙사인 것이다. 이미 대역죄를 짓고 그 벌을 기다리는 입장이 돼버린 것이다. 그렇다고 해서 답답한 처지로부터 탈출할 수 있는 묘책도 없었다. 번민으로 자신의 머리를 주먹으로 때리고 있는데 진희가 막사 안으로 들어왔다.

"무얼 그토록 고민하고 계십니까. 이미 결판이 난 일을 가지고 말입니다."

장한은 진희의 말뜻을 알 수가 없어 멀뚱멀뚱 쳐다보기만 했다.

"장장군께서는 공이 있든 없든 함양으로 돌아가는 즉시 처형되십니다. 그 예로 장군의 가족들을 조고가 체포해 살해했습니다. 또한 장군께서는 그래도 명색이 황제의 칙사인데 조상을 잡아 가두었습니다. 이런 상황에서 다른 탈출구라도 찾으시겠다고 그렇게 머리를 싸매고 계십니까. 결론은 간단합니다. 배반하십시오."

"배반?"

장한은 화들짝 놀랐다.

"장군께서 가야 할 길은 이제 이 길밖에 없습니다."

"나보고 변절하라고 말했소?"

"'남이 나를 배반했으니 나도 그를 배반한다'는 논리입니다. 변절이 아니라 스스로 배반하는 겁니다."

한동안 깊은 생각에 잠겨있던 장한은 여전히 자신없는 목소리였지만 모처럼 입을 열었다.

"그렇다면 내가 앞으로 어떻게 해야 좋겠소?"

"머잖아 어차피 망하게 될 진나라를 버리고 초장 항우와 제휴하십시오."

"항우와?"

"진여장군한테서도 비슷한 격려서한이 왔다면서요."

"내 말은 어떻게 항우와 결탁할 수 있겠느냐는 얘기요."

"항우와 손잡는 것이 가장 유리하니까 그렇게 충고드리는 겁니다."

"그가 나를 용서할 수 있을 것 같소? 내가 그의 숙부 항량을 죽인 원수인데."

"천하 경영이라는 큰일 앞에 그까짓 사소한 일이 무슨 큰 문제가 되겠습니까. 그 일이 마음에 걸린다면 걱정마십시오. 제가 해결해 놓겠습니다."

한편 항우의 진영에서는 진희가 가져온 장한의 항복문제를 놓고 의견들이 분분했다. 무엇보다 항우가 제일 펄펄 뛰었다.

"안 되겠소. 장한은 내 숙부를 죽인 원수요. 나는 그자를 용서할 수가 없단 말이오!"

그러자 군사 범증이 나서서 간곡한 말투로 달랬다.

"그렇지가 않습니다. 장한이 장군의 삼촌을 살해한 것은 사사로운 원한으로 그렇게 한 것이 아니라 진나라 장군으로서 진나라를 위해 싸우다 살해한 것입니다. 더구나 우리가 함양을 함락시키려면 함곡관을 통과해야 되는데 백전노장 장한이 그곳에 버티고 있는 한 쉽사리 진입할 수가 없습니다. 때마침 조고의 모함에 빠져 진퇴양난의 처지에 있는 장한이 진희를 보내어 스스로 항복을 자청하고 있으니 얼마나 다행스런 일입니까."

"그까짓 함곡관쯤은 내 힘으로 얼마든지 돌파해 보이겠소. 주인 잃은 들개가 되어 버린 장한에게 무엇 때문에 관용을 베푼단 말이오!"

분을 삭히지 못해 여전히 씩씩거리는 항우에게 범증은 지치지 않고 설득을 계속했다.

"그것은 장한의 위상을 과소평가하신 말씀입니다. 지금 진나라에는 쓸 만한 장군이 장한 하나뿐입니다. 그를 용서하고 우리 편으로 끌어들이기만 하면 이미 진나라는 평정한 거나 마찬가지입니다. 장군께서는

원한 161

사사로운 원한을 푸시고 그에게 은혜를 베푸십시오. 그렇게 하시면 장한은 초나라를 위해 그의 원수 진나라를 멸하는 데 제일 앞장설 것이며 그를 받아들이지 않으면 초나라 역시 그의 원수로 삼고 다른 나라로 도망쳐 우리를 괴롭힐 것이 분명합니다. 더구나 지금 우리한테는 식량이 모자란 약점도 있습니다. 무릇 진정한 영웅이란 천하를 얻기 위해서는 사사로운 원한은 생각하지 않는 법입니다."

응어리가 풀린 것은 아니지만 항우는 범증의 설득이 그럴듯하다 싶어 결국은 장한의 항복을 받아들이기로 했다.

그제서야 항우 앞으로 진희가 불려들어 왔다.

"그대는 돌아가 그대의 주인 장한한테 말하시오. 기꺼이 항복을 받아들이겠다고. 그 대신 장한의 항복이 진심이라는 증거로 그대들이 붙잡고 있는 황제의 칙사라는 자의 목부터 베어오시오. 그러면 우리는 원문(轅門 : 군문)까지 나아가 장한장군을 영접하겠소."

드디어 은허(殷墟 : 하남성) 부근에서 항복 조인을 하도록 시일을 정했다.

칙사 조상의 머리를 베어온 장한은 항우 앞에 엎드려 울면서 말했다.

"황공스럽기 이루 말할 수 없습니다. 장군의 숙부를 살해한 죄인을 이토록 환대해 주시니 오히려 몸둘 바를 모르겠습니다. 앞으로 신명을 다해 장군님을 받들어 모시겠습니다!"

"이게 무슨 짓이오. 어서 일어나시오. 앞으로 우리는 잔학무도한 진나라를 쳐 없애는 일에 동참한 동지들이 아니겠소. 오늘부터 장한장군을 옹왕(雍王)으로 삼아 초군 중에 머무르게 할 것이오. 그리고 장사 흔은 상장군이 되어 진군을 이끌고 진을 멸하는 선봉장이 되어 주시오."

항우와 장한의 결탁은 적어도 외견상으로는 깨끗하게 마무리된 것처럼 보였다. 그러나 내심으로는 도저히 회합될 수 없는 앙금이 남아 있었던 것이다.

초군 중에는 지난날 진나라 이졸(吏卒)들한테 부역자로서 혹은 변경의 주둔병으로 끌려가면서 짐승같은 대우를 받던 병사들이 대부분이었다.

"이놈들, 두고 보자! 너희들 지난날 우리를 개돼지 취급을 했었지. 이제는 입장이 바뀌었단 말야. 너희들은 우리의 포로야. 그에 적합한 대우를 해주지!"

초군의 진나라 군사에 대한 학대는 노골적으로 나타났다.

"야 이자식들아. 왜 부지런히 일하지 않고 게으름 피워. 계속 빌빌거렸다간 저녁을 굶기겠어!"

그러면서 항복한 진군의 정강이를 걷어찼다. 사소한 일에도 트집을 잡아 폭행하고, 조금이라도 반항하는 기미만 있으면 심한 기합을 준 뒤 정작 저녁밥을 주지 않았다.

진군 사이에서도 불평이 생길 수밖에 없었다.

"이게 뭐야! 동등한 동지라면서 저자식들 우리를 괄시하기야!"

"결국은 장한 장군이 우리를 속이고 제멋대로 초군에게 항복한 게 아닌가."

"잘 계산해 보게. 이제 관중으로 쳐들어가 진나라를 격파할 수만 있다면 천만다행이겠지만 어디 그게 식은 죽 먹기로 쉬운 일이겠어!"

"그래도 진나라 군대는 아직은 막강해. 그러니까 제후군들이 실패할 확률이 많단 말일세. 그렇게 되면 우린 어떻게 되지?"

"뭐가 어떻게 되긴 어떻게 돼. 새도 짐승도 아닌 박쥐 꼴이지. 진나라로 돌아갈 수도 없고 결국은 제후군들한테 이끌려 객지로나 떠돌다 죽겠지."

"어디 그뿐이겠어. 반대로 진나라에서는 우리가 제후군에 부역했다 하여 우리들의 부모처자 모두 체포해 살육을 감행할 것이 아닌가!"

"그렇다면 우린 이제 어떻게 하는 게 최선이겠나?"

"좋다. 이렇게 하자. 장군들이야 항복했다 하더라도 우리는 초군에 심복하지 말고 진군의 본래 매운맛을 보여주자!"

그날 이후로 똘똘 뭉친 진군들은 초군의 명령이라면 무조건 듣지 않았다. 마찰이 생길 수밖에 없었다. 사사건건에 주먹다짐이었고 칼부림이 일었다. 동지가 아니라 그들은 본래의 적으로 돌아가 있었다.

그런 사태를 보고받은 항우는 깜짝 놀랐다. 경포와 포장군을 불렀다.

"이거 정말 골치 아픈 일이 아니겠소. 진군의 대부분이 심복하지 않으니 우리 군사라고 말할 수도 없지 않소."

"그렇습니다. 진나라로 쳐들어가면 설사 승리하더라도 그 승리는 무의미해지며, 결국 이런 분위기라면 저들이 우리한테 창을 거꾸로 겨눌 가능성이 많습니다. 그 땐 우리는 아주 위험해지지요."

포장군도 거들었다.

"결국 우리편은 장한과 동예뿐입니다. 나머지 20만 명은 적으로 보아야 합니다."

"적으로 본다?"

항우의 눈빛이 갑자기 살기로 돌변했다.

한동안 항우와 경포와 포장군은 침묵 속에 있었다. 그러다가 항우가 포장군을 돌아보았다.

"어차피 결론을 보아야 될 문제인 것 같소. 20만 대병이 우리 편이 아니라 적이라면 놈들을 어떻게 처리해야 되는 것인지 그 결론은 뻔하지 않겠소."

"그렇습니다. 과감하게 처치합시다."

경포가 이의를 달았다.

"20만이라면 엄청난 숫자입니다. 관중을 함몰시키는 데 있어 우리에겐 절대로 필요한 군사들입니다. 일단 함곡관을 돌파한 후 함양 진입 직전에 저들을 제거하는 게 어떻겠습니까?"

그러자 포장군이 강하게 반발했다.

"그건 희망사항에 지나지 않소. 놈들은 함곡관 입구에서부터 초병에게 창을 거꾸로 들 것이오."

항우가 단언적으로 말했다.

"이미 결론은 났소. 20만 모두 죽입시다."

"어떻게요?"

경포가 물었다.

"야습이 좋겠소."

"구체적인 작전을 주십시오."

"전군들이 잠든 한밤중에 우리 군사들이 놈들의 막사를 포위한 뒤 삽시에 불을 질러 놈들이 우왕좌왕할 때 한꺼번에 달려들어 박살내는 거요."

"그 길밖에 없겠습니다. 결행하는 장소는 어디가 좋겠습니까."

"신안(新安) 남쪽땅이 좋겠소. 시체를 감쪽같이 묻어버릴 수 있는 장소요. 제후군들에게나 진나라에게나 생사람 때려잡았다는 소문이 나면 좋지 않으니까."

"장한과 장사 흔과 동예의 반발은 없을까요?"

"그들의 부모처자를 몰살시킨 진나라 사람들 모두가 그들의 적일 수밖에 없소. 진나라에 동조하는 20만 대군도 그들의 분명한 적이오. 세 장군이 우리의 계략을 찬성하지 않을 리가 없소."

이틀 후였다. 신안 남쪽땅 허허벌판에다 진군과 초군의 야영 구역이 따로 정해졌다. 그리고 모두가 깊이 잠든 축시쯤이었다.

진군의 진중에서 별안간 함성이 일어났다. 동시에 막사 쪽으로 불방망이들이 날았다.

놀란 진군들이 벌떡 일어나 미처 창칼을 잡고 정신도 차리기 전에 우군의 창칼에 추풍낙엽처럼 쓰러져갔다. 아비규환의 도가니였다.

초군 쪽 막사에서 멋모르고 잠들어 있던 장한은 느닷없는 비명소리에 놀라 깨었다.

"무슨 일이냐? 진나라 군사가 야습이라도 해왔다는 거냐?"

초군의 경비병이 약간은 비꼬는 투로 대답했다.

"초군에게 반항하는 장군님의 진나라 군사들을 섬멸하고 있는 중입니다."

7. 항우냐 유방이냐

한편 20만 대군을 거느린 장한이 고스란히 항우에게 항복했다는 소식을 들은 승상 조고는 까무러칠 듯이 놀랐다.

허겁지겁 황궁으로 달려간 조고는 장한의 항복 책임이 마치 2세황제에게 있었다는 듯이 고함을 질러댔다.

"폐하, 이 일을 어쩌면 좋겠습니까! 소신이 진작에 말씀드리지 않았습니까. 장한 그 놈이 모반하지 않을까 의심스러워 진작에 처벌하자고 했는데, 폐하께서 우물쭈물하시는 사이에 기어코 장한은 20만 대군을 거느리고 항우한테 항복하고 말았습니다!"

2세황제도 대경실색했다.

"아, 장한이 모반했다고!"

"그자의 가족들을 일단 잡아 가두었습니다. 그들을 어떻게 처리할까요."

"소 잃고 외양간 고치는 식이구려. 이미 돌아선 자의 가족들을 처리한들 떠나버린 장한이 돌아오겠소."

"그토록 폐하께서 우유부단하시니 모반자들이 생기는 게 아니겠습니까."

"그러면 어떻게 하는 게 좋다는 말씀이오."

"모반자의 가족들은 이렇게 된다는 사실을 만천하에 알린다는 뜻으로 저자거리로 끌어내 만인들이 보는 앞에서 목을 베어야 합니다."

"그렇다면 그렇게 하시구려."

"그리고 또 하나 소청이 있습니다."

"무어요?"

"반란군들이 함곡관을 넘어오지 못하도록 방비를 해야 하니 장정 총동원령을 내려주십시오."

"그 역시 승상의 생각대로 하시구려."

다른 한편으로, 장한은 가족들이 저잣거리에서 참형에 처해 졌다는 확실한 소식을 전해듣고는 대성통곡했다. 당장 대군을 이끌고 함곡관을 넘어들어가고 싶었으나 이미 항우가 진나라 장한의 군사들을 몰살시킨 뒤라 장한에게는 군사가 없었다.

별 수 없었다. 장한은 항우 앞으로 달려가 통사정했다.

"장군, 내 원수를 갚아주십시오."

"물론이오. 당장 함양으로 쳐들어갑시다."

"제가 선봉에 서겠습니다. 지금 함곡관에는 수비군사가 한 놈도 없습니다. 바로 이 때 쳐들어가면 간단하게 함곡관을 넘을 수가 있습니다. 함곡관만 무너지면 함양을 짓밟기는 식은 죽 먹기입니다."

"좋소. 곧 출동합시다."

그러나 함곡관 진입명령 소식을 들은 군사 범증은 놀라 항우에게 달려왔다.

"장군, 그것은 불가합니다."

"무어요? 지금 함곡관에는 수비병력이 없다고 장한장군도 말하고 있지 않소."

"그것은 오래 전 일입니다. 벌써 진나라에서는 50만 대군을 정비해 관문 바깥으로 쳐나온다는 소문입니다."

범증의 만류에 항우는 맥이 풀렸다. 그렇지만 함곡관 돌파 의지까지 없어진 건 아니었다.

"함양을 코앞에 두고 움직이는 데 있어서도 냉철한 판단으로 임해야지 사사로운 감정으로 움직여서는 실패하고 맙니다. 장군께서는 지금 이기는 싸움을 시도하시는 게 아니라 장한의 원수를 갚기 위한 전투를 벌이려 하십니다. 더구나 진군은 막강 화력 50만 대군을 재정비했다고 말씀드리지 않았습니까."

"그렇다면 나더러 어쩌란 말이오."

"우리 군사들은 오랜 싸움에 시달린 데다가 적에 비해서 그 숫자나 군비가 부족합니다."

"용맹은 적들보다 낫소."

"유방이 올 때까지 기다리십시오. 그런 다음에 우리가 선수로 함양을 점령하면 됩니다. 한 번 실수로 천추의 한을 남기고 싶지 않으시겠다면 깊이 생각하시기 바랍니다."

범증은 입을 다물어버렸다.

항우는 억울했다. 범증의 만류가 야속했다. 팽성에서 떠나올 때 초회왕이 약속하던 말이 떠올랐다.

"여기 항우장군이나 유방장군 누구든 좋소. 먼저 관문을 돌파해 함양을 함락시키는 분은 관중왕(關中王)으로 봉하겠소."

그 때 항우는 이렇게 대답했다.

"무어 유방장군까지 원정할 필요가 있겠습니까. 유장군은 진의 잔당들이나 처리하시고 관중 돌입은 저 혼자서 하지요."

"그것은 과욕이오. 항장군의 의욕은 믿음직스러우나 진군의 실세가 그토록 만만하다고는 볼 수 없소. 두 장군이 함께 떠나시오. 그런데 두 갈래 길이 있으니 대신 그 우선 선택권은 항장군께 드리지요."

"그 두 갈래 길이란 어떠한 길입니까?"

"팽성에서 출발해 거록을 구원하고 극원 안양을 거쳐 신안으로 갔다가 함곡관을 돌파하는 험난한 길이오. 그러나 다른 길에 비해서는 그 거리가 짧소."

"다른 진로는 또 어떠한 길입니까?"

"탕(碭)에서 출발해 낙양쪽으로 진군해 가서 남양(南陽)을 거쳐 함곡관 입구에서 두 장군이 만나 군세를 불려 관문을 통과하는 길이오. 물론 이 길은 평탄하기는 하나 윗길보다는 훨씬 먼 길이오."

항우는 그 때 윗길을 선택했다.

"험난한 길은 저한테 문제가 되지 않습니다. 가까운 길로 가겠습니다."

항우가 함곡관 초입에서 유방을 기다리고 있는 동안 유방은 전연 다른 길로 가고 있었다.

항우와 유방을 출정시킨 뒤 초나라 조정에서는 그들 둘을 두고 의견들이 분분했다.

사도(司徒) 여신(呂臣)이 먼저 입을 열었다.

"항우의 사람됨은 용맹스럽긴 하나 인간이 너무 잔인합니다. 저번 양성(襄城)을 공격해 함락시켰을 때를 상기해 보십시오. 성안으로 돌입한 항우는 아무것도 남기지 않았습니다. 모조리 때려부수고 불태웠으며 적병이고 민간인이고 할 것 없이 모두 죽여서 구덩이에 묻어버리고 말지 않았습니까. 한 마디로 그가 통과하는 곳은 어디든지 파괴되었고 학살당했습니다."

여신의 부친인 영윤(令尹) 여청(呂靑)도 한 마디했다.

"그렇습니다. 그래서 이번에는 온후하고 유덕한 유방을 서쪽으로 보내 진나라 백성들에게 정의에 입각한 군사임을 고유(告諭)하도록 해야 옳았던 것입니다. 이미 포악한 정치에 시달렸던 그들은 온후 유덕한 유방의 말 한 마디에도 감동되어 쌍수를 들어 항복을 자청했을 것입니다. 항우의 침략적이고 포악한 공격이 아니더라도 진나라를 멸망시킬 수 있다는 뜻입니다."

초회왕은 이맛살을 찌푸렸다.

"과인도 그 점을 모르는 바가 아니오. 잔인한 항우보다 내 맘 속으로는 인자한 유방을 보내고 싶었소. 그렇지만 과인은 항우의 위세를 두려워했던 거요. 그가 가겠노라 고집을 피우는 이상 거절할 방법이 없는 게 아니겠소. 더구나 우리 초나라가 비록 상승세를 타고 있다 하나 진승도 죽었고 항량도 패사하는 실정이오. 그러니 항우의 강공책이 좋은 건지 유방의 유화책이 옳은 건지 지금 형편으로서는 그 시비를 가릴 처지가 역시 못되오. 때문에 항우가 제 숙부의 죽음을 원망해 죽기 살기로 관중으로 돌파해 들어가는 그 기세에 기대를 걸 수밖에 없는 일이오. 유방의 유화적인 전진이 반드시 성공하리라는 보장도 없는 것이고……다만 내심으로는 유방이 먼저 함곡관을 돌파해 진왕의 항복을 받아내어 관중왕에 오르기를 바랄 뿐이오."

한편 유방의 군사들은 고행을 계속하고 있었다. 탕에서 출발해 성양

(成陽) 강리(杠里)(모두 산동성)의 2개 군을 부순 것까지는 수월했다. 그러나 창읍(昌邑 : 산동성)에서부터는 전황은 불리해지기 시작했다.

'어떻게 한다?'

그러나 아무리 창읍을 때려도 유방의 날카로움이 없는 공격은 도무지 먹혀들지가 않았다.

그럴 즈음이었다.

"팽월(彭越)이라는 자가 병사 천여 명을 거느리고 와서 장군님을 뵙자고 하는데요."

경비병의 보고에 유방은 고개를 갸웃했다.

"팽월?"

팽월은 바로 그 고장 창읍 사람이었다. 그러나 거야(鉅野 : 산동성)라는 곳의 못가에 살면서 물고기도 잡고 때에 따라 도둑질도 하면서 연명하고 있었다.

진승과 항량 등이 봉기해 한창 위세를 떨치고 있을 때 마을의 한 젊은 이가 팽월한테로 와서 꼬드겼다.

"어떻습니까. 지금 전국 곳곳에서 호걸들이 들고 일어나 진나라에 반기를 들면서 천하를 다투고 있지 않습니까."

"그래서?"

"보아하니 귀하께서도 그럴 만한 능력이 있는 것 같아서 드리는 말씀인데 한 번 일어서 보시지 않겠습니까?"

"물론 능력이야 있지. 그러나 아직 때가 이르네."

"어째서 때가 이르다고 하시지요?"

"두 마리의 용이 한창 싸우고 있으니 좀더 두고 살피는 중일세."

"두 마리의 용이라니요?"

"진나라와 그에 반기를 든 진승이지."

그래서 한 해 남짓 하는 일 없이 세월을 흘려보냈다.

어느날 연못가의 젊은이들 백여 명이 다시 안달을 내면서 팽월을 찾아왔다.

"이제는 기회가 됐다고 생각하지 않습니까!"

"기회야 됐지. 하지만 자네들 같은 게으름뱅이들하고는 함께 일을 못해."

"저희들이 어째서 게으름뱅이들입니까. 아직 시험도 해보지 않고서. 사실 우리들도 좋은 지도자만 만나면 삽시에 심기일전해 큰 일을 도모할 수 있는 젊은이들이라구요."

"그으래?"

"뭐든 한 번 시험해 보시지요."

"그렇다면 너희들의 결의가 어떠한지 딱 한 가지만 시험해 볼까. 우선 아주 간단한 약속부터 하자."

"어떤 약속입니까?"

"내일 아침 해가 뜨는 바로 그 시각에 전원 연못가로 집합한다."

"기껏 그것이 약속입니까?"

"쉬운 약속이래서 우습게 생각했다간 큰코 다친다. 만일 약속을 어기고 조금이라도 제 시간에 도착하지 않는 자는 각오해야 돼. 목을 벨 테니까."

"아무튼 그렇게 해 보죠, 뭐."

이튿날 아침이었다.

열 명 정도가 둥실 해가 뜬 후에 나타났다. 팽월은 정색했다.

"나는 너희들보다 연장이다. 그 때문인지는 모르지만 너희들이 나를 억지로 간청해 두령자리에 앉은 것이다. 어쨌건 너희들은 그토록 단단히 약속을 하고서도 여남은 명이나 느지막하게 도착했다. 지각한 모두가 참수돼야 한다. 어떤가?"

팽월의 질책에도 백여 명의 젊은이들은 아무도 긴장하지 않았다.

"그러하니 늦게 도착한 십여 명 모두가 참수되어야 하지만 그럴 수는 없으니 너희들 중에서도 제일 늦게 도착한 너, 앞으로 나오너라."

그러자 지목된 자가 걸어나오며 베실베실 웃으면서 한 마디했다.

"설마 진짜로 목을 베시는 건 아니겠지요?"

"군문에는 빈말이 없다!"

팽월의 표정을 살핀 젊은이는 금새 새파래졌다.

"용서하십시오. 내일부터는 결코 늦지 않겠습니다!"

"안 된다. 그 약속에 대한 책임을 누군가가 져야 하는 것이다!"

그러면서 팽월은 발버둥치는 그자의 목을 댕강 잘라버렸다.

"단을 쌓아라. 죽은 이자를 희생양으로 하여 제사를 올린다."

그런 후 팽월은 그들에게 엄숙한 목소리로 외쳤다.

"명령을 어기는 자는 누구든 이렇게 된다!"

갑자기 팽월의 부하들이 되어버린 젊은이들은 팽월이 두려워서 감히 정면으로 바라보는 자가 없었다.

"자, 이 길로 곧장 행군해 간다!"

팽월의 군사 백여 명은 행군 도중 닥치는 대로 땅을 공략했다. 소수병력이지만 그 용감무쌍하기가 이를 데 없었다.

다른 제후들한테서 떨어져나온 병사들을 수습했더니 군사는 금새 천여 명으로 불어났다.

바로 그 때 탕으로부터 북상해 창읍을 공격하려 하고 있던 유방을 만난 것이다.

"휘하에 넣어주십시오. 숫자는 얼마 되지 않지만 그 용맹만은 일당 백입니다."

"시험해 보겠소. 지금 창읍을 무너뜨리려 하나 난공불락이오. 성문을 걸어잠그고 꿈쩍도 하지 않는 것 같소."

"저한테 맡기십시오. 창읍은 제 고향이라 이곳의 지리라면 소상히 알고 있습니다. 제가 선두에 서지요."

"그런 뜻이 아니오. 창읍이라는 작은 성 하나 부수려면 언제라도 부술 수가 있소. 우리는 정의의 군사요. 가급적이면 백성들에게 피해를 주지 않고 성문을 열게 하고 싶소. 가능하겠소?"

"이곳 성주의 성격을 잘 알거니와 그는 결코 성문을 열어 항복할 인간이 아닙니다. 더구나 창읍을 함락시키는 방법에 있어서도 그런 식으로는 성미에 맞지 않지만 장군께서 성주를 회유해 보라 하시니 그렇게는 해보겠습니다. 그럼 즉시 달려가 성주와 담판해 보겠습니다."

"아니오. 그런 방법은 위험하오."

유방의 만류에 팽월은 갑자기 어리둥절해졌다.

"그러면 어떤 방법이 좋겠습니까?"

"격문을 한 장 써줄 터이니 가지고 가서 화살에 매달아 성 안으로 쏘아 넣으시오. 내용은 귀순을 종용하는 글이오."

"아까도 말씀드렸지만 격문 한 장으로 항복할 성주는 아닙니다."

"성주한테 보내는 글이 아니라 백성들한테 보내는 내용이오. 어쨌건 그렇게 해보시오. 좋은 결과가 있을 것이오. 만일 성문이 열리게 되거든 그 공로는 팽월장군 그대의 것으로 하겠소."

―나는 초나라 장군 유방이오. 백성들이 그동안 진나라의 학정에

얼마나 많이 시달려왔는가를 너무나 잘 알고 있소. 그래서 의로운 군사를 일으켜 진나라를 치기 위해 찾아온 것이오. 그대들은 아무 죄가 없소. 그렇기에 10만 대병을 이끌고 왔으면서도 혹시 백성들이 다칠까 싶어 성을 공략하지 않고 백성들 스스로 성문을 열어 귀순해 오기를 종용하고 있는 바이오. 성주 스스로 성문을 열어 항복해 오면 더할 수 없이 다행스런 일이 되겠으나 그것이 불가능하다면 젊은 장정들만이라도 나에게로 귀순해 와서 간악한 진나라 군대를 치는 일에 동참해 주기를 바라오.

팽월은 유방이 써준 격문을 성안으로 쏘아보낸 후 어떤 결과가 일어날 것인가 하고 조마조마한 기분으로 기다렸다.

한편 격문을 받아 읽은 성 안의 백성들은 금새 동요되기 시작했다.

"유방장군은 너그러우신 분이라고 들었다. 이 격문을 보게나. 10만 군사로 창읍성을 덮치려면 식은 죽 먹기일 터인데도 우리가 다칠까 싶어 격문을 보내어 성문을 열도록 종용하고 계신다. 성주를 설득해 유방장군에게 항복하도록 권하자."

장정들의 생각은 조금 달랐다.

"성미로 보아 항복할 성주가 아니다. 권고해 보았자 소용이 없으니 우리들 스스로가 성문을 열고 나가서 유방장군에게 귀순해 버리자."

그런 분위기는 성 전체로 확산되었다. 젊은이들은 앞을 다투어 성을 탈출해 나갔다. 군사들 역시 마찬가지였다. 새벽이 왔을 즈음에는 성 전체의 젊은이나 병사들 거의가 성밖으로 빠져나간 후였다.

"무어라고? 창읍성의 군사들이랑 장정들이 밤 사이에 유방한테 항복해 떠나버렸다고? 이거 큰일났구나! 반란군이 들이닥치면 성주인 내가 살아남을 수가 없지!"

아침이 되어 그 놀라운 사실을 알게 된 성주는 가족들을 데리고 뒷문으로 도망쳐버렸다.

창읍성에 무혈입성한 유방은, 양성으로 돌아와 이번에는 남양 군수 기(畸)와 접전하다가 기가 완(宛 : 하남성)으로 도망쳐버리자 그를 포기하고 서진(西進)을 서두르려 했다. 그럴 수밖에 없었던 것은 공교롭게도 조나라 장군 사마앙(司馬卬)이 황하를 건너 입관(入關)하려고 서둘렀기 때문이었다.

'그건 곤란하다! 내가 먼저 입관해야 관중왕을 차지한다!'

유방의 야심을 알아챈 장량이 조용히 설득했다.

"서둔다고 되지는 않습니다. 사마앙의 입관을 걱정하시다니 그 역시 뜻대로는 되지 않을 것입니다. 진나라 50만 대군이 함곡관이라는 험준한 지형을 빌려 굳게 방비하고 있기 때문입니다. 지금은 관문 돌파를 시도할 때가 아닙니다."

유방은 자신의 속마음을 들킨 일이 부끄러웠다.

"내가 잘못 판단했소. 그렇다면 지금 형세에서 어떤 조처를 취하는 게 좋겠소?"

"전방을 공격할 게 아니라 후방을 걱정해야지요."

"후방을?"

장량의 뜻밖의 지적에 유방은 깜짝 놀랐다.

"패공께서는 지금 완을 무시한 채 서쪽으로 전진하려 하셨지요."

"그런 계략이 잘못됐다는 건가요?"

"그렇습니다. 우리가 서진하면 완에서 농성하고 있는 남양의 기군수가 즉각 군사를 몰고와서 우리 뒤를 때릴 것입니다."

"사실이 그렇다면 큰일날 뻔했구려. 우리가 이미 기군수의 책략을 알아챈 이상 그것을 역이용할 방법은 없겠소?"

"있지요. 서진하는 것처럼 하다가 어둠을 틈타 전격적으로 되돌아 와서 완을 이중 삼중으로 포위하는 겁니다."

"포위를 하고서는?"

"며칠 동안만 관망하는 겁니다."

유방은 군사 장량이 시키는 대로 했다.

한편 완성의 남양 군수 기는 성이 완전히 포위된 것을 알고는 자포자기에 빠졌다.

"군수인 내가 자결해 버리면 만사가 끝나는 게 아닌가! 적어도 백성들만은 안전하겠지!"

가신 진회(陣恢)가 군수의 혼잣말을 엿들었다. 기군수 방으로 찾아간 진회는 간곡하게 설득했다.

"아직 자결하기에는 이릅니다."

"무어? 자네는 내가 그런 결심을 했던 사실을 어떻게 알았나?"

"몹시 고통스러워하시기에 그런 줄 짐작했을 뿐입니다. 그건 그렇고, 제가 유방한테 다녀오지요."

"유방한테? 항복을 생각한 적은 아직 없네."

"물론입니다. 군수님께서는 항복하실 생각도 없으시고 항복하실 필요도 없습니다."

"그대가 유방한테 가서 무슨 수작을 부린다는 얘긴가?"

"그렇습니다. 일단 믿어보십시오."

기군수는 훌훌 털고 일어나 떠나는 진회를 망연한 얼굴로 바라만 볼 뿐이었다.

유방을 찾아간 진회는 만나자마자 다짜고짜 질문부터 퍼붓기 시작했다.

"한 가지 묻겠습니다. 제가 듣기로는 누구든지 함양으로 먼저 입성한 자가 그곳의 왕이 된다고 했는데 그게 사실입니까?"

"사실이오. 그렇게 약속했으니까."

"그런데도 패공께서는 서둘러 입관하지 않고 완성이나 공격하시느라 여기서 미적거리고 계십니까."

"이자가 무슨 뚱딴지같은 소리를 하고 있나. 그대는 내가 군사 기밀 전략이라도 뱉어낼까 싶어 그걸 바라고 찾아온 거요?"

"완은 대군(大郡)의 주도(主都)입니다. 소속 성시만 해도 수십 개이며 백성들도 많고 부의 축적도 대단합니다. 그렇기 때문에 만만하게 보아서는 안 됩니다. 쉽게 무너질 성이 아니지요."

"도대체 찾아온 용건이 뭐요?"

"완성이 이토록 완강하게 버티는 이유부터 아셔야지요."

"그대는 그런 기밀이라도 내게 주겠다는 거요?"

"물론입니다. 지금 패공께서는 많은 시일을 소비해 가며 이곳에 머무르고 계십니다. 그리고 공격해 보았자 함락은커녕 사상자만 날 뿐입니다. 그렇다고 해서 완성을 떠날 수도 없습니다. 떠나게 되면 완의 군사들이 패공의 군사 뒤쪽을 때릴 것이니까요. 그런 사실은 패공께서도 이미 눈치를 채셨겠지요. 그래서 포위해 온 게 아닙니까. 이런 식으로는 결국 패공께서도 유리할 게 아무것도 없습니다. 입관은 늦어질 것이고, 관중왕의 자리도 차지할 수가 없게 될 것이며, 계속해서 패공께서는 완의 강력한 우환만 남기게 될 뿐입니다."

유방은 진회의 설득이 이유있다고 생각했다.

"그대의 말은 사실이오. 실상 우리도 그런 어려움에 처해 있소. 그래,

나를 위해 그대가 계략을 주겠소?"

"드리지요. 그 대신 우선 패공께선 완성의 완강함은 우리가 항복하는 순간 모두가 피살된다는 생각 때문이라는 사실을 아셔야 합니다."

"우리는 정의의 군대요. 항복하는 군사는 죽이지 않소."

"그렇다면 군수를 항복하도록 만들 터이니 그를 후(侯)로 봉해주시겠습니까?"

뜻밖의 진회 제의에 유방은 깜짝 놀랐다. 그러나 괜찮은 제안이라 생각되면서도 미덥지 못한 구석이 있었다.

"그럴듯한 조건이긴 하오. 한데, 그대의 제안이 우리 군대를 물러가게 하기 위한 속임수가 결코 아니라는 보장도 없지 않소."

"판단은 패공께서 스스로 하십시오. 그러나 남양 군수를 후에 봉한 후정 의심이 되신다면 군사를 여기 머물게 한 뒤 기마병만 데리고 서쪽으로 달려가십시오. 그렇게 하신다면 완의 많은 성시들이 소문만 듣고도 앞다투어 패공께 항복할 것입니다."

유방은 그래도 미덥지가 못하여 옆의 장량을 돌아보았더니 그는 승락하라는 눈짓을 보내고 있었다.

"좋소. 약속하겠소."

유방은 그런 후 완의 군수를 은후(殷侯)에 봉한 뒤 그대로 그에게 완성을 지키라 명했다. 그리고 진회의 공로를 인정해 1천 호의 식읍을 내린 후에야 유방은 병사를 이끌고 서쪽으로 전진해 갔다.

무관(武關) 입구에 다다랐을 때였다. 뜻밖에도 진의 승상 조고가 보낸 밀사가 도착했다. 유방은 긴장하지 않을 수가 없었다.

"진나라 승상의 밀사가 나한테는 왜?"

"승상께서는 먼저 함곡관을 돌파해 함양으로 들어오는 장군이 관중왕에 오른다는 사실을 알고 계십니다."

"그래서?"

"유달리 유방장군을 지목해 협상하는 게 옳겠다고 생각되시어, 저를 보내 유장군의 뜻을 받아오라 하셨습니다."

"협상의 내용이 무엇이더냐?"

"관중을 둘로 분할해 각각의 왕이 되자는 제의올시다."

"뭐라고?"

밀사의 제의는 파격적인 것이었다. 그렇기 때문에 그 엄청난 제의를 믿을 수가 없었다.

"진나라의 승상이 반란군의 우두머리인 나한테 관중 땅을 둘로 나누어 왕이 되자 하니 황당스럽기 이를 데 없다. 도대체 그 진의가 무엇이냐?"

"말씀드린 그대로입니다."

"틀림없이 무슨 음모가 있는 것 같은데?"

"그렇게 말씀하실지도 모른다고 하셨습니다. 그 땐 이렇게 말씀드리라고 저한테 귀띔해 주셨습니다."

"어떻게?"

"함곡관으로 들어오실 게 아니라 무관으로 들어오시라고 하셨습니다."

"그게 무슨 뜻이냐?"

"항우장군께서는 진나라로 향해 진군해 오면서 모조리 죽이고 부수고 불질러 남기는 게 없이 달려오고 계십니다."

"그래서?"

"함곡관이 무너지면 함양 역시 무너지기 때문에 진나라 군사 모두를 그쪽에다 배치시켰습니다. 항우장군이 두려워서라도 승상께선 그렇게 밖에는 할 수 없었습니다. 그래서 먼저 입관하시는 분이 왕이 되실 터이므로 온후 관대하신 유방장군께서 먼저 입관하시도록 무관 진입을 종용하신 겁니다."

그래도 유방은 조고가 보낸 밀사의 말을 믿을 수가 없었다. 장량을 불렀다. 전후 사정을 듣고난 장량이 직접 밀사에게 물었다.

"그렇다면 지금 함곡관에는 50만 대병이 입구를 꽉 막고 있는 대신, 무관 초입에는 수비군사가 없다는 뜻이 아니오?"

"바로 그렇습니다."

"곧 회답을 드릴 터이니 객사에 머물고 계시지요."

밀사가 물러갔다.

"거짓말은 아닌 것 같습니다."

"속임수라면 우리 군사가 전멸하게 되는 거요."

"물론입니다. 그러나 저자의 말이 사실이라면 패공께서는 대단한 행운을 잡으신 겁니다. 함곡관으로 피흘리며 들어가는 게 아니라 무관으로 해서 무혈입성해 관중왕에 오르게 되니까요. 그러나 그렇게 일이 수월하게 풀려지리라 기대하기에는 아직 이릅니다."

바로 그 때였다. 진나라의 사정을 탐색해 오라고 보낸 첩자 영창(寧昌)이 돌아왔다.

"진나라 조정은 지금 어수선하기 이를 데가 없습니다. 그토록 완강하게 버티던 진의 장수 장한이 휘하의 장수 모두를 이끌고 항우에게 투항하자 승상 조고는 눈이 뒤집혀진 거지요. 그 죄가 자신에게 돌아올 것을 우려해 2세황제를 죽인 뒤 항우가 쳐들어오기 전에 패공에게 은밀히 협상대표를 보낸다는 소문도 있었습니다. 조고 입장에서는 항우가 먼저 입성하면 자신이 해롭고 패공께서 먼저 입관하면 이롭다고 판단했겠지요."

역시 진나라로 보냈던 첩자 주감(朱甘)이 영창을 뒤따라 돌아왔다.

"승상 조고는 자영(子嬰)한테 맞아죽고 지금 자영은 3세황제위는 삼가한 채 진나라왕으로 있습니다. 나라 꼴이 그 모양이니 군사들인들 용감하게 싸우겠습니까. 매일매일 도망쳐오는 군사들로 장사진을 이루고 있습니다."

유방은 항우의 관중 돌입이 임박했다고 생각되자 덜컥 겁이 났다. 서둘러 역이기와 육가(陸賈)를 불렀다.

"그대들은 진나라로 들어가 보물을 주어 진나라 장수들을 매수하시오. 우리는 곧 무관을 급습한 뒤 남전(藍田)으로 들어가겠소. 가급적이면 저항하는 군사들이 없도록 하시오."

그런 후 유방은 장량을 불러 독대해 물었다.

"나는 이제 무관으로 쳐들어가기로 작정했소이다. 군사께서는 어떻게 생각하시오?"

"진나라 사정이 기왕에 들은 바대로 어지러운 상황일 바에야 패공의 무관 진입은 성공할 가능성이 많습니다. 더구나 재주 많은 역이기와 육가를 미리 보내 진의 장수들을 매수하도록 해놨으니 우리의 성공 확률은 더욱 많아졌습니다. 그러나……"

"그러나 또 무엇이오? 우리 준비가 미흡하기라도 합니까?"

"저항이 강해 싸울 때 싸우더라도 가급적이면 싸우지 않고 입성하는 게 좋습니다. 그래야만 정의의 군대라는 인상을 강하게 심을 수가 있습니다."

"어떻게 말이오?"

"패공께선 군대의 기치를 많이 만들어 지금의 군사보다 열 배는 많아 보이게 위장하는 것입니다. 그렇게 해야만 되는 이유를 설명해 드리겠습니다. 지금 역이기와 육가를 보내 적장 주괴(朱蒯) 한영(韓榮) 경패(耿沛) 등의 장수들을 매수했다 하나 그래도 명색이 진의 장군들인데 멀쩡하게 성을 내줄 리가 있겠습니까. 그러니 우리의 세력을 엄청나게 부풀려서 그들이 전의를 상실해 졸개들부터 슬금슬금 도망치도록 하자는 것입니다. 그래서 인명을 손상하지 않고 무력으로 성을 탈취한다는 인상을 주는 거지요."

"좋은 계략이오. 그리고 입성하더라도 물자의 약탈도 인부의 징발도 하지 않겠소. 일체의 민폐를 끼치지 않도록 하겠소."

"또 한 가지 소청이 있습니다."

"그게 뭐요?"

"무릇 싸움에는 윗사람이 아랫사람에게 미리 공로를 배려해야 된다는 말이 있습니다."

"무슨 뜻이오?"

"선봉장으로 누구를 세우시겠습니까."

"미처 그것까지는 생각하지 못했소."

"패공께서 생각하시기에 가장 믿을 만한 부하에게 이런 기회를 빌려 상을 주듯이 공을 세우게 하셔야 합니다."

"그가 누굴까?"

"하후영(夏侯嬰)이 어떻습니까."

하후영은 패현의 역사(驛舍)에서 일하고 있을 때부터 유방의 친구였다. 그는 사신들이나 빈객들을 마차에 실어 전송한 뒤 빈 수레로 돌아올 때마다 사수(泗水)가의 역정(驛亭)에 들렀다. 거기에는 친한 친구 유방이 있었기 때문이었다.

"잘 있었나? 오늘 어때. 일과도 끝났는데 한 잔 꺾는 게."

둘은 두 말 않고 술집으로 직행했다.

그들은 유쾌하게 떠들며 술을 마시느라고 시간 가는 줄 몰랐다. 거의 파장이 되었을 때였다. 하후영이 전에 없는 표정으로 말을 꺼냈다.

"내가 패현의 관리로 자리를 옮기게 되네."

"오 그래. 그거 마침 잘 됐네. 축하하네. 자네의 영전 축하로 축하주를 마시지 않을 수가 있겠나."

그러던 어느 날이었다. 그날도 하후영이 유방을 찾아왔다.

"세상이 어지럽네. 그날을 위해서라도 우리는 몰래 검술을 익혀두어야 할 필요가 있네."

"그야 물론이지. 그런데 칼이 어디 있는가. 진시황제가 무기란 무기는 모조리 거두어 가버렸는데."

"이리 오게."

하후영은 유방이 이끄는 대로 인근 마을 숲속으로 들어갔다. 거기서 둘은 땀을 뻘뻘 흘리며 격검에 몰두했다. 그러다가 실수로 유방이 하후영의 어깨를 찍었다.

"앗, 이를 어쩌나!"

"괜찮네. 그토록 큰 상처는 아니네."

며칠 후였다. 둘의 격검을 몰래 엿본 자가 있었던지 유방이 형부(刑部)로부터 고발을 당했다.

──시황제 폐하께서 백성들의 무기 휴대를 금한 지는 이미 오래다. 더구나 관리의 무기 휴대는 중죄에 해당한다. 그럼에도 불구하고 정장이라는 관직에 있는 유방이 무기로 사람까지 다치게 했다. 그것이 사실

이라면 유방은 엄벌을 면치 못할 것이다. 형부로 출두해 조사를 받아라.

'이거 큰일났다!'

당황한 유방은 우선 하후영부터 찾았다. 그러나 하후영은 태연했다.

"걱정 말라니까. 자네가 나에게 상처를 입힌 적이 결코 없다고 증언할 테니까. 아예 우리들은 격검조차 한 적이 없노라 입을 맞추어야 돼. 그리고 우리가 사용했던 칼을 멀찌감치 치워버리게. 그게 결정적인 증거물이 되니까."

결국 유방은 하후영을 다치게 한 적이 없노라 발뺌했고 하후영 역시 그런 사실조차 없다고 증언했다. 일단 무혐의로 판정났다. 그런데 사건이 흐지부지 넘어간다고 생각되었는데 어떻게 된 일인지 그 판결은 번복되어 재심에 부쳐졌다.

"하후영은 분명히 상처를 입었고 또한 유방과 칼싸움을 벌였던 사실을 본 증인들이 많다. 그럼에도 하후영은 이를 전면 부인하는 위증을 했다. 지금이라도 실토하여 면죄를 받겠는가 아니면 위증죄로 3백 대의 태형을 맞겠는가?"

"나는 증언을 번복할 수가 없소. 유방과 결코 싸운 적이 없기 때문이오. 그러니 죽이든 살리든 마음대로 하시오."

하후영은 결국 태형 3백 대를 맞았다. 그리고 한 해 동안 옥살이까지 했다. 그러나 유방과의 우정에는 변함이 없었다.

세월이 흘렀다. 유방이 당초 도당들과 함께 봉기하면서 패현을 공격하려 할 때였다.

마침 패현의 영사(令史 : 문서관리)로 있던 하후영이 그 소문을 듣고 유방한테로 달려왔다.

"마침 잘 됐네. 내가 알아서 내응해 성문을 열도록 할 테니까, 성루에서 횃불이 밝혀지거든 삽시에 공격해 들어오게!"

그래서 유방은 하후영의 내응으로 패현을 항복시킨 뒤 패공이 될 수 있었다.

그 후 호릉(胡陵)과 제양(濟陽)을 함락시키고 옹구(雍丘) 부근에서 이유의 군대를 격파했으며 동아와 복양성 아래에서는 장한의 군대를 대패시켰다. 그 때마다 그는 전차를 귀신같이 몰아 속공전으로 빛나는 전공을 쌓았다.

또 개봉과 곡우에서도 전공을 세워 개인으로서 68명의 포로를 잡고 8백 50명의 사졸을 항복받아 인(印)을 얻은 것만도 한 궤 가득했다.

특히 낙양 동쪽에서의 전차 속도전으로는 큰 전공을 세워 작위와 봉토를 받았는데 그가 얻어온 작위와 벼슬자리만 해도 칠대부(七大夫), 태복(太僕), 오대부(五大夫), 집백(執帛), 집규(執珪) 등이었다. 그는 드디어 등공(滕公)이 되었다.

그런 전력을 가진 하후영이었다. 그런데 등잔 밑이 어둡다는 격으로 항상 유방 옆에서 유방의 수레를 직접 몰고 있는데도 하후영에 대해서 그 무거운 공로를 실감하지 못하고 있던 차였다.

"하후영을!"

"그렇습니다. 그의 전차로 위세등등하게 선봉에 세워 입관하면 대부분의 진나라 장수들은 혼이 빠져 도망칠 게 뻔합니다. 기마병보다는 우호적인 군사로 보이게 하는 효과가 있습니다. 그리고 어차피 패상(覇上 : 섬서성)까지는 전차로 전속력으로 달려야 하니까요."

장량의 건의를 듣고난 유방은 그제서야 결단을 내렸다.

"좋소이다. 하후영의 빛나는 전차 속도전으로 함양을 정복한 뒤 그 공로를 하후영에게 돌리겠소."

그날로 유방은 무관을 돌파했다. 진의 장수들은 이미 뇌물을 먹었던 터라 싸우는 척하면서 도망쳐버렸고, 사졸들 역시 어마어마한 유방군의 위세에 짓눌려 싸워보지도 않고 사방으로 흩어졌다.

탄탄대로였다.

"역시 듣던 대로 패공께서는 인자하신 분이다. 정복자로 입성하시면서도 도무지 백성들의 생명을 상하게 하나 재물을 약탈하나. 차라리 진나라 왕위에 패공께서 오르시는 게 좋겠다!"

진의 장로들을 위시해 백성들은 하나같이 쌍수를 들어 유방의 함양 입성을 환영했다. 도무지 정복자가 쳐들어왔다고는 볼 수 없는 광경이었다. 오히려 개선장군의 입성이었다.

8. 간교한 자의 최후

    이사가 죽자 2세황제는 조고를 승상으로 삼아 정사의 대소를 막론하고 모조리 조고가 결재를 내리도록 했다.
    조고는 자신의 권력이 엄청나게 무겁다는 사실을 그제서야 깨닫고 있었다. 그런 사실을 알고나서부터 그 권력의 무게가 정확하게 얼마나 되는가가 더욱 궁금해졌다.
    '가만 있자. 이거 한 번 시험해 봐야 되겠는데!'
    그래서 잘 생긴 사슴 한 마리를 구해서 2세황제에게 바치며 말했다.
    "폐하, 아름다운 말이 한 필 있기로 폐하께 바칩니다."
    가만히 사슴을 들여다보던 2세황제는 급기야 키득키득 웃었다.
    "승상은 농담을 아주 재미있게 하시네. 글쎄 사슴을 말이라 불러서 안 될 일도 없지."
    그러나 조고는 정색을 하고서 대답했다.
    "아닙니다. 이건 사슴이 아니라 분명 말입니다."
    "농담이 아니라고?"

"좌우의 근신들에게 물어보십시오."

한동안 침묵이 흘렀다. 시립한 신하들은 어떻게 대답해야 옳은가를 미리 궁리하고 있었고, 조고는 사납게 눈길을 굴리며 사방을 훑어나갔다. 많은 신하들은 그런 조고의 눈길을 받으며 찔끔하고 있었다.

"정말이오?"

2세황제는 다시 물었다.

"예에. 사슴이 분명합니다."

"아닙니다. 저건 말입니다."

"그대는 왜 대답이 없소?"

"묵묵부답이 소신의 대답입니다"

대답은 결국 세 갈래로 나왔다.

2세황제는 다시 물었다.

"경들은 확실한 대답을 해주오. 저 동물이 말이오 사슴이오. 짐의 눈에는 분명 사슴으로 보이는데."

"옳습니다. 저건 사슴입니다."

"아닙니다. 말이 분명합니다."

"모르겠습니다."

그날 밤 어전에 섰던 대부분의 신하들이 피살되었다. 사슴이라고 했던 대신들과 모르겠다고 대답한 신하들이 그들이었다. 물론 조고의 밀명에 의해서였다.

'어디 두고 보자! 오늘은 반대하는 자가 없겠지!'

조고는 이튿날에도 어전회의를 소집했다. 사슴이다 말이다를 두고 의논케 했다. 정작 아무도 사슴이라고 말하는 자가 없었다.

"짐의 정신에 착란증세가 있나 보오. 말이 사슴으로 보이니 짐이 무엇 때문에 미쳤는지 태복은 점을 쳐보시오."

조고의 의중을 알아차린 점관은 얼른 앞으로 나섰다.

"폐하께서는 봄·가을의 교사(郊祀) 때 또 종묘의 귀신에게 제사지내면서 재계가 충분치 못해 이 지경에 이르렀습니다. 많은 덕을 쌓으시고 재계를 충분히 하셔야 되겠습니다."

점관의 말에 2세황제는 절망적인 표정이 되었다.

"그렇다면 그게 사슴이 아니라 말이 확실하구려."

"그렇습니다."

2세황제는 곧바로 상림원(上林苑)으로 들어가 목욕재계했다. 그러면서도 의문은 여전했다.

'그렇지만 이건 정말 이상하다. 사슴을 어째서 말이라 그러는가……?'

측근을 몰아 사냥놀이에 나섰다. 과연 그것이 말인지 사슴인지를 확인하기 위해서였다.

곧장 2세황제의 거동이 조고에게 보고되었다.

"무어? 폐하께서 목욕재계는 계속하지 않고 사냥놀이를 해?"

조고는 다시 불안해졌다. 지록위마(指鹿爲馬) 사건의 내막이 들통났을 경우 2세황제는 정작 분노로 발광할지도 모르기 때문이었다. 함양성의 영(令)으로 있는 사위 염락(閻樂)을 재빨리 불렀다.

"여보게, 급하게 됐네! 백성 하나를 화살로 쏘아 죽여 상림원에다 슬그머니 던져놓게 빨리!"

그런 다음 다른 계책도 일러주었다.

염락은 사냥터 길목을 지키고 섰다가 2세황제 앞으로 불쑥 나섰다.

"폐하, 누구인지는 알 수 없으나 화살 맞은 시체를 상림원으로 옮겨놓

간교한 자의 최후 191

은 자가 있습니다."

"뭐? 죄없는 사람을 죽여 그것도 상림원으로 옮겨놓다니!"

"찾아내어 엄벌하셔야 합니다. 하온데 범인은 폐하의 측근 중에 있을 듯합니다. 상림원에는 폐하 외엔 어떤 백성이건 함부로 드나들 수가 없는 장소니까요."

"어쨌건 살인은 살인이다. 철저히 조사해 징벌하도록 하오."

이튿날 조고는 황제 앞에 부복했다.

"폐하, 함양의 영을 시켜 상림원의 살인사건을 철저히 조사토록 하신 적이 있습니까."

"그렇소. 살인자는 체포했소?"

"상림원에서 화살을 쏜 사람은 폐하밖에 없다는 보고입니다."

"그럼, 짐이?"

"황제라고 해서 죄없는 사람을 죽이는 일은 하늘도 금하고 있습니다. 귀신도 이제 폐하의 제사는 받지 않을지도 모릅니다. 하늘이 내릴 재앙이 두렵습니다."

"아아, 이를 어쩌면 좋겠소!"

"마땅히 궁에서 멀리 떠나 재앙부터 피하셔야지요."

"짐이 어디로 떠나는 게 좋겠소?"

조고의 협박에 2세황제는 전전긍긍했다.

"망이궁(望夷宮)이 좋겠습니다."

조고가 2세황제를 망이궁 밖으로 몰아넣는 데는 그만한 이유가 있었다.

그 때의 상황으로는 진의 장군 왕리가 항우에게 사로잡히고, 장한이 제후군들에게 항복해 가버렸으며, 연·조·제·초·한·위가 모두 자립해 왕국을 선포하고 있던 데다, 함곡관 동쪽의 진나라 대부분 지방관들조차 궐기한 제후들에게 호응하고 있었다. 문제는 이렇게 급박한 사정을 2세황제가 까마득히 모르고 있다는 사실이었다.

조고는 이런 상황보고가 2세황제의 귀로 들어가는 순간 자신의 신변도 온전치 못하리라 생각했다. 그래서 응급조처로 2세황제를 망이궁으로 쫓아보냈던 것이다.

한편 2세황제는 망이궁에서 잠을 자다 꿈을 꾸었다.

"태복은 점을 쳐보오. 꿈 속에서 백호(白虎)가 짐의 수레 왼쪽 말을 물어죽였소. 무슨 징조요?"

점몽관이 아뢰었다.

"경수(涇水)의 귀신이 화를 내고 있습니다. 폐하께서는 목욕재계하시고 네 마리의 백마를 희생마로 하여 경수에 수장시키면 됩니다."

한편 망이궁으로 2세황제를 쫓아보낸 조고는 황제 측근에 심어둔 심복으로부터 긴박한 보고를 받았다.

——2세황제께서 진노하고 계십니다. 승상께서 평소에 '관동의 도적이란 대수롭지 않다'고 폐하께 말씀드린 것으로 알고 있는데 막상 유방의 무리에 의해 무관이 무너진 것을 아시자 승상을 몹시 질책하기에 이르렀습니다. 입조해 알현하시지 않는 바도 병을 핑계댄 것이라 단정하고 계십니다. 승상께서 주살될까 두렵습니다.

조고도 별 수 없이 겁이 더럭 났다. 동생인 낭중령 조성(趙成)과 사위 염락을 급히 불렀다.

"우리가 가만히 앉아서 당하고만 있을 수는 없지 않은가. 죄는 2세황제께 뒤집어씌우면 될 테고. 자신의 불명(不明)도 죄가 되니까."

"그렇게 막연한 불평만 하고 있을 때가 아닙니다. 사태는 더욱 시급하고 심각합니다. 제가 본 바로는 이번의 죄를 우리 일족에게 뒤집어씌우려 하고 있거든요!"

조성이 다그쳤다.

"그러면 어떻게 조처하면 좋겠느냐?"

"일단 우리를 위협하는 2세황제를 갈아치우는 방법부터 강구합시다."

염락이 제안하자 조성이 잘라들었다.

"대안을 마련해 놓고 뒤엎지 않으면 거사는 실패합니다."

잠시 침묵이 흐른 후 염락이 먼저 입을 열었다.

"2세황제는 자살하게 만들고, 3세황제로 황자 자영이 어떻겠습니까?"

조고가 여전히 입을 다물고 있자 조성이 염락의 의견에다 덧붙였다.

"원래 황자 자영은 시황제의 장자 부소의 아들입니다. 그러니까 황제위에 오를 자격도 없는 막내 호해를 내치고 2세황자가 될 자격이 있었던 부소의 아들 자영을 3세황제로 모시는 것은 당연합니다. 그리고 무엇보다도 황자 자영에 대해 인자하고 검소하다는 평판이 났으므로 백성들은 모두가 그의 즉위를 환영할 것이라는 사실입니다."

조고 등의 사구(沙丘)에서의 모의에 대하여 알 리 없는 조성이나 염락은 자영을 3세황제로 무작정 모시자며 조고를 졸랐다.

"음……! 자영을 황제로……"

조고도 동생과 사위가 제시하는 안 이상의 좋은 방도가 현재로선 없다는 사실을 깨달았다.

"좋다! 그럼 일을 실행한다!"

조고는 염락에게 군사 1천을 주어 망이궁으로 쳐들어가게 했다. 그런 후 조성을 가만히 불렀다.

"너는 가서 염락의 어미를 잡아오너라. 염락이 변심할 경우를 대비해야 하니까!"

한편 염락은 군사들에게 흰 옷을 입힌 후 망이궁으로 몰려갔다.

궁문 앞에 도착하자 위령과 복야가 막아섰다.

"당신들은 누구요? 더구나 무기까지 휴대하고서!"

염락이 나섰다.

"여보시오. 산동의 도적떼들이 궁전으로 돌입했다는 승상부의 연락을 받고 폐하를 안전하게 모시러 달려온 거요. 그런데 그대들은 어째서 도적떼들을 저지하지 않았소."

"무슨 말씀인지 알아들을 수가 없습니다. 궁전의 주위에는 위소(衛所)가 여러 군데 있으며 또한 위졸들이 엄중하게 경계하고 있는데 어떻게 도적떼들이 감히 침범할 수가 있겠습니까."

"허튼 소리 말어! 어차피 우리는 위급하다는 연락을 받고 왔으니 폐하의 안전을 확인하기 위해서라도 들어가 보아야겠다."

"안 됩니다."

"말이 많다!"

염락은 위령과 복야를 단박에 베어버리고 선두에 서서 궁전쪽으로 치달았다.

군사들은 맞서오는 위병들에게 사정없이 화살을 쏘아댔다. 낭중이고 환관이고 궁녀들까지 가리지 않고 활과 검으로 살육을 감행했다. 비명소리가 궁전을 진동했다.

"웬 소란이냐?"

2세황제는 대낮부터 술잔치를 벌이다 말고 궁전 바깥쪽을 기웃하며 소리쳤다.

그 때 환관 하나가 바깥으로부터 달려들어 오며 소리질렀다.

"폐하, 큰일났습니다! 산동의 도적들이 크게 일어나더니 급기야 여기까지 쳐들어왔나 봅니다!"

"무어라고? 여기까지!"

2세황제는 비명을 질렀다.

"어서 피하십시오!"

"그대는 어째서 이 지경이 되도록 짐에게 알리지 않고 가만히 있었는가!"

"구태여 말하지 않았습니다. 그러하였기에 지금까지 생명을 보전할 수가 있었지요. 만약에 소신이 빨리 말했더라면 폐하의 노여움을 사서 벌써 피살되었지, 어떻게 지금까지 살아남을 수가 있었겠습니까."

그새 염락이 연회장으로 들어섰다.

"아니, 염락이 도적이란 말인가!"

"나는 도적이 아니오. 그대를 응징하러 온 자이오."

"응징?"

"그대는 교만하고 방자한데다 백성을 무도하게 주살한 인간이오. 황제가 될 자격이 눈꼽만큼도 없는 쓰레기같는 인물이란 말씀이야. 그래서 온 천하가 함께 그대를 배반한 거요. 그러니까 그대는 그대 스스로 자진하시오."

2세황제는 얼굴이 파랗게 질렸다.

"짐더러 자살하라고!"

염락은 허리춤에서 단검을 빼 2세황제 앞으로 내던졌다.

"어서!"

"승상을 만나게 해줄 수가 없겠소?"

"아니 되오."

"황제위를 포기하고 일군(一郡)만이라도 얻어서 왕이 되었으면 하는데, 아니되겠소?"

"어림없는 얘기요."

"원컨대 1만 호 정도를 가진 열후로 만족하겠소."

"거절하겠소."

"그렇다면 처자와 함께 평민이 되어 여러 황자들과 동등하게 살 테니 제발 죽음만은 면하게 해주오!"

"황제위에 있던 자 치고 그대는 더럽고 치사하다. 나 염락은 지금 승상한테서 명령을 받고 천하를 위하여 그대를 주살하러 온 것이오."

"승상 조고가!"

"그러니 그대가 아무리 애걸복걸 목숨을 빌어도 소용이 없다는 것을 아시오."

"내 일찍이 조고를 믿지 말았어야 했는데!"

"그대의 그런 한탄을 구태여 승상에게 보고하지는 않을 거요."

염락이 부하들에게 손짓하자 그들은 2세황제 주위를 압박해 들어갔다. 2세황제는 두어 발자국 뒤로 비틀하더니 곧 체념하는 기색이었다.

2세황제는 드디어 단검을 들어 목을 겨누면서 비통한 목소리로 내뱉었다.

"조고한테 일러주어라! 저승문턱에서 내가 이를 갈며 기다리고 있겠노라고!"

조고가 연회장으로 들어서자 저만치서 염락이 마주나오고 있었다.

"일이 어떻게 되었느냐?"

"그자는 스스로 제 목숨을 결단냈습니다."

"그토록 쉽게?"

"치사하게 목숨을 구걸하다 죽었습니다."

염락은 2세황제가 저주하면서 죽더란 얘기는 조고에게 하지 않았다.

"잘 했다. 어서 황제의 옥새부터 찾아라."

"벌써 찾아두었습니다. 옥새를 책임진 환관은 베어버렸습니다."

염락이 옥새를 내밀자 조고는 그것을 받아 허리춤에 찼다. 그런 행동은 '내가 황제가 되는 것이 어떠냐' 하는 뜻이었지만 누구도 조고의 그런 행위를 두고 가타부타하는 신하들은 없었다.

그러자 조고는 자신이 생겼는지 옥새를 차고 터벅터벅 전상으로 걸어 올라갔다. 그 때였다. 난데없는 지진이 일어났다. 궁전을 무너뜨릴 듯이 심하게 땅이 흔들렸다. 그 통에 조고가 비틀했다.

그렇지만 조고는 한사코 황제의 자리로 걸어갔다. 또 한 번의 진동이 궁전을 흔들었다. 전상이 바로 코 앞에 있었다. 전상으로 올라서는 순간 그는 황제가 되는 일이었다.

그런데 천지를 진동시키는 듯한 흔들림이 계속되었다. 궁전은 금새라도 폭삭 내려앉을 것 같았다.

불안해진 염락이 다가와 조고에게 속삭였다.

"아직은 조승상의 때가 아닌가 봅니다. 조금만 더 기다리시지요."

조고도 머쓱할 수밖에 없었다. 주위를 돌아보았다. 모든 대신들이 자신을 외면하고 있었다.

"우선은 황자 영을 황제로 모신다."

조고는 억울했지만 그렇게 말하지 않을 수가 없었다.

한편 자영은 고민 속에 있었다. 조고가 제위에 오르라고 보채고 있지만 조고를 제거하지 않고서는 황제가 된다는 사실이 무의미하다고 느꼈기 때문이었다. 무엇보다도 자영은 조고가 두려웠다.

어떻게 하는 게 현명한 결정일까를 두고 고민하고 있을 때 환관인 한담(韓談)이 자영을 조용히 찾아왔다.

"몸이 불편하십니까."

"아니오. 마음이 아프오."

"저는 황자께서 왜 마음이 아픈지를 알고 있습니다. 계속 몸이 불편하신 척하십시오."

"무슨 뜻이오?"

"그래야 조고가 황자님을 문병하러 올 것입니다. 조고 입장에서는 황자님을 제위에 오르시게 해서 그 공로로 권력을 유지하려 할 것이기 때문입니다. 그런데 바로 그 순간이 절호의 기회가 되는 것입니다."

"바로 그거닷!"

자영이 무릎을 쳤다.

한담이 돌아간 뒤 자영은 두 아들을 불렀다.

"승상 조고는 망이궁에서 2세황제를 시살했다. 그래서 그자는 군신들이 자기를 죽이지 않을까 두려워해 거짓으로 의(義)를 내세워 나를 황제로 삼으려 한다. 내가 듣고 있는 소문으로는 초와 밀약을 맺은 조고가 진나라 종실을 멸망시키고 관중에서 왕이 되려 하는 것이다. 지금 나를 목욕재계 시켜 종묘에 참배하게 하려고 보채는 이유는 나를 그 때 죽이려 하기 때문이다. 나 역시 신병을 핑계 삼아 종묘에 참배하지 않는 것은 죽음을 피해보려는 뜻에서이다."

"그렇다면 아버지께선 어떤 조처를 취하려 하십니까?"

장남이 먼저 물었다.

"죽지 않으려면 그를 죽여야지. 내가 종묘 참배를 늦추면 조고가 직접 우리 집으로 올 것이다. 그 때가 그를 죽일 수 있는 절호의 기회인 것이다!"

한편 조고는 아우 조성과 천하대세를 눈여겨보며 밀담을 나누고 있었다.

"지금 천하는 시끄럽다. 6국이 다시 자립하여 함양을 겨냥해 쳐들어오고 있지 않느냐. 그렇게 됨으로써 진나라 영토는 축소되고 결국 이전의 분할 국가시대로 되돌아가는 것이다."

"그렇다면 황자 자영이 즉위하게 되면 어떻게 호칭되는 겁니까?"

"본래의 진나라 영토만 소유하게 되니 황제란 명칭을 사용하는 건 공허할 뿐이다. 다시 왕이라 불러야 되지 않을까."

"그렇다면 형님은 나중에 자영을 처리한 뒤 왕이 되는 겁니까?"

"천하를 잠잠하게 하려면 본래의 6국 영토를 돌려주고 함곡관을 막아 옛날 진나라로 돌아가는 길밖에 없지."

"어쨌건 형님께선 자영을 종묘로 불러내 참배시키는 일이 급합니다. 그를 죽이려면 어차피 불러내야 하니까요."

"내가 몸소 찾아가 그를 불러낼 수밖에."

조고 운명의 날이었다. 멋모르고 그는 자영이 거처하는 재궁(齋宮)으로 단신 들어섰다. 조용했다.

"황자 자영을 뵈러 왔소이다. 승상 조고가 문병하러 왔으니 누구든 황자께 안내하시오."

갑자기 궁문이 등 뒤에서 닫혔다. 저택의 곳곳에서 장검을 뽑아든 병사들이 말없이 조고를 에워쌌다.

"앗! 너희들은 누구냐!"

병사들은 뒷걸음질로 비칠거리는 조고 앞으로 천천히 다가가 동시에 칼질을 해댔다.

거의 같은 시간에 자영의 차남과 환관 한담이 조고의 부모·처자·형제 등을 찾아 몰살한 뒤 함양 저잣거리에서 조리돌리고 있었다.

다른 한편으로 진왕 자영은 유방의 군사가 무관을 돌파해 이미 패상까지 진입했다는 소식을 듣고 망연자실했다.

"도대체 이게 어떻게 된 일이오! 관문을 틀어막으라며 내보낸 장수들이 하나같이 변변히 전투 한 번 못해보고 도망쳐버렸다는데 그게 사실이오?"

"전투를 못해본 게 아니라 하지 않은 겁니다."

"그게 무슨 뜻이오?"

"대왕의 장수들이 방비를 하지 않고 뇌물을 먹은 뒤 도망을 쳐버렸으니까요."

"아, 이럴 수가!"

"진나라의 운명인 듯합니다."

목을 떨구고 있던 자영은 한참만에야 고개를 들었다. 눈에는 벌써 눈물이 글썽거리고 있었다.

"과인이 진왕으로 등극한 지 이제 겨우 43일째요. 이제야말로 나라를 제대로 이끌어보려 하는데 하늘은 나에게 여유를 주지 않는구려. 이제 어떻게 처신해야 되는 거요?"

"민심은 모두가 유방에게로 기운 듯합니다. 나라를 들어 그에게 항복하는 길이 최선인 듯합니다."

"그렇게 되면 우리 모두는 주살되는 거요?"

"저항하지 않는 한 살아남을 수 있는 길이 있습니다. 일찍이 초회왕이 유방과 항우에게 진나라 정벌의 명령을 내릴 때 누구든 함양을 먼저 점령하는 자에게 관중왕으로 봉한다는 언질을 준 적이 있습니다. 지금 함곡관 입구까지 진격해 온 항우는 그가 진군하는 곳곳마다 살륙과 방화와 약탈만을 자행해 왔습니다. 그러나 유방은 회유와 설득으로 진나라 군사를 헤치면서 무관을 돌파했습니다. 그는 온후 관대하여 살해도 방화도 약탈도 하지 않았습니다. 그런 유방이 다행히도 먼저 입성했기에 망정이지 만일 항우가 먼저 입성했다면 대왕께서는 생명을 부지하실 방법이 없었을 겁니다."

"그러니까 항우가 오기 전에 유방에게 먼저 항복하라는 뜻이 아니오."

"황공하오나 그런 뜻입니다."

"달리 방법이 없다면 그렇게 할 수밖에. 그대가 유방에게 항복 사자로 다녀오시오."

한편 패상에다 진을 친 유방은 자영이 항복하러 온다는 소문을 듣고 장수들과 의논을 하고 있었다.

"자영을 어떻게 처리해야 좋을지 모두들 의견들을 말해 보오."

그러자 노관(盧綰)이 나서서 말했다.

"오늘날까지 진황들은 하나같이 제후국 백성들을 괴롭혀온 자들인데 무슨 명분으로 자영을 살려준다는 말씀입니까!"

그렇게 주장하는 노관은 유방과 같은 마을에서 같은 날에 태어났다. 그들 부친들끼리는 사이가 좋았다. 더구나 함께 아들을 낳은데다 같은 날에 출생했으므로 경사라면서 마을 사람들을 불러모아 양고기와 술을 대접했다.

유방과 노관은 함께 사이좋게 크면서 함께 배웠다.

유방은 평민이었을 적에 죄를 짓고 행방을 감춘 적이 있었다.

"자네 혼자 도망쳐 숨어다니려면 고생이 심할 테니 함께 가겠네."

노관은 그렇게 우의 깊은 친구였다.

유방이 패읍에서 처음으로 진나라에 반기를 들고 일어나자 노관 역시 유방을 서둘러 찾아와 격려했다.

"친구가 모처럼 위험을 무릅쓰고 옳은 일은 하고자 일어서는데 어떻게 혼자 고생하도록 내버려둘 수가 있나."

그렇게 유방을 따라 나선 노관이었기에 유방의 신임은 각별할 수밖에 없었다. 또한 유일하게 유방의 침실을 드나들 수 있도록 허용받은 인물이기도 했다.

옷이나 음식 등의 상을 내릴 때에도 유방과의 사이를 잘 알고 있는 다른 신하들은 감히 노관과 같은 총애를 바랄 수가 없었으며 또한 바랄 처지도 못된다고 단정했다. 비록 소하와 조참이 유방의 신임을 듬뿍 받고 있긴 했지만 노관에 비교하면 어림없었다.

그런 노관이 자영의 처리문제에 대한 언급을 했으니 다른 장수들은 잠시 입을 다물 수밖에 없었다.

"역시 진왕 자영은 선황(先皇)들의 죄과로 보아 상징적으로라도 용서해서는 안 될 것 같소."

자영의 목숨은 풍전등화였다. 그 때 장량이 얼른 나섰다.

"아니 되십니다! 애초에 초회왕께서 패공을 원정군 사령관으로 임명하여 가급적이면 먼저 진으로 입관하도록 배려하신 것은 패공께서 관용과 인자함을 가지신 분이니 항복하는 진왕에게 자비를 베풀도록 하신 뜻이 있었습니다. 그런 자영을 패공께서 죽이시는 것은 상서롭지 못하며 초회왕 본래의 의도에도 어긋납니다."

잠깐 생각에 잠겼던 유방은 흔연히 고개를 들며 말했다.

"장군사 말씀이 맞소. 내가 잠시 판단을 잘못한 것같소."

함양근처 지도정(軹道亭)에서였다. 진왕 자영은 백마가 끄는 장식없는 수레를 타고, 목에는 밧줄을 걸었으며, 황제의 옥새와 부절을 넣은 봉인된 상자를 들고 나타났다.

"항복합니다. 백성들에게 온정을 베풀어주십시오."

자영이 부복하자 유방은 온화한 목소리로 대답했다.

"그대가 항복을 자청했으니 초회왕께 상주해 그대의 목숨을 구원토록 할 뿐만 아니라 넉넉한 식읍을 내려 여생에 불편함이 없도록 할 것이오."

자영을 일단 연금상태로 처리한 유방은 드디어 진나라 궁전으로 들어갔다.

"아아!"

유방의 입에서는 저절로 탄성이 터져나왔다. 눈부실 정도로 호화스러웠다. 서민으로 태어나 수년 동안 설풍한로(雪風寒露) 속에서 수백번의 생사 고비를 넘겨왔던 유방의 눈에는 호화찬란한 궁전이란 곳이 경이로울 수밖에 없었다.

"대단하구나! 오늘부터 난 이곳을 떠나지 않겠다!"

궁실의 넓이도 그렇거니와 유장(帷帳)과 구마(狗馬)와 중보(重寶)도 탐이 났고 무엇보다도 초방(椒房)에서 꽃처럼 웃고 있는 수천의 아름다운 궁녀들이 더욱 눈을 휘둥그래지게 했다.

유방은 정전으로 올라가 보았다. 황금으로 만들어진 용상(龍床)이 거기 버티고 있었다. 유방은 뚜벅뚜벅 걸어가 용상에 털썩 주저앉았다.

"이곳에 머무르고 싶다!"

유방을 수행하던 번쾌가 깜짝 놀라더니 벌컥 소리질렀다.

"당치 않는 말씀이십니다. 패공께서는 지금 궁정의 아름다운 여인들에 현혹되신 것 같은데 진나라 멸망의 원인도 궁녀들 때문이었다는 걸 아셔야 합니다."

"그대야말로 당치않은 소릴 하는 거요. 그래 내가 아름다운 궁녀들을 탐한다고 해서 나쁠 게 뭐 있소. 나에게는 그녀들을 차지할 권한이 있는 게 아니겠소."

소하도 번쾌를 거들고 나섰다.

"이곳에 머무르시는 건 좋지 않습니다. 차라리 멀찍이 나가서 숙영(宿營)하셔야 합니다."

"그건 왜 그렇소?"

"항우의 군사가 오기를 기다리셔야 합니다. 그가 화를 내면 우리가 불행해지는 수가 있습니다. 우리의 군사는 고작 10만이지만 항우의 군사는 그새 40만으로 집계되고 있습니다. 더구나 정작 그를 분노케 한 사실은 함곡관 초입에서 그들과 결집하지 않고 무관으로 빠져 함양에 단독으로 들어갔다는 점에 있습니다. 이런 차제에 우리만 덩그러니 함양으로 입성해 있다고 가정해 보십시오. 항우가 얼마나 화를 낼 것인지……"

"꿩 잡는 건 매요. 함곡관이든 무관이든 먼저 함양으로 입성한 자가 임자요."

유방이 함양 퇴거 주문을 수긍하려 들지 않는다는 소식을 들은 장량도 놀란 얼굴을 한 채 달려들어왔다.

"이곳을 점령한 것은 귀공의 힘이 아니라 진나라가 무도했기 때문이라는 사실을 기억하십시오. 천하를 위해 아직도 남아있는 잔적들을 제거하려면 마땅히 상복을 입고 조의(弔意)를 표해야 하거늘, 어찌 진으로 들어와 몸부터 안락하게 맡기려 하십니까."

장량의 권고에도 유방은 여전히 불만스런 얼굴이었다.

"이런 행동은 천하를 수습하는 데는 조금도 도움이 되지 않는 일입니다. 충언은 귀에 거슬리지만 행위에는 이익이 되며, 양약은 입에 쓰지만 병에는 효험이 있습니다. 패공께서는 부디 번쾌와 소하의 말을 들으십시오."

여전히 불만스러웠지만 별 수 없었던지 유방은 쓴 입맛을 다시며 궁정으로부터 걸어나왔다.

"그렇다면 앞으로 어떤 조처를 취하는 게 좋겠소."

유방은 심드렁한 목소리로 장량에게 물었다.

"우선 진나라의 보물들을 모아둔 부고(府庫)를 봉인한 뒤 패상으로 물러나십시오. 물러가기 전에 함양 인근 여러 성시의 유지들과 호걸들을 불러놓고 이렇게 선언하시기 바랍니다. 제가 우선 초안을 잡아 놓았으니 한 번 읽어보시겠습니까."

──그대들은 진나라의 가혹한 법에 시달린 지가 오래 되었소. 진의 학정을 조금이라도 비방한 자는 일족이 몰살되었고 한 마디라도 거론한 자는 사형에 처해져 시체는 저잣거리로 내던져졌소. 나 유방은 제후들과 먼저 입관하는 자가 관중의 왕이 되는 약속을 했으니 그렇기에 먼저 입관한 내가 마땅히 관중의 왕이 된 것이오. 차제에 나는 그대들과 약속하오. 법은 3장뿐이오. 즉 사람을 죽인 자는 사형에 처하고, 사람을 상하게 한 자는 정도에 따라 처벌하며, 도둑질을 한 자는 그 정도에 따라 응분의 벌을 받게 되는 것이오. 이제부터는 이렇게 3장의 약속 외에 진나라에서 시행해 오던 기타의 모든 법은 모조리 파기처분하오. 이제 여

러 관리들이나 백성들은 모두 안심하고 종전과 같이 생활하기 바라오. 대체로 내가 이곳에 온 이유는 여러분들에게 해가 되는 것을 제거하기 위해 온 것이지 포학을 행사하기 위한 침략자로 온 것은 절대 아니오. 그러니 여러분들은 두려워할 일이 아무것도 없소. 나는 이제 다시 회군하여 패상에다 포진하러가오. 그 이유는 늦게 도착하는 제후들과 함께 함양으로 입성하자는 애초의 약속을 지키기 위함이오.

"좋소이다! 훌륭한 초안이오!"

유방은 감탄했다.

그래서 유방은 실제로 진나라 관리들을 현의 각 향·읍까지 순방하게 해 이상과 같은 취지를 고유(告諭)하게 했다.

진나라 백성들은 크게 기뻐하며 다투어 소와 양을 잡아 술까지 짊어지고 유방의 군사들에게 헌상하려 했다. 그러나 유방은 한사코 사양했다.

"우리 군량만으로도 풍족하오. 더구나 우리는 남의 재물이나 허비하는 그런 용렬한 군대가 아니오."

유방의 그 말에 백성들은 더욱 기뻐했다. 일이 잘못되어 오히려 유방이 진왕이 되지 못할까 그것을 더욱 걱정하는 기색들이었다.

진의 어떤 유지는 유방에게 이런 진언을 했다.

"진나라 부력(富力)은 천하의 그것보다 열 배는 더 큽니다. 더구나 진나라는 천하의 요충지로 그 견고하기가 이를 데 없습니다."

"그토록 단단한 진나라가 이토록 허술하게 문을 열어줍니까."

유방은 약간은 비꼬는 어투로 되물었다.

"제가 드리고자 하는 말씀의 핵심은 다른 데에 있습니다. 지금 들리는 말로는 진의 장군 장한이 항우에게 항복하자 항우는 멋대로 장한을 옹왕(雍王)이라 부르며 그를 관중의 왕으로 삼는다고 했다 합니다."

"무엇이라고?"

유방은 깜짝 놀랐다. 장한을 어떻게 부르든 상관없지만 관중의 왕으로 봉한다는 애기는 충격이었다.

"그러니 항우가 이곳에 도착하면 패공께서는 이 땅을 보유할 수가 없게 될 것입니다."

"음!"

유방의 신음소리를 들은 진의 유지는 이때다 하고 소리쳤다.

"만일 소문이 사실이라면 패공께서 취하실 방법이란 한 가지 밖에 더 있겠습니까!"

"어떤 방법?"

"항우는 어차피 함곡관을 돌파해 진나라로 들어올 것입니다. 그러니까 패공께서는 모른 척하고 항복한 진나라 군사를 풀어 항우 군사가 들어오지 못하도록 함곡관을 꼭꼭 닫아 걸라는 애기입니다."

"그렇게 할 경우 항우는 더욱 화를 낼 게 아니오?"

"그건 저도 모르겠습니다. 패공께서 이토록 고생해서 관중을 얻었는데도 허무하게 항우한테 땅을 빼앗기지 않으시겠다면 그 방법밖에 없다는 뜻입니다."

"으음!"

유방의 신음은 비명에 가까웠다.

"어떻게 하시겠습니까?"

유지는 재촉했다.

"나는 관중 땅을 빼앗기고 싶지 않소."

"그렇다면 서둘러 함곡관 입구에 병사들을 배치하십시오."

유방은 그 방법밖에 없다고 판단했다. 좌사마(左司馬)인 조무상(曹無傷)을 보내어 함곡관을 굳게 지키도록 했다.

그 해 늦가을이었다.

항우의 귀로 이상한 소문이 들려왔다.

"참으로 괴상한 소문입니다. 유방이란 자가 이쪽으로 와서 우리와 합세하지 않고 슬쩍 무관을 통과해 진나라로 들어가서 이미 관중을 평정해 버렸다는 소문입니다."

"무어라고!"

9. 죽음의 연회

경포가 듣고 온 소문을 들은 항우는 기가 막혔다. 그러면서도 항우는 뜻밖에도 그런 소문을 믿으려 하지 않았다.

"그렇지만 유방 따위가 그토록 빨리 관중을 평정한다는 일은 거의 불가능한 일이 아니겠소?"

실상 경포도 자신이 없었다.

"실력으로야 그렇지요. 40만 대군을 이끌고 온 우리도 힘겹게 함곡관에 도착했는데 제까짓 능력도 없는 유방이 겨우 10만 병사를 몰고 와 재빨리 관중을 점령했다는 사실은 정말 믿어지지가 않습니다."

"그렇다면 어떻게 하는 게 좋겠소?"

"우선 함곡관을 슬쩍 두들겨보지요. 유방이 이미 관중을 점령했다면 쉽사리 관문을 열어 우리를 반길 것이며 그렇지 않을 경우에는 유방이 이미 관중을 점령했다는 소문은 헛소문이 되는 것입니다."

"그렇게 되겠군. 좋소. 어차피 우리가 관중으로 들어가야 되는 건 기정사실이니까 일단 경포장군이 선봉이 되어 관문을 두들겨보시오."

그날로 경포는 10만 대군을 끌고가 관문을 공략했다. 그러나 난공불락이었다. 유방의 장수 조무상이 사력을 다해 지키고 있었기 때문이었다.

"쉽지 않은데요. 함곡관의 생김새가 진나라 입장에서 보면 워낙 요충지라 이쪽에서 쳐들어가기에는 어려움이 많습니다."

경포가 며칠동안 공격하다 돌아와서 항우에게 보고한 말이었다.

"아무리 요충지라 하나 이 항우의 힘과 40만이라는 숫자에는 제아무리 막강한 진나라 군사라 하더라도 당할 수가 없겠지. 좋소. 내일 새벽에 총공격이오. 내가 선봉에 서겠소!"

항우의 명령은 단호했다.

이튿날부터 항우군사는 관문을 부수려고 사생결단이었다. 비오듯이 쏟아지는 화살에 수많은 사상자들을 내면서도 시체를 딛고 넘어서 관문 안으로 한 발자국씩이나마 더 밀고 들어갔다. 보름이나 걸려 항우군사는 간신히 희수(戱水) 서쪽에 도착할 수가 있었다.

한편 함곡관을 사수하던 조무상은 별 수 없이 항우군사한테 힘으로 밀리자 덜컥 겁이 났다.

'이러다간 내 목숨부터 결딴나겠다. 언젠가는 항우한테 무너질 건데 그 때 가서 나는 무어라고 항우에게 변명하나. 일찌감치 항우쪽에 줄을 놓아 내 목숨이나 보전하자.'

조무상은 밀사에게 편지를 주어 항우에게 보냈다.

──항우장군께서 함곡관 안으로 들어오시지 못하도록 굳게 지킨 것은 저의 잘못이 아닙니다. 관중의 왕위를 노린 유방이 시켜서 한 것입니다. 유방은 이미 진왕 자영을 재상으로 앉혔으며, 진나라의 모든 보물들을 접수해 버렸습니다. 제가 내응할 터이니 언제라도 유방의 군사를 쳐

주십시오.

조무상의 밀서를 받아본 항우는 거의 미친 상태가 되어버렸다. 길길이 날고 뛰며 소리를 질러댔다.

"유방 그놈이 날 속였다고! 함곡관 입구에서 만나자던 약속마저 저버리고 무관으로 슬쩍 숨어들어가 이미 함양을 점령해 진나라의 항복을 받아냈다니! 이런 간사한 놈이 있나! 그나마도 모자라 진나라 군사로 가장해 조무상을 시켜 관문을 꼭꼭 닫아 걸고 나를 들어오지 못하게 하다니! 내 이놈을 그냥, 어디 두고 보자. 당장 함양으로 달려가 유방의 목을 따리라!"

항우는 이튿날 새벽같이 군사를 몰아 홍문(鴻門)까지 짓쳐 들어갔다. 조무상이 항우로부터 봉(封) 받을 것을 약속받고 슬쩍 피해버렸으므로 홍문까지는 거칠 것이 없었다. 또한 진나라 군사가 이미 항복해 저항하는 무리들이 전연 없는데도 항우는 군사들에게 눈에 보이는 모든 것을 닥치는 대로 부수고 불태우고 살륙하라는 명령으로 유방에 대한 화풀이를 했다. 백성들은 도망치기에 바빴다.

홍문에 도착해 진을 친 뒤, 항우는 막사 안에서 혼자 씩씩거리고 있는데 범증이 조용히 들어섰다.

"병사들이 모두들 진탕 먹고 마시며 노래까지 부르고 있기에 내일은 대살륙전이 있을 것이라 짐작되어 이렇게 들렸습니다."

"바로 보셨소! 내일은 유방의 군사들을 한 마리도 남기지 않고 개미새끼 짓밟듯 짓이겨 버리겠소. 그래서 사졸들의 사기를 높여주느라 잔치를 열도록 한거요."

"잘 하셨습니다. 그러하신다고 들었기에 노파심으로 한 말씀 더 격려드리려고 뵈러온 것입니다."

"나한테는 지금 유방 그자를 오로지 박살내겠다는 생각 때문에 노파심이니 기우니 하는 그런 말들은 내 귀로 들어올 틈이 없소."

바로 그 때 초나라 좌윤(左尹) 벼슬에 있는 항우의 삼촌 항백(項伯)이 막사 안으로 들어섰다.

"어서 오시오, 삼촌. 내일이면 유방뿐만 아니라 그놈을 따르는 무리들까지 한 놈 남기지 않고 요절내려 하고 있습니다. 그런데 마침 범증군사께서 찾아와 충고하려 하는데, 삼촌 역시 저한테 한 말씀 경고하러 오셨습니까?"

"아니오. 이미 조카군대의 사기가 하늘을 찌를 듯한데 충고한다고 듣기나 하겠소. 두 분이 하시던 말씀이나 계속하시오."

범증은 그새 가만히 눈을 감고 있었다. 그의 얼굴에는 결연한 빛이 가득했다.

"군사, 조카를 위해 한 말씀 해주시지요."

항백은 자신의 방문 목적을 뒤로 미룬 채 범증을 재촉했다.

얼마 후 범증은 눈을 뜨고 항우와 항백을 돌아보았다.

"장군께서는 유방이 산동에 있을 때의 행각을 알고 계십니까."

"그게 무슨 뜻이오?"

항우가 눈을 동그랗게 떴다.

"재물을 몹시 탐하는 욕심쟁이였는데다 계집이라면 사족을 못쓰던 위인이었습니다."

"출신이 비천하니 재물과 여자밖에 더 밝혔겠소."

"그런데 관중을 점령한 유방의 태도는 어째서 갑자기 바뀌었을까요."

"그자의 태도가 어째서?"

"재물과 여자에겐 손가락 하나 까닥하지 않는다는 소문입니다."

"그으래요? 그 뜻이 심상치 않은 것 같은데?"

"더구나 제가 데리고 있는 점복사를 시켜 유방의 진영에서 피어오르는 기를 관망해 점치게 했더니, 글쎄 이게 뭡니까!"

"어떻게 점괘가 나왔기에?"

"점괘가 아니라, 유방의 기는 용호의 모습이었으며 그 기 또한 오색을 이루고 있었다는 겁니다."

"용호의 모습이니 오색의 기라느니 그게 대체 무슨 뜻이오?"

"그게 바로 천자기(天子氣)라는 것입니다."

"뭣!"

항우는 자리에서 벌떡 일어섰다.

"그러니 어떻게 하시겠습니까?"

"뭘 말이오?"

"이번 기회에 반드시 유방을 죽이셔야 합니다!"

"여부 있겠소!"

항우를 한바탕 흔들어놓은 범증은 그제서야 회심의 미소를 지은 뒤 조용히 장막 밖으로 걸어나갔다.

항우는 아까보다 훨씬 더 심하게 씩씩거렸다. 조카의 그런 모양을 지켜보던 항백은 애초 하고자 했던 말의 서두도 꺼내보지 못하고 슬며시 밖으로 나오고 말았다.

항백은 걱정이 태산같았다.

'내일이면 장량이 내 조카 손에 죽는다! 어떻게 한다? 유방이야 어떻게 되든 상관없지만 그를 보필하고 있는 내 친구 장량을 죽게 할 수야 없지 않는가!'

생각다 못한 항백은 밤을 도와 말을 달려서 유방의 진중으로 향했다.

과연 장량은 위급한 사태를 꿈에도 가늠하지 못한 채 항백을 반갑게 맞이하고 있었다.

"여보게, 장군(張君). 이러고 있을 때가 아니네! 유방 밑에 눌러앉아 있다간 자네도 주살당하네. 유방과 함께 부질없이 죽을 필요는 없지 않은가. 나와 함께 도망쳐버리세!"

항백의 귀띔을 받은 장량은 소스라치게 놀랐다.

"무어라고! 우리 주군 유방을 해친다고!"

"어쩔 수 없는 일이 아닌가. 유방은 약하고 항우는 강하니 항우가 마음만 먹으면 무슨 일인들 벌이지 못하겠는가."

"그래 항우가 유방을 치겠다는 명분은 무엇인가?"

"오만스럽게도 유방이 먼저 함양으로 입성한 죄일세."

"오로지 그뿐인가?"

"글쎄, 항우가 트집을 잡으면 뭣이든 죄가 되네. 그러니 이러고 있다가 항우에게 맞아죽지 말고 밤을 도와 나와 함께 여기서 도망쳐버리세!"

장량은 한동안 잠자코 있다 드디어 무겁게 입을 열었다.

"여보게, 항백. 내가 애초에 패공 유방을 내세워 그를 따른 이유를 알고 있는가."

"그야 그대의 군주 한왕(韓王)을 보살펴달라는 뜻으로 패공을 따라 종군한 것이 아닌가. 그렇지만 이 지경에 와서 그게 무슨 큰 의미가 되겠나. 자신의 생사가 걸린 판에."

"만사에는 명분이 있는 법이고 사람 사이에는 지켜야 될 의리라는 것도 있는 법일세. 내가 지금 사태가 위급하게 되었다고 해서 도망가버리면 천하가 나를 향해 손가락질할 게 뻔하지 않은가. 아니될 걸세. 나는 못하네. 죽을지언정 그를 떠날 수가 없네."

죽음의 연회 215

장량의 결심을 눈치 챈 항백은 난감했다.
"그렇다면 어떻게 하는 게 최선일까. 패공도 살리고 자네도 살릴려면?"
생각에 잠겨있던 장량은 갑자기 자리를 박차고 일어섰다.
"어딜 좀 다녀올 테니 잠깐만 이곳에 머물고 있게."
유방의 진영으로 달려간 장량은 사태를 숨가쁘게 설명한 뒤 다짜고짜 이렇게 물었다.
"애초에 함곡관을 수비하라는 계략은 누가 세웠습니까?"
"누구랄 것도 없소. 어떤 변변치 못한 인간이 와서 '함곡관을 막아 항우를 들이지 말아야 장군께서 왕으로 군림할 수가 있다'고 말하기에 그럴 듯해서 조무상을 시켜 시행한 것뿐이오."
"그러니까 항우가 시뻘겋게 화를 내고 있는 게 아닙니까. 그건 그렇고 패공께서 자신의 사졸들을 헤아려보아 항우의 군세를 감당하기에 충분하다고 생각하십니까?"
유방은 잠자코 있다가 힘없는 목소리로 대답했다.
"도저히 감당할 수가 없소."
"그렇다면 지금 항백을 데려올 테니 그에게 이렇게 말해 주십시오. 항우를 배신할 생각은 꿈에도 없었노라고."
장량의 의도를 확실하게는 몰랐지만 유방은 장량에게 매달릴 수밖에 없었다.
"그렇게 말하겠소."
"그럼 당장 가서 항백을 데리고 오겠습니다."
"잠깐. 그대와 항백은 어떤 사이오?"
"오래 전부터 친구입니다. 언젠가 항백이 사람을 죽인 적이 있었는데 부자인 제가 거금을 들여 그를 죽음에서 구해준 적이 있습니다. 제딴엔 그 때의 은혜를 갚느라고 밤을 도와 말을 달려온 것 같습니다."

"그런데 나와 항백 중 누가 더 연상이오?"

"물론 항백이 연상이지요."

"나를 위하여 그를 불러들이시오. 그를 형으로 섬기고자 하오."

장량이 항백을 데리고 유방의 막사로 들어오자 유방은 우선 항백을 상좌에 앉혔다.

"형으로 모시겠습니다."

큰 잔을 들어 항백의 장수를 축복한 뒤 유방은 조심스럽게 입을 열었다.

"저는 관중으로 들어와 사사롭게 소유한 것이라고는 추호도 없습니다. 이민(吏民)의 호적을 기록하고 부고(府庫)를 봉인한 뒤 항우장군이어서 오시기만 기다리고 있었습니다. 장수를 파견해 함곡관을 수비케 한 까닭은 오로지 다른 도둑의 출입과 비상사태에 대한 대비였을 뿐이지 항우장군의 도래를 방해한 행위는 결코 아니었습니다. 차라리 장군의 도래를 주야로 대망하고 있었던 것입니다. 그러니 어찌 감히 항장군을 배반할 생각인들 했겠습니까. 청하옵건대 항백님께서는 제가 감히 항우장군의 은혜를 배신한 적이 없었다는 사실을 미리 상세하게 말씀드려 주십시오."

한동안 생각에 잠겨 있던 항백은 조용히 입을 열었다.

"최선을 다해보겠습니다. 그러나 패공께서는 몸소 어떤 행동으로 항우에게 무언가를 보여주셔야 되겠습니다."

"어떻게 보여드리지요?"

"제가 지금 항우의 진영으로 돌아가 그의 진노를 가라앉혀 놓겠습니다. 그 대신 패공께서는 내일 아침 일찍이 항우의 진영으로 내임하시어 항우에게 직접 사죄하십시오."

"그렇게 하겠습니다. 잘 부탁드립니다."

항백은 말을 몰아 어둠속으로 사라져갔다.

"하마터면 큰일 날 뻔했소이다. 장군사께서 항백과 그런 사이가 아니었더라면 말이오."

유방의 말에 장량은 잔잔히 웃었다.

"잘 될 것입니다. 그러니 패공께서는 내일 아침 일찍 홍문(鴻門)으로 나가 항우에게 사죄하십시오."

"나 혼자서 말이오?"

"제가 옆에서 모시겠습니다. 1백 기(騎)만 데려가지요."

밤을 도와 항우의 진영으로 달려온 항백은 거칠게 숨을 몰아쉬며 항우의 막사로 뛰어들었다.

"조카, 드릴 말씀이 있소!"

"야심한데 삼촌께서는 무슨 일로 이렇게 황급히 방문하셨습니까?"

"내일 정말 유방을 잡아 죽일 거요?"

"여부 있겠습니까! 그자는 동맹군으로서의 약속을 저버린 데다가 제 심기를 건드린 죄가 있습니다. 반드시 응징해야지요."

"그래서 드리는 말씀인데. 유방이 먼저 관중을 격파하지 않았다면 조카가 그토록 쉽게 입관할 수 있었겠는지 한 번 생각해 보신 적이 있소?"

"물론이지요. 유방 아니라도 제 힘으로 결국은 관문을 깨뜨릴 수가 있었지요."

"내 말은 어차피 큰 공을 세운 인물을 무슨 명분으로 칠 것인지 그것이 애매하단 말이오."

"그야……"

"천하가 비웃으며 손가락질 할 거요. 나는 조카가 대인임을 잘 알고 있소. 그런 식으로 그를 대접해선 절대로 아니 되오."

"그는 위험인물입니다. 어차피 그를 언젠가는 죽여야 합니다. 지금이 바로 그를 죽일 수 있는 절호의 기회인 것입니다."

"나는 그렇게 생각하지 않소. 조카가 그를 죽일 수 있는 절호의 기회라는 주장은 실은 허무맹랑한 거요."

"그건 어째서입니까?"

"내가 듣기로는 아침 일찍이 유방은 조카를 찾아와 오해를 풀기 위해 사죄방문한다는 소문이오. 한 마디로 사죄하러 단신 찾아오는 사람을 무슨 명목으로 죽인단 말이오!"

"그가 아침에 사죄하러 방문한다는 말씀이 사실입니까?"

"두고보시오. 만일 그가 그런 연유로 찾아왔을 때 조카는 어떤 식으로 그를 대할 참이오?"

항우는 별 생각없이 대답했다.

"진정으로 사과하러 온다면 죽일 수는 없지요."

"그럼 그를 죽이지 않겠다는 약속을 분명히 나한테 한 것으로 알고 가겠소. 덧붙여 말씀드리면 조카가 부디 대인다운 태도로 그를 격려하고 차라리 그의 공을 칭찬해 주기를 바라오. 그렇게 해야만 천하가 승복하오. 그런 다음에 조카는 실리나 챙기면 되는 거요."

"실리를 챙긴다?"

"유방이 와서 사과하거든 용서해 주는 대신 그것을 빌미로 그의 공적만 적당히 박탈하면 된다는 얘기요."

"절묘한 생각이십니다!"

항우는 항백의 건의 내용을 유방의 관중왕 자격을 박탈하라는 뜻으로 이해했다.

이튿날 유방은 일백여 기만 거느리고 홍문으로 가서 항우를 만났다.

"저는 장군과 협력하여 이제까지 진나라를 공격했습니다. 장군께서는 주로 하북(河北)에서 싸우시고 저는 대체로 하남(河南)에서 싸워왔습니다. 그런데 제 자신도 예측하지 못한 일입니다만 감히 관중으로 먼저 들어가 함양을 정복한 뒤 다시 여기서 장군을 뵙게 되었습니다."

그러나 항우는 여전히 화난 목소리로 대꾸했다.

"좋소. 그대의 공적은 인정하오. 그러나 진나라 군사도 아닌 그대가 관중으로 먼저 들어왔다고 해서 함곡관 관문을 꼭꼭 틀어막고 우리 군대를 들어오지 못하게 한 잘못은 용서할 수가 없소."

"그렇지가 않습니다. 관중에 먼저 들어온 건 사실이나 제가 소유한 건 아무것도 없습니다. 3세황제 자영의 처분 건은 말할 것도 없고 어디까지나 항장군이 도래하여 처리하시도록 진나라 보물들이 든 부고를 봉인만 해두고 그나마도 항장군께서 오해하실까봐 함양성이 아닌 패상으로 멀찍이 물러나 장군님을 기다리고 있었던 것입니다."

"그렇다면 내가 오해를 했구려. 그러나 그대의 부하 장수가 진왕 자영을 이미 재상의 자리에 앉히고 진나라 보물들을 이미 손에 넣었다는 둥 그렇게 귀띔해 주었으니 난들 어떻게 그대의 배신을 믿지 않을 수가 있었겠소."

"저의 부하 장수라니요?"

"조무상이 그렇게 말했소."

유방은 조무상이 배신한 사실을 그제서야 깨달았다.

"그렇다면 조무상이 저의 군대가 장군님이 들어오시지 못하도록 함곡관을 봉쇄하고 있었다는 식으로 중상모략 했겠습니다."

"바로 그렇소."

"그러나 이제는 항장군께서 모든 오해를 푸신 것으로 알겠습니다."

"물론이오. 깨끗이 오해를 풀었소. 자, 기왕에 귀공께서 오셨으니 그간의 공로를 축하하는 연회를 베풀도록 하겠소. 기쁜 마음으로 참석해 주기를 바라오."

속절없었다. 항우가 주연을 베풀겠다고 선언한 이상 유방이 거절할 수는 없었다.

불안해진 유방은 옆의 장량에게 귓속말을 했다.

"항우가 나를 그냥 쉽게 돌려보내지는 않을 것 같소. 분위기가 심상찮거든."

"지금으로선 패공의 어떤 의견도 소용이 없습니다. 항우가 하자는대로 할 밖에요. 그러나 너무 걱정 마십시오. 제가 알아서 탈출하실 수 있도록 기회를 만들 테니까요."

주연이 베풀어졌다.

항우와 항백이 동쪽으로 향해 앉고 범증은 남향해서 앉았다. 유방은 북향해서 앉게 했고 장량을 서향해서 앉도록 했다. 항우와 유방이 함께 남면(南面)을 피한 것은 다분히 의도적인 듯했다.

잔치는 화려한 듯 했지만 실내에는 섬뜩한 살기가 깔려 있었다. 범증 때문이었다. 그는 이미 항우의 내략을 받고 있었으므로 기회를 보아 유방을 죽일 작정이었다.

유방을 죽일 수 있는 기회는 이 때다 하고 생각했는지 범증은 항우에게 옥결(玉玦)을 슬쩍 들어보였다. 그것은 결단을 내리는 순간이란 뜻의 암호였다. 그런데도 항우는 범증의 움직임을 못본 척했다.

'내 신호를 보지 못했단 말인가?'

범증은 다시 옥결을 슬쩍 들어보였다. 그런데도 항우는 유방과 담소만 열심히 나누고 있었다.

'이런 절호의 기회를 놓쳐서는 안 되는데!'

범증은 더욱 옥결을 높이 쳐들어 흔들었다. 그랬더니 항우는 불쾌하다는 표정을 만면에 띠면서 노골적으로 범증을 외면해 버렸다.

'아, 이 좋은 기회를!'

참다 못한 범증은 자리에서 벌떡 일어나 밖으로 나갔다. 그리고 항우의 동생 항장(項莊)을 찾았다.

"가까이 오시오. 그리고 내 얘기를 잘 들으시오. 어제 항장군과 나는 유방을 오늘 죽이기로 단단히 약속을 해 두었었소. 그런데도 하룻밤새 마음이 변했는지 아니면 온정이 많으신 분이라 차마 유방을 죽이지 못하고 있는 것인지 알 수가 없소. 그러나 유방을 죽여야 한다는 사실만큼은 분명하오."

"그렇다면 제가 어떻게 해야 되겠습니까?"

"나는 그대가 형 못지않게 힘이 좋고 무예도 뛰어난 데다 칼춤 또한 능란하다는 걸 잘 아오. 그러니까 그대가 지금 연회장으로 들어가 형과 유방에게 장수를 축원하는 술잔을 올린 뒤 검무를 추겠다고 청하시오. 아마 허락해 줄 것이오."

"그러니까 검무를 추다가 기회를 엿보아 유방을 죽이라는 말씀입니까?"

"그렇소. 오늘 그렇게 하지 않으면 언젠가는 항씨 일족이 유방에게 잡혀 죽을 것이오!"

"좋습니다. 해치우겠습니다."

범증이 다시 연회장으로 들어가자 장검을 찾아든 항장은 큰 숨을 한 번 몰아쉰 뒤 범증을 뒤따랐다.

항장은 범증이 일러준 순서대로 축원주를 각각 올린 뒤에 말했다.

"한 가지 소청이 있습니다."

연회장의 모두가 항장을 돌아보았다.

"지금 항우 대장군께서는 패공과 더불어 담소하시며 주연을 베풀고 계십니다만 장소가 군중인지라 아무런 위안이 될 만한 꺼리가 없습니다. 그래서 제가 검무라도 추어 적으나마 위로가 되도록 하고자 하오니 허락하여 주십시오."

멋모르는 항우는 입이 크게 벌어졌다.

"아. 동생이 검무를 잘 추었지. 그렇게라도 해주겠나."

항장의 의도를 제일 먼저 눈치챈 것은 항백이었다.

'큰일났다! 범증이 항장을 시켜 유방을 죽이려는 구나!'

다급했다. 항장이 검을 빼어 춤추는 사이로 항백도 황급히 뛰어들었다. 그도 검무를 덩달아 추면서 항장이 유방 쪽으로 칼을 휘두르면 슬쩍 맞받아치고 항장이 유방 쪽으로 가까이 다가가면 몸으로 그의 접근을 막아 어떻게 해서든 유방을 해치지 못하도록 정성을 다했다.

장량 역시 유방이 위기임을 눈치챘다. 서둘러 일어나 밖으로 달려나왔다.

일백 기의 호위군을 데리고 군문 밖에서 대기하고 있던 번쾌가 파랗게 질려 달려나오는 장량을 보자 위기를 느꼈는지 서둘러 장량 쪽으로 달려왔다.

"연회장 형편은 어떻습니까?"

"몹시 급박하오!"

"무어요?"

"항장이 지금 검무를 추는 척하면서 언제라도 패공을 찌를 기회만 엿보고 있는 것 같소!"

"볼 거 없습니다. 제가 들어가 패공과 운명을 함께 하겠습니다."

"가상하오!"

번쾌는 장검을 차고 방패를 낀 채로 군문으로 달려들어 갔다. 그러나 범증의 명령을 받은 위사들이 양쪽에서 극(戟)을 교차시켜 번쾌를 저지하자 번쾌는 고함부터 질렀다.

"이놈들, 저리 비켜라!"

그러면서 다시 달려드는 위사들의 방패를 벌컥 밀어버리자 그들은 번쾌의 완강한 힘을 견디지 못하고 뒤로 나뒹굴었다.

번쾌는 틈을 주지 않고 연회식장으로 달려들어갔다. 장막을 확 열어제치면서 항우의 눈을 사납게 쏘아보았다. 그 순간의 번쾌의 머리칼은 하늘을 치솟았고 눈꼬리는 찢어질 대로 찢어졌다.

항우 역시 만만한 성격이 아니었다.

"누구냐! 무엇하는 놈이냐! 여기가 어디라고 감히 칼을 들고 뛰어드느냐!"

뒤따라 들어오던 장량이 얼른 대신 대답했다.

"누군 누구이겠습니까. 패공의 수레를 함께 타고 패공의 신변을 보호하는 참승자 번쾌라 합니다."

실상 항우도 번쾌의 그 무시무시한 용모에 질려 있던 참이었다. 뿐만 아니라 그가 연회장으로 느닷없이 뛰어든 이유를 몰라 한편으로는 어리둥절한 채로 있었다.

"잠깐 검무를 멈추어라."

항우는 항장의 춤을 저지시킨 뒤 번쾌를 가까이오게 했다.

"그대 주인의 신변을 확실하게 지키겠다는 그 용기가 가상하오. 저기, 번쾌에게 술을 부어라."

시종들이 동이째로 날라다주자 번쾌는 한 말의 술을 단숨에 벌컥벌컥 마셔버렸다.

"돼지고기도 주어라."

한 마리를 통째로 날라다놓자 번쾌는 방패 위에다 돼지고기를 옮겨놓고는 검으로 썩둑썩둑 잘라서 단숨에 먹어치우는 것이었다.

"장사로구나!"

항우가 감탄했다.

그제서야 번쾌는 소매로 입술을 쓰윽 문지른 뒤 항우를 바라보았다.

"저는 죽음도 피하지 않는데 이까짓 술쯤 사양을 하겠습니까. 그런데 기왕에 이 자리에 나섰으니 항장군님께 한 말씀 올리고 앉겠습니다. 처음에 초회왕께서 여러 장수들에게 함양으로 입성하는 자를 관중의 왕으로 삼겠다는 것 말입니다."

"지금 무슨 얘기를 하겠다는 거요?"

"말재주가 없으니 대충 말씀드리지요. 지금 저희 패공께서는 진을 먼저 격파하고 함양으로 입성했습니다만 사유한 것이라고는 아무것도 없습니다. 궁실을 봉인한 뒤 패수가로 돌아가 포진하고 대장군께서 내임하시기를 기다리고 있었습니다. 그리고 장수 하나를 함곡관으로 파견해 좀도둑의 출입에 대비하도록 관문을 막고 있었습니다."

"핵심을 말하라니까!"

"대장군께선 패공의 공로가 이토록 높은데도 아직 상을 내릴 생각도 하지 않고 계시며, 뿐만 아니라 변변치 못한 인간의 하찮은 말만 듣고

공이 큰 자를 오히려 죽이려 하고 계십니다. 이런 행위는 멸망한 진나라의 경우와 똑같지 않다고 누가 말할 수 있겠습니까. 대장군을 위하여 심히 유감된 일입니다."

"알아 들었소. 그만 앉으시오."

번쾌는 장량의 곁으로 가서 앉았다. 그러자 장량은 번쾌에게 귓속말로 일러주었다.

"잠시 후 패공께서 측간에 가는 척하고 밖으로 나가시거든 그대는 즉시 뒤따라 나가 지시한 숲속을 빠져 샛길로 패공을 모시고 도망치시오. 뒷일은 내가 감당하겠소."

얼마 있지 않아 장량의 눈짓을 받은 유방이 측간으로 가는 척하며 일어서자 번쾌도 따라 일어섰다.

연회장을 완전히 벗어났을 때였다. 유방은 가던 길을 멈추며 말했다.

"어떡하나. 주석에서 나올 때 항장군한테 퇴출한다는 인사를 못했는데."

그러자 번쾌는 유방한테 화난 목소리로 말했다.

"큰 일을 하는 데는 작은 근신은 필요치 않습니다. 큰 예의를 지키기 위해서는 사소한 겸양 같은 것은 문제가 되지 않는다는 말입니다. 지금 항우는 칼과 도마 격이고 패공께선 어육(魚肉)의 신세가 아닙니까. 이런 판국에 인사는 무슨 인사입니까!"

유방은 고개를 끄덕거린 뒤 번쾌가 이끄는 대로 재빨리 숲속으로 들어섰다.

숲속에는 한 필의 말과 하후영·근강(靳彊)·기신(紀信) 등의 장수가 기다리고 있었다. 뜻밖의 광경에 유방은 고개를 갸웃하며 물었다.

"그대들은 무엇 때문에 이토록 은밀한 곳에서 기다리고 있소?"

하후영이 대답했다.

"장량군사께서 미리 저희 세 장수와 번쾌장군에게 이곳을 지정해 주셨습니다. 공께서 위험에 처해지실 경우를 대비한 것입니다."

"그런데 타고 온 수레며 호위병들은 모두 어떻게 됐소?"

"한 필의 말로 족하다고 하셨습니다. 만일 추격병이 있거든 패공만 탈출케 하고 저희 네 장수가 길을 막으라고 하셨습니다. 그러나 공의 수레와 호위병들이 저들의 시야에서 벗어나지 않는 한 공께선 안심하고 탈출하실 수 있을 거라 하셨습니다."

"그 대신 혼자 잡혀 있는 장량군사가 위험하지 않겠소?"

"걱정하지 않아도 될 겁니다. 군사께선 항우에게 줄 백벽(白璧) 한 쌍과 범증에게 줄 옥두(玉斗) 한 쌍을 가져왔으니 그것으로 그들을 잘 구슬리겠다고 하셨으니까요."

유방은 그제서야 안심하는 기색이었다.

"그럼 우리는 어디로 피해가는 거요?"

"항우의 군사는 홍문 부근에 있고 40리 거리를 사이에 두고 우리 군사는 패수가에 있으나, 여산 기슭을 따라 지양(芷陽)으로 해서 간도(間道)로 빠지면 20리 불과한 거리에 우리 군대가 있습니다."

방향을 정한 뒤 유방 혼자만 말을 타고 네 장수들은 방패를 끼고 검을 뽑아든 채 도보로 달려서 말을 뒤쫓았다.

한편 술자리를 빠져나온 장량은 유방 일행이 거의 안전한 지점까지 도망쳤을 즈음해서야 자리로 되돌아갔다.

장량은 가급적 거드름을 피우며 우선 항우한테 절하면서 말했다.

"패공께서는 항장군과의 대작을 이겨내지 못해 주석에서 물러난다는 사죄 인사조차 드리지 못했습니다. 그래서 대신 삼가 저 장량으로 하여금 백벽 한 쌍을 받들어 두 번 절한 뒤 항장군께 드리라 하셨고, 범증군사께도 옥두 한 쌍을 두 번 절하고 바쳐 사죄 인사를 대신 하라 하셨습니다."

엉겁결에 장량이 바쳐올리는 백벽을 받아든 항우는 만면에 기뻐하는 기색을 떠올렸다.

"이토록 귀중한 선물을! 그런데 패공께선 지금 어디에 계시오?"

"백배 사죄하시며 선물만 대신 전한 뒤 혼자 군영으로 돌아가셨습니다. 원래 술에 약한 체질이니 항장군께서 양해해 주시기를 바랍니다."

장량은 항우가 다른 얘기를 꺼내지 못하도록 이번에는 옥두 한 쌍을 꺼내 범증에게 절하며 바쳤다. 그러나 범증의 태도는 항우와 완전히 달랐다. 옥두는 거들떠보지도 않고 오래 전부터 항우의 하는 양만 쏘아보고 있었다.

범증은 끝내 참지 못하겠는지 옥두를 제 방석에다 던진 뒤 칼을 빼어 그것을 쳐서 깨뜨리며 소리쳤다.

"아아! 이토록 세상 모르는 어린 아이와 무슨 큰일을 도모한단 말인가! 천하는 틀림없이 그자에게 빼앗길 것이고 우리는 그자의 포로가 되고 말 것이다!"

그자는 물론 유방이었다. 항우는 자기를 욕하고 있는 줄도 모르고 범증의 짓거리만 멀거니 바라보고 있었다. 그러다가 벌떡 일어나 밖으로 나가버리는 범증이 아무래도 신경이 쓰였는지 옆의 항백에게 넌지시 물었다.

"군사께선 왜 저러시지요?"

"짐작컨대 귀공께서 유방을 죽이지 못했다고 개탄하는 것 같소."

"삼촌, 이제 말씀드리지만 범증군사는 유방을 과대평가하는 것 같습니다. 내가 보기엔 유방 따위 아무래도 보잘것없는 시골무사 같거든요. 죽일 가치도 없는 인간이지요."

가타부타없이 입맛만 다시던 항백조차 자리를 떠버리자 장량은 좋은 기회란 듯이 그제서야 조용히 입을 열었다.

"장군께선 내일 아침에 함양으로 입성하실 거지요?"

항우는 멋적어하는 표정을 지으며 말했다.

"그래야겠지요."

"항복한 진왕 자영은 어떻게 처리하실 겁니까?"

"그를 주살해 버려야 진정으로 진나라를 평정한 것이 되오. 어디 장군사께선 다른 의견이라도 있다는 얘기요?"

"아닙니다. 항장군님의 고견을 여쭤본 것뿐입니다. 그리고 항장군께서 관중을 평정하셨으니 이곳에다 도읍을 정하실 겁니까?"

"많은 사람들이 관중을 두고 사면이 산하로 가로막힌 요해의 땅이고 토지 또한 비옥하여 천하의 패자가 될 것이라며 도읍지로 천거하고 있으나 내 마음에는 들지 않는 충고요."

"그건 왜 그렇지요?"

"아, 글쎄. 부귀하게 되고서도 금의환향하지 않는 것은 비단옷을 입고 어둔 밤길을 걸어가는 것과 다를 바가 없지 않겠소!"

항우의 말에 장량은 속으로 쾌재를 부르고 있었다.

항우가 장량과 앉아 한가롭게 담소하고 있는데 쪽지 한 장이 건네졌다.

——유방은 놓쳐버렸지만 장량만이라도 죽이십시오. 이제 천하를 움켜쥔 장군께서는 그 지위에 마땅한 칭호가 필요할 것입니다. 그 칭호를 물어 마음에 들지 않을 때 그것을 트집잡으면 됩니다. 범증.

항우로서는 굳이 장량을 죽일 생각은 없었지만 자신의 호칭 문제에 대해서는 호기심이 일었다.

"장군사께 한 가지 묻겠소. 나는 곧 관중왕으로 취임할 작정인데 그냥 왕으로 부르기에는 뭔가 기분이 들지 않소. 박식한 장군사께서 어디 한번 말해 보시오."

장량은 항우의 속뜻을 금새 눈치챘다. 일단 목숨을 부지하기 위해서라도 항우의 마음에 드는 호칭을 불러주어야 했다.

"제(帝)로 하시겠습니까 왕으로 불려지기를 원하십니까?"

"나는 우선 예의상 초회왕을 높여 의제(義帝)라 부르고 싶소. 그러니 나로선 어차피 왕으로 호칭될 수밖에 없지 않소."

"그러시다면 오제(五帝) 외에 세 성왕(聖王)이 계셨는데 은나라의 주왕과 하나라의 우왕과 주나라의 무왕이 그분들입니다."

"삼왕 외의 왕들은 또 어떻게 불렀소?"

"실제로 천하를 지배했던 오패(五覇)가 계셨는데 제나라의 환공과 송나라의 양공과 진(秦)나라의 목공과 진(晋)나라의 문공과 초나라의 장공 등이 그들입니다. 그런데 항장군께서는 굳이 제를 사양하시고 또한 평범한 왕호도 싫어하시니 기왕의 오패 중에서 패를 따서 패왕으로 부르시는 게 어떻겠습니까. 더구나 초나라를 부흥시킨 장군님이시니 초패왕으로 호칭하면 아주 그럴듯할 것 같습니다."

"초패왕이라! 그것 아주 좋소!"

항우는 무릎까지 치며 좋아라 했다.

"기왕 말이 나왔으니 하는 말인데 유방장군한테 돌아가시거든 유장군을 파(巴)와 촉(蜀)과 한중(漢中) 땅을 할양해 한왕으로 봉했다고 일러주시오. 그리고 곧장 이곳에서 떠나 남정(南鄭)에다 도읍하라 하시오.

그곳도 관중임에는 틀림없소. 애초 약속대로 이행했으니 불평할 일은 아니라고 보오."

파촉은 길이 험하고 교통도 불편한 데다 진나라의 유배자들이 쫓겨가 있는 척박한 땅이었다. 그렇지만 그렇다고 지금 그걸 따질 사정이 아니었다.

"아마 유장군께서는 몹시 기뻐하실 겁니다. 그런데 진나라를 정복할 때까지 고생을 함께 한 장군들이 많습니다. 그들은 어떻게 대우할 것인지 알려주실 수 있겠습니까?"

장량으로서는 한 가지 정보라도 더 얻어가질 요량으로 물어본 것이었는데 초패왕으로 불려진다는 사실에 한껏 기분이 부풀어 있던 항우는 그냥 술술 불어버렸다.

"장한을 옹왕에 임명하고 함양으로부터 그 서쪽 지방을 통치케 하며 폐구(廢丘)에다 도읍하라 하겠소. 사마흔은 새왕(塞王)에 임명하고 함양에서 그 동쪽 황하까지 통치하도록 하겠소. 동예는 책왕(翟王)에 임명해 상군(上郡)을 통치케 하고 고노(高奴)에다 수도를 정하게 했소."

"그뿐입니까?"

"아니오. 천하는 넓고 함께 수고한 장수들은 많소. 논공행상은 공평해야 되지 않소. 그러나 위표는 서위왕(西魏王)으로 좌천시켜 하동(河東)을 통치케 해 평양(平陽)에다 수도를 정하게 할 참이오. 신양(申陽)은 하남왕에 임명해 낙양에다 수도를 정하도록 하고, 한왕(韓王) 성(成)은 그대의 얼굴을 보아 그대로 유임시키되 수도는 양책에다 정하도록 할 것이오. 조나라 사마앙 장군은 은왕(殷王)에 임명해 하내(河內)를 통치케 하며 조가(朝歌)에 수도를 두고, 조왕 헐(歇)은 대왕(代王)으로 좌천시키고, 조나라 재상 장이는 상산왕(常山王)으로 임명해 조나라를 통치케 하며 양국(襄國)에다 수도를 정하고, 경포는 구강왕(九江王)에 임명해 육(六)에다 도읍시키며, 오예를 형산왕에 임명해 주(邾)에다 수도를 두게 하고, 공오는 임강왕에 임명해 강릉(江陵)에 도읍케 하고, 연왕(燕王) 한광은 요동으로 좌천시키고, 연의 장군 장도를 연왕으로 임명해 계(薊)에 도읍케 하며, 제왕(齊王) 전시(田市)를 교동왕으로 좌천시키는 대신 제나라 장군 전도(田都)를 제왕에 임명해 임치에다 수도를 정하도록 하겠소."

"훌륭한 결정입니다."

"또 있소. 전안(田安)은 제북왕에 임명해 박양에 도읍시키며, 성안군 진여는 세 현(縣)의 영주에 봉하고, 장군 매현도 10만 호에 봉함으로써 논공을 적절히 행사할 것이오."

"그럼 초패왕께선 어떻게 자신을 두실 겁니까?"

"나? 나는 서초(西楚)에서 9군(郡)을 통치하면서 팽성에 도읍할 작정이오."

"그럼 패공한테로 돌아가 한중으로 들어가시도록 말씀 전하겠습니다."

장량이 자리에서 일어서자 항우는 황급히 팔을 흔들어 장량을 붙잡았다.

"그런데 말이오. 한왕이 배당된 영지로 들어갈 때 군사 3만 명 이상은 데려갈 수 없소."

10. 한신의 계략

"무엇이라고? 날더러 그런 오지로 들어가라고?"

무사히 살아돌아온 장량은 항우가 거만하게 떠벌리던 말들을 낱낱이 전하자 유방은 펄펄 화부터 내었다.

"일이 그렇게 되었습니다."

덩달아 열을 낼 수가 없었던 장량은 가급적 차분한 음성으로 그렇게 대꾸했다.

유방은 홍문의 회합에서 항우한테 죽을 뻔했던 사실이 분했다. 그래서 돌아오는 즉시 배반자 조무상을 처형해 버렸다. 그래도 분이 덜 풀려 있던 참에 항우의 그런 일방적인 명령을 받으니 더욱 미칠 지경이었다.

"여보시오, 장군사. 사람들이 말하기를 '초나라 사람들은 원숭이에게 관을 씌워놓은 꼴'이라고 했는데 역시 항우도 그런 인간이었구려. 진나라를 평정한 나에게 관중을 주지는 못할 망정 그나마도 삼분한 뒤 나를 가장 오지로 몰아넣고서는 진나라 출신 장한 등을 시켜 두 번 다시 내가 중원으로 나오지 못하도록 입구를 틀어막자는 저의가 아니겠소!"

그러나 장량의 기색은 변함이 없었다.

"오히려 잘된 일이지요."

"무어요? 그게 무슨 뜻이오?"

"힘을 기르십시오. 이제부터 천하는 더욱 어지러워지기 시작합니다. 왜냐하면 항우가 제딴엔 논공행상이 공평하게 이루어졌다고 떠벌리지만 대부분이 불공평하다고 불평하고 있습니다. 바로 그 점이 천하 변란의 시초입니다. 한왕께선 이런 때일수록 자중하십시오. 가만히 한중으로 들어가 힘을 기르십시오. 반드시 때가 옵니다. 지금 아무리 한왕께서 불만을 말씀해 보셨자 들어줄 사람은 아무도 없습니다."

그제서야 유방은 진정되었는지 고개를 푹 떨구었다.

"저도 떠날까 합니다."

"떠나다니? 어디로?"

장량의 갑작스런 발설에 유방은 화들짝 놀랐다.

"어딘 어디겠습니까. 저야 한(韓)나라 사람이니 한왕(韓王)한테로 가서 봉사해야지요."

"아, 그럼 나는 어떻게 합니까? 장차 누구와 국가 대사를 의논하지요?"

"한왕께선 워낙 유덕하신 분이라 저 아니라도 수하에 유능한 신하들이 모이도록 돼 있습니다. 지금 한왕을 따르는 소하, 조참, 하후영 번쾌, 주발, 노관, 주창 등도 모두 유능한 인물들입니다. 그리고 특히 한신을 눈여겨보시기 바랍니다."

그렇지만 유방은 오로지 장량과의 이별만이 애석한 나머지 그의 충고는 전연 귀로 들어오지 않았다.

유방이 봉국(封國)으로 떠나는 날이었다. 장량은 한(韓)으로 바로 떠나지 않고 포중(褒中 : 섬서성)까지 유방을 전송하면서 은밀하게 간곡한 음성으로 충고했다.

"한왕께서 봉국으로 들어가실 때 통과하는 길목의 잔도들을 반드시 불태워 없애버리십시오."

"무어요? 그럼 우리 군사는 영원히 중원으로 나오지 말라는 얘기 아니오?"

장량의 충고에 유방이 놀란 것도 무리는 아니었다. 잔도란 계곡의 절벽 사이를 나무나 사다리 따위로 만든 길을 말함이었다. 정작 잔도마저 없어지면 관중으로 나오는 길조차 막혀버리는 사정이었다.

"그렇지가 않습니다. 아무도 모르는 또 다른 길이 있지요. 천하가 알고 있는 잔도 말고 그 아무도 모르는 다른 길을 그 누군가가 알고 있을 것입니다. 그러니 걱정 마시고 한중으로 들어가십시오."

"영영 고향으로 돌아갈 수 없을 것 같아서 불안할 뿐이오."

장량은 그 말에 대한 대꾸는 않고 다른 얘기를 했다.

"지금 한왕께선 겨우 군사 3만을 데리고 한중으로 들어가십니다. 그나마도 그 군사들이라는 게 한중에다 고향을 둔 병사는 아무도 없습니다. 만일 고향이 그리워 모조리 도망쳐버리면 뒷날 누구를 데리고 큰일을 도모하시겠습니까. 그래서 그들이 도망치지 못하도록 잔도를 불태워 없애라 상주드린 겁니다. 또 다른 이익도 있습니다. 기왕에 한왕께서 잔도를 불살라 없애면 항우는 한왕께서 동쪽으로 돌아올 생각이 없다는 뜻으로 해석할 것입니다. 그동안 한왕께서는 오지에 감쪽같이 숨어 크게 힘을 기르실 수 있습니다."

"아, 그토록 깊은 뜻이! 이럴수록 장군사와의 이별이 더더욱 아쉽구려!"

유방과 헤어진 장량은 혼자서 한(韓)나라로 가다가 강을 건너게 되었다. 그런데 함께 배를 타고가던 사내 하나가 주변 경치를 정신없이 구경하느라고 그만 등에 짊어지고 있던 장검을 물 속에다 빠뜨려버렸다.

"아차! 이를 어쩌지!"

장량이 더욱 안타까워하고 있는데도 정작 칼 주인은 전연 걱정하는 기색이 없었다. 그 대신 품 속에서 단검을 꺼내더니 뱃전에다 칼질을 해대는 것이었다. 놀란 것은 뱃사공이었다.

"여보시오. 손님. 남의 배에다 칼질은 왜 하시는 게요!"

"각주구검(刻舟求劍)이오."

"무어요?"

"아, 여보시오. 내가 여기서 칼을 떨어뜨리지 않았겠소. 볼일 보고 돌아가는 길에 칼을 찾아가려고 잃어버린 장소를 지금 표시해 두는 게 아니겠소."

사공은 어처구니가 없었던지 한참을 웃고나서 물었다.

"당신 어느 나라 사람이오?"

"초나라 사람이오. 그건 왜 묻소?"

"어쩐지. 그토록 어리석은 짓을 초나라 사람이 아니면 하지를 않지."

"무어요?"

사공과 장검을 잃어버린 사내가 심하게 말다툼 하는 모양을 바라보던 장량은 속으로 혀를 찼다.

'역시 초나라 사람은 어리석구나.'

이튿날 정오였다. 한나라 초입으로 들어선 장량은 점심을 먹으려고 주막에 들어섰다. 네 명의 사내들이 술을 마시면서 큰 목소리로 떠들고 있었다.

"글쎄 말이야. 항우는 우리 한왕(韓王)을 본국으로 보내지 않고 동쪽으로 끌고갔다 잖아."

"그건 왜?"

"유방을 따랐기 때문에 미움을 받은 거지."

"자네들은 이미 지난 옛날 얘기를 하고 앉았구먼. 한왕이 맞아죽은 게 언젠데."

"무어야?"

"후(侯)로 강등시키더니 팽성으로 끌고가서는 끝내 죽였다지 뭔가."

"그럼 우리 한(韓)나라는 왕이 없는 게 되네."

"항우한테 미움을 받으면 왕은 커녕 나라도 없네. 그리고 한나라 사람이면서 유방을 도운 장량도 죽이려고 지금 항우가 기다리고 있다지 뭐야. 벌써 장량을 체포하라는 방까지 붙였던데."

장량은 주위를 두리번거렸다. 그러나 아무도 자신이 장량이라는 사실을 알아채지 못하는 것 같았다. 오랫동안 자란 수염 때문인 것 같았다.

'자, 그렇다면 문제가 달라진다. 이대로 멍청하게 한나라로 들어섰다가는 잡혀 죽을 게 뻔하다. 그렇지만 어디로 가야 옳단 말인가. 한왕이 죽었다면 나에게는 왕국도 없지······.'

장량은 한동안 망연자실하고 있었다.

한편 이곳은 다시 한중의 촉땅.

한중으로 들어서자마자 중원으로 나가는 잔도를 불살라버린 유방은 나름대로 절치부심하고 있었다. 어떻게 해서든지 힘을 길러 귀양처같은 한중으로부터 벗어나 관중을 돌려받고 싶었다.

그러나 병사들은 끊임없이 도망치고 있었다.

"밤 사이에 3백 명씩이나 도망을 쳤습니다."

매일 아침 유방이 보고받는 내용이었다. 이런 식으로 가다가는 도읍지 남정에 도착할 즈음해서는 3만의 군사에서 몇 명 남지 않을 형편이었다. 병사들만 도망치는 게 아니었다. 장수들만 해도 이미 빠져나간 숫자가 수십 명이었다.

'정말 이러다간 모조리 떠나겠구나!'

유방이 혼자 탄식하고 앉았는데 한 신하가 들어와서 뜻밖의 보고를 하는 것이었다.

"대왕, 승상 소하도 도망쳤습니다!"

"무어라고? 승상 소하마저 도망쳐버렸다고!"

놀란 유방은 벌떡 일어섰다가 그 충격을 이겨내지 못해 자리에 털썩 다시 주저앉았다.

"아아, 나라의 재상마저 나를 버리고 떠날 지경이라면 내 앞길은 점칠 필요도 없다. 다 끝났다!"

낙심천만으로 앉아 있는데 뜻밖에도 땀을 뻘뻘 흘리며 소하가 나타났다.

"앗! 그대는 승상이 아니시오. 모두가 도망쳐버렸다고 말하던데!"

그동안 유방은 대경실색했다가 격노하다가 절망했으며 또한 자신의 수족을 잃은 것만큼이나 애통해 했다. 그러고 있을 때 소하가 다시 나타났으니 기쁘기 그지 없었다.

"도망이라니요?"

소하는 어리둥절한 표정으로 말했다.

"그럼 그대는 나를 버리고 도망친 것이 아니었단 말이오?"

"제가 무엇 때문에 도망을 칩니까. 저는 도망을 친 게 아니라 도망하는 자를 뒤쫓아갔을 뿐입니다. 너무도 일이 다급해 대왕께 말씀도 못드리고 그를 뒤쫓아갔습니다."

"뒤쫓아갔다는 그자가 누구인데?"

"한신이지요."

"에잇, 이사람. 장군들만 해도 도망한 자가 수십 명인데 그럴 때마다 그대는 한 번도 뒤쫓아간 적이 없지 않았소. 그런데 기껏 치속도위(治粟都尉) 한 명 도망치는 것을 그토록 열심히 달려가 데려왔단 말이오?"

그러자 소하의 얼굴이 전에 없이 진지해졌다.

"대왕, 다른 장군들은 어디서나 얻기 쉬운 인물일 뿐입니다. 그러나 한신같은 인물은 다시 나라 안에서는 구할 수가 없습니다."

"한신이 그토록 인재란 말이오?"

다분히 비꼬는 말투였다.

"대왕께서 영원히 한중의 왕으로 만족하시겠다면 한신을 두고 문제삼을 이유가 하등 없습니다. 그러나 천하를 두고 다투려 하신다면 한신 아니고는 의논할 사람이 없습니다."

"하기야 전날 장량군사도 한신을 눈여겨보라고는 했지만 과인의 눈에는 한신 따위가 도무지 마음에 들지 않소."

"어쨌건 이젠 대왕의 결정만 남았습니다. 동쪽으로 진출하실 겁니까 아니면 이곳에 눌러앉아 계실 겁니까?"

"동쪽으로 나가고자 할 뿐이오!"

"그러시다면 한신을 등용하십시오."

"그대 얼굴을 보아 그럼 장군으로 삼겠소."

"장군직만으로는 그가 여기 머물지 않습니다."

소하의 강경한 발언에 유방은 잠시 멈칫거렸다.

"장군직만으로는 한신이 이곳에 머물지를 않는다고?"

그동안 한신은 항우의 밑에서 여러 번 계책을 올렸지만 한 번도 채택되지 않았다. 실망한 한신은 유방 밑으로 도망쳐 와서 연오(連敖)라는 보잘것없는 벼슬자리에 있었다. 그렇게 되니 계책 역시 채택될 기회가 없었고 유명해질 수도 없었다.

그러던 차에 동료 열세 명과 함께 불만 때문에 술을 마시고 만취되어 상관을 구타한 일이 생겼다. 하극상에다가 마침 맞은 상급자가 죽었기로 결국 살인죄로 기소되었다.

뜻밖에도 법에 저촉되어 참형에 처해지게 된 것이다. 함께 죄를 지은 열세 명의 목이 하나씩 떨어져가고 있었다. 마지막으로 한신의 차례가 되었다. 한심했다. 이토록 어처구니없는 죽음으로 생을 마감한다고 생각하니 분하고 억울했다. 그렇다고 살아날 수 있는 뾰족한 수가 있는 것도 아니었다.

바로 그 때였다. 주위를 살펴보니 하후영이 지나가고 있었다. 언젠가 안면을 익혀둔 인물이었다. 그래서 무작정 소리를 질렀다.

"여보시오, 등공(滕公 : 하후영). 지금 주상(主上 : 漢王)께서는 천하 대사를 성취하려 하는 겁니까 아니면 아예 포기했다는 얘깁니까! 대사를 시작도 하기 전에 이토록 쓸 만한 인재들을 모조리 목베어 죽여서 도대체 어쩌자는 말입니까!"

하후영은 가던 길을 멈추며 소리치는 한신의 얼굴을 물끄러미 바라보았다. 그의 눈에는 재능이 번득였고 야망이 가득 서려 있었다. 기묘한 감동을 주는 얼굴이었다. 하후영의 입에서는 자신도 알 수 없는 뜻밖의 말이 달려나왔다.

"저자를 살려주어라! 그리고 너는 내 막사로 오너라."

한신은 절대절명의 순간에 놓여난 셈이었다.

한신을 만나본 하후영은 깜짝 놀랐다. 몇 마디 대화를 나누지도 않아서 그가 대단한 인물이라는 사실을 눈치챘다. 그래서 하후영이 유방에게 천거했다.

"대단히 재능있는 인물입니다!"

그러나 유방은 한신을 대수롭지 않게 생각했다. 다만 하후영의 체면을 생각해 고작 치속도위 벼슬자리로 옮겨놓았을 뿐이었다.

아쉽게 생각된 하후영은 이번에는 소하에게 한신을 소개했다. 몇 마디 대화를 나눠본 소하는 한신의 인물됨을 대번에 알아보았다.

"한신은 정말 큰 인물입니다. 그를 크게 등용하십시오!"

그러나 유방은 요지부동이었다.

그토록 소외당하고 있는 데다 참수사건까지 치른 한신은 진절머리를 내고는 유방으로부터도 도망쳤던 것이다.

"그렇습니다. 장군직 정도로는 한신이 이런 오지에 머물 인간이 아닙니다."

소하의 강경한 요구에 유방은 놀란 눈으로 물었다.

"그렇다면 그에게 대장군 직책이라도 맡기란 말이오?"

"그렇습니다. 그의 그릇은 대장군에 적합합니다."

"대장군이라!"

유방은 신음소리처럼 내뱉았다.

"모두가 그를 대장군으로 추천하니 할 수가 없군. 그를 데려오시오."

"아니 됩니다. 대왕께선 본래 오만하시어 예의를 모르십니다. 대장군 임명을 마치 아이부르듯 하시니 바로 그 점이 한신을 달아나게 만드는 까닭입니다."

"그렇다면 내가 어떤 식으로 그를 불러야 된단 말이오!"

유방은 짜증이 났다.

"길일을 택하여 목욕재계하시고 식장을 만들어 장중한 의례로 그를 대장군으로 임명하셔야 합니다."

"좋소. 그 대신 그가 대장군이 된다는 소문이 나면 크게 말썽이 날 테니 임명식 때까지는 비밀에 부쳐주오."

"여부 있겠습니까."

그날 오후였다. 군영 전체로 대장군 임명식이 곧 있을 것이라는 소문이 돌았다.

'틀림없이 내가 대장군에 임명될 테지!'

그렇게 내심 기대하는 장군이 한두 명이 아니었다. 번쾌, 하후영, 조참, 주발, 주창, 노관 등등 내노라 하는 장군들이 군침을 삼키고 있었다.

그런데 그날 해가 뉘엿뉘엿 지고 있을 무렵이었다. 유방은 한신을 대장군으로 낙점해 두고서도 왠지 마음이 크게 내키지 않아 의기소침해 있을 때였다.

"장량군사께서 오셨습니다."

위사 하나가 묘당으로 달려들어오면서 외쳤다.

"무어? 장군사께서!"

유방은 벌떡 일어섰다. 저만치서 남루한 장량이 잔잔하게 웃으며 들어왔다.

"대왕께선 그동안 무고하셨습니까."

"물론이오. 무엇보다 장군사의 내방은 뜻밖이지만 과인으로선 백만 군사를 얻은 기분이오. 그런데 어떻게 이토록 갑자기 찾아오실 수 있었소?"
 유방은 반가움에 눈물까지 글썽거렸다.
 "한왕(韓王)은 팽성에서 항우한테 피살되었고, 저 또한 죽이겠다고 저토록 법석을 떠니 갑자기 갈 곳이 없어진 제가 대왕의 품 말고는 어디 깃들일 데가 있겠습니까."
 "어쨌건 잘 오셨소. 어서 당상으로 올라 앉으시지요."
 "한 가지 소식을 미리 알려드립니다. 항우는 관중에서 귀국한 뒤 의제(義帝 : 초회영)까지 죽였습니다."
 "무어요? 그게 사실이오?"
 유방은 장량의 말에 눈을 크게 떴다.
 "항우가 의제에게 사자를 보내 무어라 말했는지 아십니까. '예로부터 황제의 영지는 넓이 사방 천 리로서 강의 상류에다 터를 잡아야 합니다'라는 구실을 붙여 침현(郴縣 : 호남성)으로 내몰다시피 떠나도록 했지요. 그러자 황제의 측근들은 해칠 것이라는 낌새를 채고 슬금슬금 의제 곁을 떠나버렸지요. 한편으로 항우의 밀명을 받은 형산왕 오예와 임강왕 공오가 장강에서 기다리고 있다가 마침 강을 건너는 의제를 살해하고 말았습니다."
 "원 저런 변이 있나!"
 "기왕에 살해된 사람은 살해된 사람이고 항우의 그런 비열함과 잔혹스러움을 빌미삼아 동쪽으로 쳐나가는 명분이 서게 되었습니다."
 "옳거니!"
 "그런데 제가 들어서면서 듣자하니 대장군을 임명하신다면서요?"
 "글쎄 말이오. 장군사뿐만 아니라 대신들 거의가 한신을 추천하고 있으나 과인으로서는 왠지 기분이 차지 않는구려."

"그렇지가 않습니다. 지금 이 나라 안에서는 그만한 인재가 없습니다. 자리를 피해 드릴 테니까 그를 한 번 시험해 보십시오. 대왕께서는 필히 흡족해 하실 겁니다."

장량이 자리를 피한 뒤 한신이 불려 들어왔다.

"만일 말이오. 과인이 그대를 대장군으로 임명한다면 그대는 과인에게 어떤 계략을 줄 것이오?"

그러자 한신은 기다리고나 있었다는 듯이 담박에 유방한테 대답했다.

"남정에 도착하기까지 많은 도망병이 있었으나 달아나지 않고 끝까지 따라온 자들은 모두 향수에 젖어 제 고향 민요를 흥얼거리고 있다는 사실을 알고 계십니까."

"그러니 걱정이오. 이런 나약한 군대를 데리고 어디 관중이나마 벗어날 수가 있겠소."

"저는 그렇게 생각하지 않습니다. 병사들이 고향을 그리워하는 그 열망만큼 동쪽으로 쳐나가는 데에는 힘이 될 것입니다. 잘 생각해 보십시오. 항우는 약간의 공을 세운 장수들에게도 요지에다 왕으로 봉하였으나 우리 대왕에게만은 대공을 세운 데도 불구하고 유형지같은 이런 벽지에다 몰아넣고 함곡관을 넘어나오지 못하도록 가혹한 조처를 취했던 것입니다. 사병들의 항우에 대한 불만 역시 대왕의 그것과 똑같습니다. 어쨌건 우리 군사 대부분이 동쪽 지방 출신이고 보니 낮이나 밤이나 고향 생각만 하고 지낼 수밖에요. 바로 이런 절박한 망향심을 요령껏 이용하면 나약한 군사도 막강한 힘을 발휘하는 것입니다."

고개를 끄덕거린 유방은 다시 한신에게 물었다.

"그렇다면 그게 언제이면 좋겠소?"

"지금 당장이 좋습니다."

"무어? 지금 당장?"

"천하 대세가 결정되고 인심이 안정된 후에는 이미 때가 늦습니다. 이 기회를 놓치지 말고 군사를 동쪽으로 되몰아 쳐나가십시오. 어차피 단호한 조처로 천하 패권을 다툴 수밖에 없습니다."

"……으음!"

유방이 처음에는 한신의 열변에 격동되었으나 끝내는 고개를 가로 저었다.

"그런데 말이오. 어차피 지금 동쪽으로 나아가 천하 패권을 다툴 상대는 항우가 아니겠소?"

"맞습니다. 그런데 감히 묻겠습니다만 대왕께서 생각하시기에 항우와 비교해서 용감하고 사납고 냉혹하고 굳세다는 점에 있어서 어느 쪽이 더 낫다고 생각하십니까."

유방은 잠깐 생각한 뒤에 대답했다.

"과인이 그에게 미치지 못하오."

"그렇습니다. 저 역시 그 점에 있어서는 대왕이 항우보다 못하다고 생각합니다. 그런데 말입니다. 제가 항우를 섬긴 적이 있는 사람으로서 그의 사람됨에 대하여 한 말씀 드리지 않을 수가 없습니다."

"그의 인간성에 대해서 말하겠다는 거요?"

"성품을 말씀드리고자 하는 바입니다. 항우는 화를 내어 소리를 지르면 천 사람이라도 금세 모두 꿇어엎드릴 만큼 무섭습니다. 그런 성격이니 어떤 어진 장수가 있어도 그를 신뢰해 병권을 맡기지 못하는 성품으로 고착되어 버린 겁니다. 그렇기에 그의 용기는 필부의 그것에 불과하다고 할 것입니다."

"그렇지만 항우는 사람을 대하는 태도는 공경스럽고 자애로우며 말씨 또한 온화하다고 들었는데?"

"물론입니다. 누가 병에 걸리면 눈물을 흘리면서 음식을 나누어줄 정도로 인정스럽긴 합니다만, 그가 부린 사람이 공로가 있어 당연히 봉작을 해주어야 될 경우에는 인장(印章)이 닳아 헤질 때까지 만지작거리기만 하고 선뜻 내주지를 않는 인물이니, 그런 인품을 두고 이른바 아녀자의 인(仁)이라 하는 것입니다."

"옳게 보았소."

"항우는 또 천하의 패자가 되어 제후들을 신하로 삼고서도 관중에 있지 않고 팽성에다 도읍했습니다. 그것은 욕심만 많고 지혜가 없다는 뜻입니다. 또 의제와의 맹약을 저버리고 자기가 친애하는 정도에 따라서만 왕의 자리를 주었습니다. 이것을 두고 훈공의 불공평을 말하는 것입니다."

한신의 열변에 유방은 그제서야 감동하는 표정을 짖기 시작했다.

"어디 그뿐이겠습니까. 제후들은 항우가 의제를 강남으로 축출하는 것을 보자……"

"축출 정도가 아니라 죽였다는 소문도 있소."

"금시초문입니다만 항우는 충분히 그럴 수 있는 인간입니다. 어쨌건 제후들은 항우의 본을 보고 자신들도 모두 귀국해 그들의 군주를 쫓아내거나 혹은 살해한 뒤 하나 같이 비옥한 그 땅의 왕이 되었습니다. 이것을 두고 불의(不義)라 하는 것입니다. 항우의 군대가 통과하는 곳이라면 어디서나 학살과 파괴가 뒤따르니 천하 백성들은 그를 원망은 했지만 결코 심복하기야 하겠습니까. 오로지 항우의 냉혹한 위세에 눌려 복종하는 척하고만 있을 뿐이지요. 항우는 명목은 천하의 패자라 하나 실은 천하의 민심을 잃고 있습니다. 그러니 그까짓 강대함 따위는 하루 아침에 무너뜨릴 수가 있다는 얘깁니다."

"하루 아침에 무너뜨릴 수가 있다?"

"그렇습니다. 그런데 지금 대왕께서는 항우의 정책과는 정반대로 천하의 무용(武勇)한 인물들을 굳게 믿고 일을 맡겨주시니 주멸치 못할 적이 어디에 있겠습니까."

"과인이?"

"뿐만 아니라 공신들에게 천하의 성읍들을 주어 봉한다면 심복하지 않을 신하가 어디에 있겠으며, 고향으로 돌아가고 싶어하는 군사들을 거느려 정의의 기치를 높이 들고 동쪽으로 쳐나간다면 흩어져 달아나지 않을 적이 어디에 있겠습니까."

"동쪽으로 쳐나간다고?"

"그렇습니다. 원래 삼진(三秦 : 雍·塞·翟)의 세 왕 장한과 사마흔과 동예는 진나라 장군이었다는 사실을 기억하십시오. 그들이 진나라 자제들을 거느리고 다니다가 죽인 군사 혹은 행방불명된 군사의 숫자가 어디 한두 명이겠습니까. 그러고도 결정적으로 마지막엔 제 부하들을 속여 항우한테 항복한 데다가 결국 신안(新安)까지 와서는 이들을 못 미더워한 항우가 20만 대군을 구덩이를 파고 생매장해 버리지 않았습니까. 그 때 살아남은 인간은 장한과 사마흔과 동예뿐입니다."

"그러니 그들 세 인간을 대하는 진나라 부형(父兄)들의 원망이 골수에 차 있겠구려."

"그렇습니다. 항우의 위력으로 그들 세 장수를 각각 삼진의 왕으로 삼았으나 진나라 백성들이 그들에게 애정을 품고 있을 턱이 없지요."

"그러하니 그대 얘기의 골자는 지금 당장 삼진부터 쓸어엎자는 뜻이오?"

유방이 다그치자 한동안 한신은 가타부타 없이 가만히 앉아 있었다.

유방이 한신의 눈치만 살피고 있자니까 한참만에 한신이 스스로 입을 열었다.

"이번에는 대왕께서 행하신 일들을 열거해 보겠습니다. 대왕께서는 무관으로해서 관중으로 들어가셨을 때 백성들에게는 털끝만한 해도 끼치지 않았습니다."

"진나라의 가혹한 법령을 제거하고 삼장(三章)의 법만 약속했을 따름이오."

"그랬었지요. 그러자 진의 백성으로서 대왕께서 진왕(秦王)이 되시기를 원치 않는 사람은 아무도 없었습니다. 제후들 간의 약속으로도 대왕께서 당연히 관중의 왕이 되셔야 했다는 사실을 모르는 관중 백성들도 아무도 없었습니다. 또한 대왕께서 항우의 배신으로 정당한 권리를 잃고 한중으로 쫓겨갔다는 사실도 모르는 백성들이 없으며, 그럼으로써 항우를 원망하지 않는 자 또한 아무도 없습니다. 이 때 대왕께서는 군사를 이끌고 동쪽으로 쳐들어가신다면 저 삼진땅 같은 정도는 격문 한 장으로 간단하게 떨어집니다."

"격문 한 장으로!"

"그렇습니다."

"오, 너무나 흡족한 격려요! 과인이 어찌하여 이제사 그대를 알게 되었을까!"

흥분한 유방은 어느새 자리에서 일어나 전각 안을 바쁘게 왔다갔다 했다.

한편 장량은 몰래 번쾌의 군영을 방문하고 있었다.

"머잖아 대장군 임명식이 있을 거라는 소문을 들었소."
번쾌는 장량의 화두에서부터 벌써 희색이 만면했다.
'내가 번쾌를 방문하지 않았더라면 큰일날 뻔 했구나!'
장량은 속으로 설득할 말을 정리한 뒤 조심스럽게 입을 열었다.
"번장군은 이번에 누가 대장군으로 임명될 거라고 생각하시오."
번쾌는 머뭇거리지도 않고 대답했다.
"그야 저 아니면 하후영, 조참, 주발 중에서 한 사람이겠지요. 대왕을 위해 그동안 가장 많은 고생을 한 장군들이니까요. 더구나 저는 대왕과 동서지간이기도 하려니와 대왕께서 위급하실 때마다 항상 곁에 있었습니다."
"대왕께서는 지금 한중에 갇혀버린 한을 풀기 위하여 동쪽으로 어떻게 하면 진출할 수 있을까 절치부심하고 계시는 중이오. 대장군 선임에 노심초사하고 계시는 바도 바로 그 때문이오. 항우는 강하오. 그 밑에 범증이라는 무서운 계략가도 있소. 한 판 승부로 항우와 천하를 놓고 대결해야 하는데 번장군이 과연 그런 대임을 완수할 수 있겠소."
"맡겨만 주신다면……"
"번장군의 용맹과 지략과 충성스러움을 대왕께서는 너무나 잘 감지하고 계시면서도 생각은 다른 데에 있는 것 같습니다."
"무어요? 대장군을 엉뚱한 인물로?"
번쾌는 장량의 말에 벌컥 화부터 냈다.
"그렇소. 그리고 나도 대왕의 의견에 동조했소."
"그렇다면 대왕께서도 낙점하셨고 장군사께서도 동의하신 그 인물이란 도대체 누구란 말입니까?"
"한신이오."

"무어, 한신?"

번쾌는 신음소리를 내었다.

"나뿐만 아니오. 소하 승상께서도 한신의 인물됨을 알고 도망치던 그를 붙들어왔던 거요."

"한신이 인물이라고요? 제 고향 백정촌 사내들 사타구니 사이로 칼까지 차고 기어 들어간 사내도 인물입니까!"

"대성(大聖) 공자(孔子)께서도 진(陳)나라와 채(蔡)나라 사이로 유세 다니다가 '상갓집 개'라는 모욕을 당했기도 했소. 그것은 공자가 무능했기 때문이 아니라 그분을 알아보지 못한 자들이 무뢰한이었기 때문이었소. 그러나 공자는 여전히 공자요."

"한신은 항우를 3년 동안이나 섬겼지만 겨우 집극랑에 지나지 않았고, 우리 한왕 밑에서는 연오라는 말단에 있다가 간신히 치속도위에 올랐던 인물이 아닙니까."

"천하의 명마도 백락의 눈을 거치기 전에는 노새 신세에 지나지 않소."

"그러시다면 누가 백락이란 말입니까?"

번쾌가 그쯤 나오자 장량은 그제서야 정색을 했다.

"내가 번장군에게 귀띔한 얘기들은 아직도 국가기밀에 속하오. 그러니까 혼자만 알고 있으란 얘기요."

그런 다음 자리에서 일어난 장량은 여전히 엄숙한 얼굴로 덧붙였다.

"인사문제는 어디까지나 대왕의 고유권한이오. 신하들이 왈가왈부할 일이 아니오. 내가 미리 한신을 귀띔한 이유는 대장군 임명식장에서 번장군이 기왕의 작은 공로와 또 동서지간이라는 친분관계를 내세워 불만을 토로하지 말라는 뜻이오. 꾹 참고 대왕의 뜻에 따르시오. 경거망동했다간 참수될지도 모르오!"

그런 협박에도 번쾌는 지지 않았다.

"다른 장군들은 몰라도 하후영은 용서하지 못할 겁니다."

"무슨 소리! 한신을 제일 먼저 대왕께 추천한 인물이 누구인데."

"하후영이 한신을 추천했단 말입니까?"

"그렇소. 그러니까 번장군만 불평하지 않으면 만사는 다 형통하게 풀려 갈거요."

장량이 뒤도 돌아보지 않고 떠나버리자 번쾌는 맥이 탁 풀렸다.

'하후영까지? 한신이 그토록 훌륭한 인재였더란 말인가. 그렇지만 나는 아직도 그를 믿을 수가 없다!'

유방은 군사 장량을 성신후(成信侯)에 봉하고 한신을 대장군에 임명한 뒤 한신으로 하여금 병사들에게 격렬한 군사훈련을 시키도록 했다.

그럴 동안 함곡관 바깥 중원에서는 항우에 대한 치열한 이반현상이 불꽃처럼 일어나고 있었다.

전날 항우는 전시(田市)를 교동(膠東 : 산동성)으로 쫓아보내고 대신 제나라 장군 전도(田都)를 제나라 왕에 임명한 바 있었다. 이런 인사에 불만을 품고 분노를 터뜨린 자는 재상 전영(田榮)이었다.

'어디 두고 보자! 전도가 왕위에 오르는가. 전시가 왕이 되어야한다.'

전영은 군사를 몰아 전도를 급습했다. 놀란 전도는 왕위에 오르지 못하고 초나라 항우에게 망명해 버렸다.

그런데 제왕 당사자인 전시는 겁이 더럭 났다.

'내가 제나라 왕이 되는 것을 항우가 용서하지 않을 게다. 역시 전영으로부터 도망쳐 항우가 애초 지적해 준 교동으로 들어가 취임해야지.'

화가 치민 것은 전영이었다.

"추격대는 즉시 달려가 도망치는 전시를 잡아 죽여라!"

즉묵(卽墨 : 산동성)에서 전시를 발견한 추격대는 단칼에 전시의 목을 날려버렸다.

전시의 죽음을 확인한 전영은 스스로 제나라 왕위에 오름으로써 항우에 대한 배반을 확실히 했다. 그리고 군대를 몰아 서쪽으로 계속 나아가 제북왕(濟北王) 전안(田安)까지 죽여버렸다.

뿐만 아니라 팽월(彭越)에게 장군의 인수를 주어 위(魏 : 하남성)나라 쪽에서 반란을 일으키도록 부추겼다.

조나라 장군이었던 진여도 동요하기 시작했다. 제나라 왕 전영을 찾아간 진여는 이렇게 설득했다.

"항우는 천하의 지배자가 되었지만 그 지배하는 방식이 틀렸습니다. 본래의 왕들을 쓸모없는 땅으로 옮겨가도록 하고 제 직속의 부하들만 좋은 토지의 왕으로 삼았습니다. 저의 옛 주인 조왕도 서쪽 대(代)땅으로 쫓겨나지 않았습니까. 이것은 옳지 못합니다. 이런 판국에 대왕께서 군사를 일으켜 항우에게 반기를 드신 행위는 대왕의 불의를 용납하지 않겠다는 감연한 의사표시인 줄로 생각합니다. 차제에 저도 대왕의 오른팔이 되어드릴 터이니 저에게 대왕의 병력을 나누어 주십시오."

"군사를 달라고?"

"그렇게만 해주신다면 제 원수같은 항우의 졸개 상산왕 장이를 치고 북방으로 몰려난 조왕을 복귀시켜 저희 조나라가 제나라의 훌륭한 방벽이 되도록 하겠습니다."

이해타산을 해본 전영은 즉석에서 진여에게 군사 3만을 주었다.

첩자들을 보내 중원의 이런 사태를 낱낱이 보고받던 한신은 어느날 돌연히 한왕 유방을 배알했다.
"군사훈련도 끝마쳤고 병사들의 사기도 충천합니다. 때가 되었으니 동쪽으로 나가겠습니다. 우선 동진(東進)하는 명분부터 세워주십시오."
"명분이라?"
"의제를 옹립하고 그를 섬기는 일은 천하가 일치된 의견으로 약속한 바였습니다. 그럼에도 불구하고 항우는 의제를 강남으로 추방했다가 목숨까지 빼앗았습니다. 이 얼마나 극악무도한 행위입니까."
"옳거니! 그것이 명분은 되겠소."
"뿐만 아니라 대왕께서는 옷을 벗고 통곡하시며 의제를 추도하는 상(喪)을 발표하십시오. 3일상을 거행한 뒤에 대왕께서는 제후들에게 기왕의 사실을 적은 격문을 돌리십시오. 모두가 호응할 것입니다."
"의견에 따르겠소. 그런데 우리가 한중으로 입관할 때 잔도를 모두 불태우지 않았겠소. 도대체 어디로 해서 동쪽으로 진격할 거요?"
"대장군이라는 직위에 앉은 자가 어찌 감쪽같은 샛길 하나 모르고 있겠습니까. 진창(陣倉)으로 통하는 지름길로 산을 넘어가면 닷새만에 대산관(大散關)에 도착할 수 있습니다. 적은 우리가 하늘에서 쏟아져 내려온 줄로 알고 몹시 당황할 것입니다. 바로 그 순간 공격을 퍼부으면 성들은 간단히 무너집니다."
"대장군의 원모심계(遠謀深計)가 대단하구려."
"그러나 번쾌장군을 시켜 불태워버린 잔도의 보수작업을 시킬까 합니다."
"잔도를 보수해? 일만 명의 병사들이 밤낮으로 일해도 일 년은 걸려야 완성될 텐데."
"적을 속이는 계략이지요. 우리가 잔도 보수공사를 한다는 소문이 나면 적은 코웃음치며 웃겠지요. 항우는 안심하면서 우리를 거들떠 보지도 않을 겁니다. 그 순간이 바로 우리의 공격시점이지요."

"대장군의 기막힌 계략은 정말 무섭소. 그런데 그토록 허무맹랑한 작업을 번쾌한테 시키면 번쾌가 몹시 화를 내지 않겠소."

"번장군이 화를 내면 낼수록 좋습니다."

"무슨 뜻이오?"

"군사비밀이오니 대왕께서도 호기심을 접어주십시오."

"이해하겠소. 모두 대장군의 계략대로 일을 진행시켜 주시오."

1만 명의 군사를 데리고 한 달 안으로 잔도의 보수공사를 완벽하게 해놓으라는 명령을 받은 번쾌는 정작 화를 냈다.

"무엇이라고?"

"대장군의 명령이니 별 수 있겠습니까."

부관 역시 자조적으로 대꾸하자 번쾌는 더욱 열이 올랐다.

"그러니까 잔소리 말고 잔도나 보수하고 있으란 말이지. 그래, 대장군은 언제쯤 동쪽으로 쳐나간다고 하더냐?"

"언제라니요? 잔도가 보수돼야 동쪽으로 가든 남쪽으로 가든 할 게 아닙니까. 잔도 보수가 끝나려면 일 년은 걸리겠지요. 그러니 한 해 후에나 동정군(東征軍)이 움직이겠지요."

번쾌는 대장군 임명식날 병을 핑계로 식장에 나타나지 않았었다. 그런 사실에 앙심을 품은 한신이 도저히 한 달 안에 완수할 수 없는 난공사를 맡겨 트집을 잡을 작정이라 판단했다.

'어디 마음대로 해보시지!'

번쾌는 자포자기해 버렸다. 병사들의 작업을 독려하지도 않았다. 술로 화를 달래며 세월을 보내고 있었다. 한신은 한신대로 매일 사람을 보내 공사를 서둘도록 닦달했지만 번쾌는 태평이었다.

보름 후였다. 대장군 직속 군정리(軍廷吏)들이 공사장으로 불시에 나타났다.

"번장군은 들으시오. 장군은 병사들을 독려해 잔도를 기일 안에 완성해야 함에도 불구하고 임무를 태만히 하고 있는데다 술타령만 하고 지낸다는 고발장이 들어왔소. 군법대로라면 참형에 처해질 것이나 그간의 대왕께 대한 충성과 공로를 참작해 일단 직위해제하고 투옥시키라는 대장군의 명령이었소."

번쾌는 왈칵 화가 치밀었다.

"도저히 불가능한 난공사를 책임감독하라 하고 그걸 빌미삼아 목을 베겠다니 어떤 놈인들 살아남겠나! 투옥시키든 목을 베든 마음대로 하라!"

번쾌는 속절없이 끌려가 투옥되었다.

그날로부터 보름 후 자정께였다. 대장군의 군정리장이 번쾌를 찾아왔다.

"가십시다."

"어디로? 처형하는 거냐?"

"대장군께서 모시고 오라십니다."

번쾌는 어리둥절했다.

대장군 막사로 들어서자 한신은 잔잔히 웃고 서 있었다.

"어서 오시오, 번장군. 그동안 고생이 많았소이다. 한 달 안으로 잔도 보수를 하라는 억지 명령으로 번장군의 심기를 불편케 만든 사실 말이오."

"억지 명령이라 하셨소?"

"당연하지요. 잔도 보수를 제대로 하려면 삼 년은 걸릴 테니까요."
"그렇다면 대장군의 계략이었단 말입니까?"
"번장군을 투옥시킨 후 후임으로 손흥(孫興)장군을 투입시켜 병사들을 학대하라 귀띔했지요. 결국 장한의 진지로 도망병이 위장귀순해 들어가도록 일을 꾸몄지요. 조금 전 보고가 왔습디다. 무사히 위장귀순에 성공했다고 말입니다."

11. 배수진

 번쾌는 여전히 한신의 말뜻을 이해할 수가 없었다.
 "위장귀순은 또 무엇입니까?"
 "우리는 지금 진창으로 빠져나가 옹왕 장한의 군대부터 부술 참이오. 그럴려면 대산관을 점령해야 하는데 그곳에는 장한의 아우 장평(章平)이 지키고 있소이다. 또 우리 군대가 도착해 쉽사리 대산관을 접수하기 위해서는 내응세력의 투입이 미리 필요했던 거지요. 우선 귀순병은 이쪽의 지리멸렬한 사정을 실토했을 테지요."
 "아, 이제사 조금 이해가 갑니다. 잔도 보수공사 부대장 번쾌는 잡혀 들어가고 신임 장군은 매질이나 하고, 그래서 견디다 못해 도망쳐 왔노라 둘러댔겠지요."
 "잔도 보수공사의 불가능함을 알림으로써 적을 안심시키는 계략도 포함돼 있소이다."
 "기막힌 허허실실 전법입니다. 저는 대장군의 그런 신산(神算)이 계신 줄도 모르고 불평만 하고 있었습니다. 어쨌건 잔도를 버리고 진창으로 빠져 삼진으로 들어서게 되면 적들은 한군(漢軍)이 하늘에서 뚝 떨어져 내려온 줄 알고 혼비백산하겠습니다."

"그 선봉장으로 번장군이 서 주시오."

"제가요?"

"5만의 군사를 드리겠습니다."

"언제 출발합니까?"

"오늘 새벽."

"예에?"

"하후영 장군이 역시 5만의 군사를 이끌고 후속부대로 따라가오. 그리고 이틀 뒤 주창(周昌)과 부관(傅寬) 두 장군이 대왕을 모시고 뒤따라올 것이오."

"그렇다면 대장군께서는 어디에 계실 겁니까?"

"중군(中軍)에서 지휘하겠소."

한편 유방은 장량과 의논해 동진(東進)하는 이유서를 항우한테 보냈다.

——나 한왕(漢王) 유방은 관중을 차지할 수 있는 자격이 있는데도 불공평한 대접으로 그 땅을 잃고 말았소이다. 그래서 관중을 찾기 위하여 지금 동진하고 있소이다. 삼진을 돌려받는 애초의 약속만 이행된다면 군사행동은 언제라도 중지할 수가 있소이다. 그러니 내가 동진하고 있는 이유를 양찰하시어 잃어버린 내 땅을 찾는 일에 협조 있으시기 바라오. 그리고 지금 제나라가 조나라와 손을 잡고 초나라를 공략할 계획을 꾸미고 있다는 소식이오니 참고하시기 바라오. 유방.

새벽이 되자 대장군 한신은 한왕 유방 앞에서 출정 선서를 했다.

"신 파초(破楚) 대장군 한신은 초나라를 치고자 지금 출정합니다. 숙적 항우를 쳐부수고 통일의 대업을 이루는 데에 신명을 다 바치겠습니다."

한편 대산관을 지키고 있던 장평은 술타령으로 세월을 보내고 있었다. 비록 파촉에서 함양으로 들어오는 초입에 있었지만 태산준령이 가로누워 버텨주고 있었기 때문에 한군(漢軍)의 위협은 걱정할 필요가 없었기 때문이었다.

'군사 범증께선 노인이라 공연한 걱정이 많아. 대산관이 요새이긴 하지만 한신 따위가 무슨 재주로 험산준령을 넘어온단 말인가. 더구나 한신은 지금 불태운 잔도를 보수하느라고 한참 끙끙거리고 있다지 않는가. 한 삼 년 후에나 그자의 얼굴을 보게 되려나.'

장평은 형인 장한의 명령도 우습게 취급해 버렸다.

"대산관은 요지다. 철저히 지켜야 한다. 그만큼 중요한 요새이기 때문에 동생인 너한테 맡기는 거다. 그럴 리야 없겠지만 만일 대산관이 무너지면 내가 지키고 있는 폐구(廢丘)도 떨어지기 십상이다."

"형님, 걱정 마십시오. 저를 믿으십시오."

장평이 결정적으로 마음을 놓고 있는 이유는 귀순병들의 증언 때문이었다.

"너희들이 첩자인지 귀순병인지 어떻게 증명하나?"

"그쪽 사정을 들어보면 잘 이해되실 겁니다. 어차피 함양으로 나오려면 폐구로 빠지는 길밖에 없지 않습니까. 그러니까 불태워버린 잔도를 보수하느라고 정신들이 없지요. 그런데 그게 어디 쉽기나 합니까. 더구나 한신 대장군은 번쾌에게 작업 책임을 맡겼는데 대장군 취임 때부터 불만이 컸던 번쾌는 한신의 닥달을 귓등으로 넘겼고 이에 화가 난 한신은 번쾌를 투옥시켰지요. 완전한 자중지란에 빠졌습니다. 새로 책임자로 부임한 손홍은 워낙 악질이라 공사가 늦는다며 저희들에게 매일 매질까지 해댑니다. 난공사라 사상자도 속출해 그러니 이래도 죽고 저래도 맞아죽게 될 바에야 차라리 초나라로 귀순하는 게 옳겠다 싶어 이렇게 찾아온 것입니다."

"그런데 잔도 보수는 언제 끝날 것 같더냐?"

"빨라야 삼 년 걸릴 걸요."

"그런데도 한신이 파초 대장군이 되어 이쪽으로 쳐나온다는 소문이 있는데 그게 근거있는 얘길까?"

"글쎄, 잔도 보수가 끝나야 나오든지 들어가든지 할 게 아닙니까. 저희들 말이 믿기지않으시면 첩자를 보내 그쪽 사정을 알아보십시오. 대장군과 번쾌장군 간의 알력도 그러한데 설사 쳐나온다 하더라도 무슨 소득이 있겠습니까."

그래도 걱정이 된 장평은 황급히 첩자를 한중으로 풀어넣어 그쪽 사정을 정확히 정탐해 오도록 했다.

보름만에 돌아온 첩자의 보고는 간단했다.

"귀순병들의 증언에 한 마디의 거짓도 없었습니다."

장평이 민가에서 끌고온 여자를 끼고 누워 늦잠을 자고 있는데 갑자기 바깥으로부터 소란이 일었다.

"무슨 일이냐?"

병사 하나가 소리지르고 있었다.

"장군님, 큰일났습니다! 한신이 수십만 군사를 이끌고 벌써 성벽 아래까지 쳐들어왔습니다!"

"한신이 쳐들어왔다고? 무슨 그런 꿈꾸는 소리를 하느냐. 한군(漢軍)

이 그럼 하늘에서 떨어지기라도 했다는 말이냐. 도대체 그자들이 어디로부터 나타났다는 말이냐?"

"번쾌라는 장수가 선봉장으로 섰는데요. 성벽 아래서 장군님을 보자며 고래고래 소리를 지르고 있습니다."

장평은 한신이 쳐들어왔다는 보고가 믿기지 않았다. 귀순병들의 증언을 철석같이 믿고 있었기 때문이었다.

"그럴 리가! 그렇다면 귀순병들이 나에게 거짓말을 했다는 것이냐? 우선 귀순해 온 그자들부터 데려오너라!"

귀순병들 중에서 두 명이 장평 앞으로 불려왔다.

"어떻게 된 일이냐? 한신이 수십 만 대병을 거느리고 벌써 성벽 아래까지 쳐들어왔다는데?"

"그럴 리가요. 태워버린 잔도 보수를 불과 한 달 사이에 해치웠다고는 믿을 수가 없습니다."

귀순병 하나가 대답했다.

"그럴 테지. 저자가 허깨비를 보고와서 나한테 맹랑한 보고를 했겠다?"

그러자 보고하러 왔던 병사는 펄쩍 뛰었다.

"허깨비가 아닙니다! 직접 성루로 가셔서 적의 내침을 확인하십시오."

허겁지겁 갑옷을 주워입은 장평은 여전히 긴가민가한 표정으로 성루 쪽으로 올라갔다.

"으악! 이게 웬 도깨비군사란 말이냐!"

그러자 새까맣게 몰려온 한나라 군사들을 가리키며 귀순병은 말했다.

"쳐들어온 군사들이 아닙니다. 귀순병일 겁니다. 보십시오. 대장군 한신과는 원수지간인 번쾌가 보이지 않습니까."

"귀순병이라고?"

"장군님께서 번쾌에게 직접 물어보십시오."

장평은 성루에서 몸을 아래로 내밀며 소리쳤다.

"번쾌장군께서는 무슨 볼일이 있어 여기까지 왔소?"

"귀순하러 왔습니다. 거두어 주십시오."

"그게 사실이오? 그런데 그걸 어떻게 믿을 수 있겠소?"

"애송이 한신이 대장군이 되면서 나를 핍박하기에 견딜 수가 없어 나를 따르는 군사들을 데리고 이렇게 도망쳐 왔습니다."

장평은 여전히 경계하는 표정으로 소리쳤다.

"한 가지 의문이 있소. 도대체 파촉으로부터 어떻게 그토록 빨리 이쪽으로 나올 수가 있었소?"

번쾌는 스스럼없이 대답했다.

"진창으로 해서 대산관을 넘어왔습니다."

잠깐 생각에 잠기던 장평이 갑자기 소리질렀다.

"그렇다면 한신이 수십만 대군을 이끌고 함양으로 쳐나온다는 소문도 사실일 수가 있겠네!"

"의심을 하자면 끝이 없겠습니다. 어서 성문을 열어주십시오."

번쾌의 하소연이 끝나기도 전에 장평이 성루의 병사들에게 소리쳤다.

"거짓말이다! 저자들이 접근 못하도록 화살을 퍼부어라!"

그 순간이었다. 장평 곁에 바싹 붙어 서 있던 두 귀순병이 장평에게 달려들어 꽁꽁 묶어버렸다.

"어리석은 놈!"

두 귀순병은 한나라 장수 주발(周勃)과 진무(陳武)였다. 한신의 은밀한 계략을 받고 위장귀순해 왔던 바였다.

장평을 묶은 주발과 진무는 그제서야 칼을 빼들며 소리쳤다.

"어리석은 짓 하지 마라! 이미 너희들의 두목은 묶였다. 곱게 항복하는 것이 너희들이 살아남는 길이다."

동시에 성문이 열리자 와 하는 함성과 함께 번쾌의 군사들이 성안으로 몰려들어 왔다. 주발 등과 함께 위장 귀순해 온 다른 병사들이 장평이 포박당하는 것을 신호로 성문을 활짝 열어젖혔던 것이다.

성 안의 군사들은 아무도 번쾌의 군사들에 저항하지 않았다. 옹왕 장한이나 그 동생 장평을 그곳 백성들은 오래 전부터 인정하지 않고 있었기 때문이었다.

대산관에 무혈입성한 한신은 뒤따라 한중으로부터 나오는 유방에게 전령을 보냈다.

──신(臣) 대장군 한신은 무난히 대산관을 접수했습니다. 주발과 진무에게 일단 성을 맡기고 신은 내친김에 삼진(三秦)을 멸하러 가겠습니다. 우선 장한이 지키고 있는 폐구성부터 공격하겠습니다.

한신은 숨쉴 틈도 없이 장수들을 소집해 다그쳤다.

"대산관이야 쉽사리 얻었지만 장한이 지키고 있는 폐구성은 그 수비가 만만치 않을 거요. 왜냐하면 장한이 예사로운 인물이 아니기 때문이오. 그러나 그에게도 약점이 있소. 그것은 장한이 옹 출신이 아니기 때문에 민심을 얻지 못하고 있다는 사실이오. 그런 점을 염두에 두고 군사를 움직이면 폐구를 함락시키는 데 도움이 될거요. 이번에는 하후영 장군이 선봉장이 되시오."

한신이 폐구의 장한을 도망치게 하고 새왕 사마흔, 책왕 동예, 하남왕

신양(申陽)의 항복을 받아냄으로써 황하 이남의 땅을 간단하게 평정해 버렸다.

승승장구로 동진해 가던 한신은 정형(井陘: 하북성) 입구에서 그만 주저앉고 말았다. 길이 좁아 수레 한 대가 간신히 지나갈 수 있는 좁은 길이였기 때문이었다.

'어떻게 한다? 묘책이 없을까? 조왕 헐과 성안군 진여가 정형의 좁은 길을 습격하면 우리 군대는 전멸하는데! 적들이 어떤 계략을 쓸 것인지 우선 첩자를 보내 알아낸다?'

한신이 고민을 하고 있는 동안 한편 조왕 면전에서는 진여와 광무군 이좌거(李左車)가 격렬한 논쟁을 벌이고 있었다. 먼저 이좌거가 주장했다.

"들리는 바로는 한신은 이미 황하를 건너와 위왕 표를 사로잡고 하열(夏說) 역시 포로로 하면서 알여땅을 피바다로 만들었다고 하지 않소. 더구나 한신은 장이의 보좌를 받으며 우리 조나라를 항복시키기 위해 이미 정형의 입구까지 쳐들어왔다는 소문이오."

"그러니까 20만 우리 대병을 정형 어귀에다 집결시키지 않았소."

진여가 신경질적으로 되받았지만 이좌거는 끈기있게 물고 늘어졌다.

"집결만 시켜두면 무얼하겠소. 이기는 싸움을 해야지."

"그대는 지금 한신을 물리칠 기발한 책략이라도 있다는 얘기요?"

"고국을 떠나 멀리서 그 승세를 타고 싸우는 병사들의 예봉은 피하기가 어렵다는 말이 있소."

"한신의 군대가 강하다는 거요 뭐요."

"강하지요. 그러나 그 강함에도 허점이 있소이다."

"허점이라면?"

"내가 듣기로는 '천 리 밖에서 군량미를 보내면 운송이 곤란해 병사들 얼굴에 주린빛이 돌고, 땔나무를 하고 풀을 베어야 밥을 지을 수 있을 정도로 궁상스럽게 되면 병사들이 저녁밥을 배불리 먹어도 아침까지 가지 못한다'고 했소."

"지금 무슨 말씀을 하시자는 거요?"

"어떤 강한 군대도 수송로만 끊으면 자멸한다는 논리를 말하고 있소."

"그래서?"

"지금 정형의 길은 협소해 두 대의 수레가 함께 갈 수가 없으며 기마병이 줄을 지어 갈 수도 없는 좁은 길이오. 이런 행로가 수백 리나 계속되기 때문에 군대 행렬의 형세로 보아 치중(輜重 : 군량보급수레)은 반드시 후미에 있을 것이란 얘기요."

"그래서?"

"그러니 나에게 기습병 3만 명만 주시오."

"기습병으로 어디를 칠 참이오?"

진여가 되묻자 이좌거는 주저없이 말했다.

"지름길로 달려가서 본대와 군량수송대 사이를 차단시키겠소. 그 동안 진장군께서는 물길을 깊이 파고 누벽을 높이 쌓아 군영을 굳게 지킬 뿐 한신과 접전하지만 않으면 저절로 이기는 싸움이 되는 거요."

"무슨 뜻인지 못알아 듣겠소."

"이렇게 하면 적군은 전진해 싸울 수가 없고 후퇴해 돌아갈 수도 없게 된다는 얘기요. 이때 우리 기습병이 적의 후미를 차단하는 거요. 한신의 군량미를 약탈해서 양식만 없애버린다면 그들의 처지가 어떻게 되겠소. 다 이긴 싸움 아니겠소. 열흘이 못 돼 나는 한신과 장이의 머리를 왕의 휘하에 바칠 수 있소이다. 부디 나의 계략에 유의해 주시오. 우리가 그들을 사로잡지 않으면 우리가 사로잡히는 신세가 될 것이오."

그러자 진여가 큰 소리로 웃고나서 말했다.

"한데 말이오. 나는 유자(儒者)요. 그리고 정의의 군사는 기습작전을 쓰지 않는 법이오."

"무슨 말씀. 전쟁이란 이기는 것이 목적이지 이기는 정신 자체는 의미가 없소. 어차피 전쟁이란 죽고 죽이는 도박일 뿐이오."

"들어보시오. 병법에 '병력이 적의 10배면 포위하고 적의 두 배면 싸우라'고 했소. 지금 한신의 병력은 말만 수만이지 실제로는 수천에 불과할 거요. 더구나 그들은 천 리 먼 곳으로부터 왔기 때문에 극도로 피로해 있을 것이오. 그런 소수의 지쳐있는 적을 의연히 맞상대하지 않으면 나중에 진짜 대군이 몰려왔을 적에는 어떻게 대처하겠소."

"그렇다면 기다려서 맞싸우겠다는 얘기요?"

"물론이오. 대병력을 가진 우리가 소수의 지친 병력을 가진 적을 기습으로 부순다면 제후들이 우릴 보고 한참 웃을 거요."

"한신을 너무 얕잡아보는 거요."

"사령관은 나요. 나에게 맡겨두시오."

이좌거는 속으로 탄식했다.

'우리는 결국 한신의 포로가 될 것이다!'

한편 계략을 유보한 상태에서 첩자를 조군 속으로 들여보냈던 한신에게 그 첩자가 돌아왔다.

"이좌거의 계책대로 되지 않고 진여의 원안대로 결정이 났답니다."

"됐다! 이좌거의 계책대로 되어 이쪽의 약점을 알아차리고 군량거를 차단해 버린다면 우리는 속절없이 대패할 뿐만 아니라 살아남기조차 어려웠을 걸! 승리는 이제 우리의 것이다!"

한신은 무릎을 쳤다.

한신은 매우 기뻤다. 그래서 군대를 움직여 정형땅 좁은 험로를 안심하고 내려갔다.

정형 어귀 30리쯤 떨어진 곳에서 멈춘 한신은 야영을 시킨 뒤 각 군영마다 군령을 전했다.

우선 무장한 병사 2천을 선발해 그들에게는 특별한 임무를 주었다.

"너희들은 밤을 틈타 여기 한나라 붉은 깃발 하나씩을 들고 지름길로 빠져 조나라 진영이 바라보이는 산 속에 숨어 있거라. 내일 우리는 조군과 싸우는 척하다가 도망칠 것이다. 틀림없이 그들은 성채를 비우고 패주하는 우리를 뒤쫓을 것이니 그 때 너희들은 텅 빈 조군 진지로 들어가 조나라 깃발을 모조리 뽑아버리고 대신 우리 깃발을 꽂아라."

"그것뿐입니까?"

"그로써 너희들은 벌써 큰 공을 세운 것이다."

이들을 먼저 보낸 뒤 비장(裨將)들을 시켜 전군에게 가벼운 음식을 돌리면서 말했다.

"내일 조군을 격파한 뒤 저녁에는 정말 푸짐한 술잔치를 열도록 하자!"

여러 비장들은 알았다고 건성으로 대답했으나 아무도 한신의 말을 진실로 믿는 것 같지는 않았다.

한신은 다시 부장들을 소집했다.

"적은 먼저 싸우기 편한 지점에다 누벽을 구축할 것이다. 그렇지만 그들은 우리 대장 깃발과 북소리를 만나기 전에는 결코 우리 선봉을 공격하지 않지."

"그건 왜 그렇습니까?"

부장 하나가 물었다.

"우리가 좁고 험한 지점에서 공격당하면 우리가 되돌아 가버릴 것을 걱정해서이다. 적은 그게 싫어 우리 군사가 모두 어귀를 빠져나오는 것을 보고서야 공격할 테지."

"결국 우리를 일망타진하겠다는 생각인 것 같습니다!"

"하지만 일망타진은 우리가 할 걸세. 그리고 하후영 장군에게 병사 1만을 줄 터이니 이렇게 진을 치시오. 내일 정형을 빠져 나가면 하수(河水)가 보일 것이오. 그런데 반드시 물을 등지고 진을 쳐야 하오."

"배수진(背水陣)!"

하후영은 신음처럼 내뱉았다.

"걱정할 거 없소. 명령대로 하기만 하면 잘 될 거요."

이튿날이었다. 대 결전의 날이 밝았다. 1만의 한군이 어슬렁 어슬렁 어귀를 빠져나가 한신의 명령대로 어설픈 배수진을 치자 멀거니 그런 짓거리를 바라보고 있던 조군 진영으로부터 웃음이 터져나왔다.

"저것들 보게! 아예 죽을 작정들을 했군. 저토록 병법의 기초도 모르는 한신이 대장군이라니!"

조군의 진영에서 그런 조소를 퍼붓고 있든 말든 한신은 드디어 대장기(大將旗)를 앞세우고 북을 치면서 정형의 입구쪽으로 전진해 나갔다. 한군이 완전히 들판으로 빠져나올 때까지 조군 진영에서는 이들을 구경만 할 뿐이었다.

그러다가 한군 후미부대의 꼬리가 모두 빠져나왔다고 생각된 순간 진여의 입으로부터 명령이 떨어졌다.

"총공격하라! 한신의 주력부대를 집중적으로 공격해! 저자만 잡으면 전투는 이미 끝난 것이다!"

조군이 함성을 지르며 한군 진영으로 몰려왔다. 밀고 밀리는 싸움이 한동안 계속되었다. 그러다가 갑자기 한신은 말머리를 돌리며 소리쳤다.

"북과 깃발을 버리고 모두 하수가로 도망쳐라!"

조군은 기세가 오를 수밖에 없었다. 전투 같지 않게 느껴졌는지 깔깔 웃기까지 하면서 한군이 버리고 간 깃발과 북을 줍는 여유까지 부렸다.

한신과 장이는 하수가의 진지까지 도망쳐 들어갔다.

"지금부터는 죽기살기로 싸워라! 이제 우리는 도망칠 곳이 없다!"

한편 앞서 출동한 한의 기습병 2천 명은 조군이 한군의 전리품을 줍기 위해 누벽을 비우는 것을 보고 재빨리 안으로 달려들어 갔다. 그리고 한신이 이미 내린 명령대로 조군의 깃발을 즉시 뽑아버리고 한군의 붉은 깃발을 대신 꽂아놓았다.

하수가에서 한참 접전을 벌이고 있던 조군은 생각했던 만큼 한군의 저항이 만만치 않은 데다 많이 지쳐 있었으므로 일단 싸움을 멈출 궁리를 했다.

"서두를 건 없다. 우리 진지로 잠시 돌아가 전열을 다시 정비한다."

진여는 소리친 후 앞장서서 누벽쪽으로 말을 달렸다. 그런데.

"앗! 이거 도대체 어떻게 된 일이냐!"

진여는 비명을 질렀다. 붉은 깃발만 조군을 조롱하듯이 바람에 한들한들 나부끼고 있었던 것이다.

"큰일났다! 성이 함락되었다!"

조나라 군사들은 흔들리기 시작했다. 우왕좌왕하고 있는데 누군가가 다시 소리질렀다.

"장수들까지 모조리 도륙되었다!"

그 때를 기점으로 조나라 군사들은 사방으로 흩어지기 시작했다.

"도망치지 마라! 그래도 우리 군사가 한군보다 열 배는 더 많다!"

진여가 소리소리 질렀다. 심지어 도망치는 조군의 목을 수십 명 베기까지 했지만 한 번 꺾인 사기를 되살릴 방법은 도무지 없었다.

한군은 승세를 잡았다고 직감했다. 약속된 전략대로 적을 양쪽으로 몰아치며 닥치는 대로 베었다.

장이의 눈에 도망병들 속에 섞인 대장군 진여가 눈에 띄었다.

"조군 대장 진여가 도망치고 있다. 저자를 추격하라!"

장이가 소리치자 병사 수천이 장이를 뒤따랐다. 저수(泜水) 부근이었다. 드디어 진여와 조왕 헐까지 사로잡았다.

꽁꽁 묶여 장이 앞으로 끌려나온 진여에게 장이는 한숨섞인 목소리로 말했다.

"그대와 나는 일찍이 문경지교(刎頸之交)를 맺어 천하에 깊은 우정의 표본으로 알려졌다."

"옛 정을 생각해 나를 살려주겠나?"

"거록성을 공격할 때 너는 이미 나를 죽였다."

"그렇지만……"

"내가 상산왕으로 있을 때 제나라 전영의 군사로 나를 벌써 두 번씩이나 죽였지."

"그 땐……"

"그리고 이번에는 정형의 계곡에서 다시 나를 죽이려 했다. 벌써 너는 세 번씩이나 나를 죽이지 않았느냐. 그러고서도 살려달라고?"

그쯤 되자 진여도 말을 못하고 고개를 푹 떨구었다. 드디어 장이가 부하에게 명령했다.

"그를 참수해 장군답게 죽게 하라!"

부하는 장검을 높이 치켜들었다.

한편 한신은 이좌거를 뒤쫓으면서 병사들에게 소리지르고 있었다.

"그를 죽이지는 말라! 생포하는 자는 천금으로 사겠다!"

그 소리를 들은 병사들은 완강하게 저항하면서 도망치는 이좌거를 생포하기 위해 결사적으로 뒤쫓아갔다.

결국 조군은 철저히 격파되었다. 대부분이 전사했고 나머지는 포로가 되든가 혹은 사방으로 도망쳐버렸다.

한신은 대장군석에 앉아 적의 수급과 포로의 수효를 보고받고 있었다.

그 때 장수 하후영이 한신에게 물었다.

"그런데 말입니다. 병법에는 '산릉(山陵)을 오른쪽으로하여 등지고 수택(水澤)을 앞으로 하여 왼쪽에 두라'고 돼 있지 않습니까."

"그렇소만?"

"대장군께선 이번에 저희들을 마치 사지로 몰아넣듯 하수를 등지고 포진케 하신 데다. 더구나 농담처럼 '조군을 격파한 뒤 저녁에는 푸짐한 술잔치를 열자'며 여유롭게 말씀하셨습니다."

"그랬었소."

"그러나 저희들은 실상 심복하진 않았습니다. 이상하게 생각하면서도 명령이라 어쩔 수 없이 그대로 했는데 신통하게도 결국은 대장군님의 전략대로 되지 않았습니까. 도대체 그건 무슨 전술입니까?"

"그 전술도 사실은 병법에 있는 말인데 단지 그대들이 읽고도 알아차리지 못했을 뿐이오."

"병법에 그렇게 씌어 있다고요?"

배수진 271

하후영의 반문에 한신은 빙그레 웃었다.

"병법에 '사지에 몰아넣음으로써 살고 망지(亡地)에 둠으로써 멸망하지 않는다'고 돼 있지 않던가요. 손자의 「구지편」에 말이오."

"설사 그렇게 씌어 있지만……"

"생각해 보시오. 나의 병사들이 글깨나 쓰고 말깨나 알아듣는 사대부집 출신은 전연 아니잖소. 대부분이 시장바닥의 건달들을 몰아와서 싸우도록 한 것이 아니었소."

"그렇습니다."

"그런 인간들에게 생지(生地)를 주어 싸우도록 했다면 어떻게 되었겠소. 모조리 도망치고 말지. 그래서 그들에게 죽을 땅에 두어 스스로 살아남게 한 것이오."

"훌륭하십니다! 저희들은 감히 대장군님의 생각을 따를 수가 없습니다!"

승전 잔치가 한창 벌어지고 있는데 결박된 이좌거가 한신 앞으로 포승에 꽁꽁 묶인 채 끌려나왔다.

"오, 광무군께서!"

한신은 급히 일어나 단하로 내려가서 몸소 이좌거의 포승을 풀어주며 말했다.

"이런 결례가! 어서 단상으로 오르시지요."

이좌거도 어리둥절해졌다.

"아무리 패장이지만 이런 식으로 놀리시는 게 아닙니다! 어서 처형해 주십시오."

"그렇지가 않습니다. 아무리 패장이라도 존경받는 적군의 장군에게는 이런 대우가 당연한 것이지요. 동향(東向)해 앉으십시오. 저는 서향(西

向)해 앉겠습니다. 스승으로 예우해 드려야지요."

그러면서 한신은 술을 한 잔 가득 따르어 올린 뒤 물었다.

"가르침을 주십시오. 저는 지금 북쪽으로 연(燕)을 치고 동쪽의 제(齊)를 치려고 합니다. 어떻게 해야 성공할 수 있겠습니까?"

너무나 뜻밖의 질문에 이좌거는 입만 딱 벌리고 있었다.

"저는 지금 광무군께 스승으로서의 예의를 다하고 있습니다. 부디 가르침을 주십시오."

그러자 이좌거는 씁쓰레하게 입맛을 다시더니 간신히 입을 열었다.

"'패군지장(敗軍之將)은 무용(武勇)을 말하지 않으며 망국의 대부(大夫)는 존국(存國)을 말해서는 안 된다' 고 들었습니다. 패망한 나라의 포로 신세에 어찌 그런 대사를 꾀할 수나 있으며 말해선 또 무엇합니까."

그러나 한신은 끈질겼다.

"천만의 말씀이겠지요. 현인 백리해(百里奚)가 우(虞)나라에 있었지만 우나라는 망했고 진(秦)나라로 갔을 때 진은 패자(覇者)가 되었습니다. 그렇다면 백리해가 우에 있을 땐 어리석었고 진에 갔을 땐 갑자기 현명해졌습니까."

한신의 대꾸에 이좌거는 한동안 말문을 닫고 있었다.

"문제는 그의 재능을 활용했는가 하지 않았는가, 그의 말을 들었는가 듣지 않았는가 하는 차이일 뿐입니다. 들어보십시오. 만일 성안군 진여 장군이 선생의 계략을 들었더라면 저는 지금 어떻게 되어있겠습니까. 벌써 저같은 사람은 선생의 포로가 되어있을 게 아니겠습니까. 결국 성안군은 선생의 재능을 활용하지 않았기 때문에 제가 선생의 가르침을 받게 될 수 있는 자리가 마련된 것입니다."

"그렇지만 사양하겠습니다."

"저는 진심으로 선생을 신뢰하고 있으며 그렇기에 선생의 계략을 무조건 따르려 하고 있습니다. 부디 사양하지 마시고 가르쳐주십시오."

한신은 일어나 다시 이좌거에게 절했다. 그래도 이좌거는 묵묵히 앉아 있다가 괴로운 표정으로 입을 열었다.

"그러시다면 설사 마음에 들지 않으시더라도 저의 계략을 들어주시겠습니까?"

"받들어 듣겠습니다."

"제가 듣기로는 '아무리 슬기로운 사람이라도 일천 번 생각하면 한 번의 실수가 반드시 있고[千慮一失], 아무리 어리석은 사람이라도 일천 번 생각하면 한 번은 반드시 얻음[一得]이 있다'고 들었습니다. 그래서 성인(聖人)은 '미치광이의 말에서도 가려서 취한다'고 했습니다. 모처럼 드리는 저의 계략이 반드시 쓸 만큼 가치 있다고 생각되지는 않습니다만 성심성의껏 피력해 보겠습니다."

"지나친 겸양의 말씀입니다."

"그럼 어느 것부터 말씀드릴까요?"

"연나라 정벌의 가능성부터 말씀해 주십시오."

"지금은 불가합니다."

"그건 어째서입니까?"

"대체로 성안군 진여에게는 백전백승의 계략이 있었으면서도 하루 아침에 군사는 호(鄗 : 하북성)의 성 밑에서 격파되고 자신은 저수가에서 피살되었습니다. 동시에 장군께서는 황하를 건너 위표를 사로잡고 알여에서 하열도 사로잡으면서 일거에 정형까지 내려와 하루 아침에 조나라 20만 대군을 무찔렀으며 진여까지 주살해 그 명성이 국내에 떨치고 그 위세는 천하를 흔들었습니다. 이쯤 되자 농부들은 경작을 멈추고 보습을 내던진 뒤 갑자기 좋은 옷을 꺼내 입고 맛있는 음식들을 먹어가면서 장군께서 언제 자기들에게 소집영장을 보내줄까 하고 학수고대하지 않는 자가 없게 되었습니다. 이런 상황은 장군에게는 대단한 기회로서 큰 장점으로 작용되고 있는 것만은 사실입니다."

"그런데도 불구하고 연나라 공격이 어째서 불가하다고 말씀하십니까?"

이좌거는 한신의 불만스러워하는 태도를 싹 무시한 뒤 다짜고짜 쏘아붙였다.

"간단합니다. 지금 장군의 병사들은 너무 피로하여 쓸 수가 없기 때문입니다!"

"사기가 충천하다고 생각되는데요?"

"판단은 장군의 것이지만 제 생각은 다릅니다. 두고 보십시오. 지금의 병사들을 질타해 견고한 수비로 이름높은 연성(燕城) 밑으로 아무리 몰아붙여 보았자 성을 빼앗기는 커녕 오히려 이쪽의 피폐한 사정만 노출해 기세는 하루아침에 꺾이고 말 것입니다. 결국 연성 아래서 허송세월만 보내다가 끝내는 군량미도 바닥나겠지요."

한신은 그래도 믿으려 하지 않았다.

"정말 그럴까요?"

"그렇고 말고요. 결국 약한 연나라조차 굴복시키지 못해 장군의 명예는 훼손되고 말겠지요."

한신은 얼굴을 찌푸렸다.

"그렇다면 제나라 정복은 어떻습니까?"

"방법상의 문제가 따르지요."

"방법상?"

"우선 연나라를 굴복시키지 못하면 제나라도 국경의 방비를 튼튼하게 갖추고 자기 나라를 철통같이 방어하겠지요. 결국 연과 제 두 나라가 서로 의지하면서 항복하지 않을 경우 한왕 유방과 초왕 항우의 권력쟁탈 승패의 방향은 극히 모호해집니다."

"결국 연나라가 굴복하지 않는 한 제나라 정벌도 허사로 끝난다는 얘깁니까?"

"그렇지요. 이런 상황이 되면 장군에게는 치명적이지요. 연과 제를 친다는 것은 잘못입니다. 용병에 능한 자는 이쪽의 단점을 가지고 적의 장점을 치는 게 아니라 이쪽의 장점을 가지고 적의 단점을 치는 것입니다."

"도대체 그럼 아군의 장점은 무엇이며 적의 단점이란 무엇입니까?"

"지금으로선 어떤 장단의 계책도 없습니다. 굳이 있다면 이 시점에서는 병사들의 갑옷을 벗겨 쉬게 하십시오. 정복한 조나라 백성들부터 어루만지고 전쟁 고아들을 달래며 백리 사방에서 술과 고기를 조달해 연일 잔치를 벌여 사대부들을 먹이고 병사들을 마시게 한 뒤 원기를 완전히 회복한 다음에야 비로소 연나라 정벌길에 오르는 것입니다."

"그 기회가 언제쯤입니까?"

"사기가 극도로 오른 다음이지요. 그 땐 피 한방울 흘리지 않고도 연나라를 정벌할 수 있습니다."

"어떻게?"

"말 잘하는 변사에게 장군의 편지를 주어 보내 그간에 쌓은 장군의 공적을 말하게 하고 그 위세를 선전하게 한다면 연나라는 금새 항복하고 말지요."

한신은 이좌거의 연나라 무혈입성론에 귀가 솔깃해졌다.

"무혈입성이 가능하겠습니까?"

한신의 되물음에 이좌거는 간단하게 대답했다.

"백 번 가능한 일입니다. 언젠가는 장군께서 쳐들어갈 것이라는 불안에 떨게 하면서 봄이 올 때까지 방비로 지치게 한 연후에 사자를 보내면 연나라는 그냥 떨어집니다. 그렇게만 되면 제나라 역시 덤으로 떨어지지요."

"제나라 역시?"

"장군께선 제나라 정벌에 관심이 많으시군요."

"관심이 많습니다."

"어쨌건 연나라가 항복하거든 그제서야 제나라로 사람을 보내 연나라가 복종했다는 사실을 알리게 하는 겁니다. 그 땐 제나라도 바람에 함께 휩쓸리는 식으로 복종해 올 게 틀림없습니다. 그쯤 되면 제나라에 아무리 슬기로운 자가 있다 할지라도 어떤 묘책도 세울 수가 없게 되는 것입니다. 천하사는 그 때부터 도모할 수 있지요. 용병에서 '허성(虛聲)'을 먼저 내고 실전(實戰)을 뒤로 한다'고 한 건 바로 이런 경우를 두고 하는 말이지요."

한신은 그제서야 고개를 끄덕였다.

한편으로 유방은 한신이 연나라를 복종시키는 동안 동쪽으로 동쪽으로 밀고 나가 드디어 팽성(彭城)에 입성했다. 유방이 성을 점령해 입성 첫 소감을 발표했다.

"우리 군사는 56만이다. 이미 초나라 수도 팽성을 점령해 이 엄청난 재물과 금은보화에다 수많은 미녀들까지 점령했으니 싸움은 이미 끝난 것이나 다름없다. 그동안 군사들도 오랜 행군으로 피곤에 지쳤으니 좀 쉬도록 해라. 오늘부터 당분간 주연을 베풀테니 마음껏 먹고 마시며 즐기도록 하라!"

그동안 항우는 북진하여 제나라를 치고 있었다. 제나라 왕 전영이 성양(城陽)에서 항우를 맞아 싸웠지만 견딜 수가 없어 평원(平原)으로 도망쳤다. 그러나 평원 백성들은 항우가 두려워 전영을 죽이고 초나라에 항복하고 말았다.

그래도 분이 덜 풀린 항우는 부하들에게 소리소리 질렀다.

"제나라 성곽이라면 모조리 불을 질러라! 제나라 백성들 중에서 젊은 남녀들은 무조건 포박해 포로로 묶어오라!"

항우의 끔찍한 복수극에 놀란 전영의 아우 전횡(田橫)이 전영의 아들 전광(田廣)을 찾아 제나라 왕으로 세우고 초나라에 저항하도록 했다.

"어차피 죽을 바에야 항우한테 대들기라도 하다가 산화하지요!"

바로 그 때 항우는 유방의 군사가 동쪽으로 진격해 와서 이미 팽성으로 돌입했다는 소식을 들었다.

12. 오리무중

"무어라고? 유방이 이미 팽성으로 돌입했다고?"

항우가 펄펄뛰자 옆에서 범증이 달랬다.

"걱정하지 마십시오. 팽성 정도는 금새 탈환할 수 있습니다. 군사가 56만이지만 한신이 없는 한나라 군사란 오합지졸에 지나지 않습니다. 제나라 공략은 다른 장수들에게 맡기고 서둘러 남하하시지요."

정예병력 3만을 인솔한 항우는 노(魯)나라 호릉(胡陵)에다 일단 포진했다. 그런데 적진으로 보냈던 첩자가 돌아와 이상한 보고를 했다.

"성을 점령한 유방은 옛날 같지 않게 재보와 미녀들을 약탈한 뒤 매일 축연을 베풀며 승리감에 도취돼 있습니다. 한 마디로 아주 발광들을 하고 있었습니다."

범증은 듣고 있다가 항우에게 권했다.

"첩자의 말이 옳을 것입니다. 그렇다면 우리의 다음 행동은 간단합니다. 소(蕭)땅으로 군사를 옮기시지요. 팽성의 동쪽 수수(水睢)가에서 들이치면 한군은 쉽게 무너집니다."

별다른 방책도 없었으므로 항우는 범증의 말을 들어 수수가로 슬그머니 들어가 때를 기다렸다.
"완전히 골아떨어진 새벽에 기습하는 것이 좋습니다!"
항우는 그 역시 범증의 말을 들었다.
성은 쉽게 무너졌다. 팽성의 한군이 도무지 방비를 하지 않고 있었기 때문이었다.
"한 놈도 남기지 말고 모조리 쓸어버려라!"
항우는 성내의 선두에서 독려했다.
한군은 눈사태처럼 일시에 붕괴되고 있었다. 곡수(穀水)와 사수(泗水)가로 도망쳤지만 이미 물에 빠져죽은 자만 10만을 헤아렸다. 한군 10만이 삽시에 빠져죽었으므로 수수의 흐름이 잠시 멎었을 정도였다.
"이 때를 놓치지 마라! 유방은 이미 독안에 든 쥐새끼다! 이중 삼중으로 포위하라!"
항우의 군사가 유방을 겨냥해 짓쳐들어오고 있었다.
"아. 내가 이곳에서 끝장을 보는 구나!"
유방은 탄식했다. 그러나 3중 포위한 항우의 군사들을 피할 방법은 없었다. 수하 장수들도 이미 최후를 예감했는지 유방을 에워싼 채 아무 말이 없었다.
늦가을 날씨는 쌀쌀했다. 숲속에 가만히 숨어있는데 사방에서 횃불을 켜든 초의 추격대가 가까이 다가오고 있었다.
"어차피 최후일 바에야 소신이 대왕을 뫼시고 탈출로를 한 번 뚫어보다가 죽겠습니다!"
그렇게 말하는 하후영의 목소리에는 비장감이 극도로 서려 있었다.
"그렇습니다. 그렇게라도 해볼 도리밖에 없습니다!"

수십 기(騎)가 유방을 에워쌌다. 그 선두에서 하후영이 소리쳤다.

"여기서 서북방이 패현이다. 우리는 정면돌파한다. 내가 선두에서 길을 열 테니 너희들은 재주껏 대왕을 모시고 패현쪽으로 달려나가라. 그뿐이다. 벌써 날이 밝아온다. 이젠 숨어있을 수도 없다. 하늘의 도움이 있다면 혹시 살아남을지도 모른다. 그러나 대왕께서 패사하시면 너희들의 삶도 의미가 없다. 그러니 결사적으로 대왕을 보호하고 나가라. 돌격!"

바로 그 순간이었다. 어디선가 돌풍이 불어왔다. 삽시에 초군의 횃불이 꺼지고 나무들이 쓰러졌다. 흙과 모래가 구름기둥처럼 공중높이 피어오르며 눈에 보이는 것은 무엇이건 쓰러뜨렸다. 갑자기 온 천지가 깜깜해졌다.

"이 때다! 대왕을 모시고 정면으로 돌진해 나간다!"

하후영이 소리치면서 앞장서 말을 몰아 나갔다.

변괴였다. 돌풍을 정면으로 받은 초군은 어찌할 바를 몰라 했다. 유방을 사로잡는 일에 몰두하기보다 돌풍 속에서 몸뚱이가 날아가지 않도록 더욱 골몰했다.

"결국 유방을 다시 놓치는 구나!"

항우는 탄식했다.

포위망을 간신히 벗어나온 유방은 부하들에게 말했다.

"바로 저곳이 패현이다. 내 가족들을 데리고 도망치자."

유방은 가족이 초군에게 포로가 될지도 모른다는 걱정을 했지만, 초군 역시 유방의 가족들을 포로로 했을 때의 이익을 먼저 생각하고 있었다.

그런데 이를 눈치챈 유방의 가족들은 초군의 추격을 피해 일찌감치 숨어버렸던 것이다.

항우는 끈질겼다. 유방과 그 가족들까지 놓쳤지만 추격을 포기한 것은 아니었다. 곳곳으로 추격대를 보내 유방의 피붙이라면 누구든지 잡아오라는 명령을 내려놓고 있었다.

즈음이었다. 가족찾기를 포기한 유방은 얼마만큼 도망치고 있는데 갑자기 앞장섰던 하후영이 소리쳤다.

"어? 저기 효혜왕자와 노원공주께서 길가에 앉아 울고 계십니다! 모시고 오지요."

하후영은 유방의 지시를 기다리지도 않고 말에서 훌쩍 뛰어내리더니 두 아이를 품에 안고 돌아왔다.

"자, 이제부터는 내가 대왕의 수레를 몬다. 어서 이곳에서 벗어나도록 하자!"

두 아이를 유방의 곁에다 앉혔을 때였다. 갑자기 뒤쪽으로부터 말발굽 소리가 요란하게 울려왔다.

"앗! 추격병이닷!"

누군가가 소리쳤다. 하후영은 쌍두마에다 채찍질을 해대며 속력을 내기 시작했다. 하후영은 전차 속공전의 전문가였다. 그렇기 때문에 항상 유방의 수레를 도맡아 모는 수가 많았다.

팽성에서의 대패 이후에도 하후영은 유방의 수레를 속절없이 몰아야 했다. 그 몰아나가는 솜씨 또한 절묘했다.

그런데 패현에서 도망쳐가는 도중에 효혜왕자와 노원공주까지 유방의 수레 위에 태우게 되자 수레는 무게를 감당할 수가 없었던지 한없이 비틀거리기 시작했다.

유방이 갑자기 소리질렀다.

"아이들 때문에 우리 모두가 죽는다! 어서 수레 밖으로 떨어뜨려라!"
그러나 하후영은 못들은 척했다.
"어서 밖으로 버리라니까!"
항우의 기병대가 가까워지고 있었다. 그래도 하후영은 유방의 명령을 듣지 않았다.
"그렇다면 내가 버리겠다!"
유방은 효혜와 노원을 달랑 들어서 수레 밖 풀밭 쪽으로 던져버렸다.
그러자 하후영은 달리는 수레에서 훌쩍 뛰어내려 아이들을 품에 안아서 다시 수레에다 태웠다. 유방은 화가 치밀었다.
"항우의 군사가 바로 뒤까지 쫓아왔다! 아이들까지 살릴 여유가 없다!"
이번에는 아이들을 수레 밖으로 떨어뜨리기 위해 유방은 아이들에게 발길질을 해댔다. 그러자 하후영은 일방 수레를 몰면서 아이들을 감싸가며 대신 매를 맞았다.
유방은 화가 머리 끝까지 치밀어올랐다.
"아이란 다시 낳으면 돼! 그래, 네놈이 내 말을 안 들어!"
유방은 칼을 빼더니 하후영을 쳤다. 하후영 역시 칼을 빼어 유방의 칼을 끊임없이 막았다. 적에게 쫓기고 아이들을 감싸고 수레를 몰고 유방에게 칼까지 상대하자니 하후영은 정신없이 바빴다.
"저의 수레 모는 솜씨를 믿으십시오!"
하후영이 뱉아낸 유일한 한 마디였다.
그러면서 하후영은 옹구까지 수레를 몰아온 후 재빨리 수풀 속으로 숨어버렸다. 항우의 추격대가 멋모르고 지나가고 있었다.
"효혜왕자와 노원공주님은 풍(豊)땅 안전한 곳으로 모셔가서 숨겨놓겠습니다."

 유방을 안전지대에다 내려논 하후영은 뒤도 돌아보지 않고 아이들을 데리고 떠나버렸다.

 유방은 한동안 넋이 빠진 채 길가에 주저앉아 있었다.

 얼마 후에 하후영이 돌아왔다.

 "왕자님과 공주님은 안전한 곳에다 숨겼습니다. 그런데 좋지 않은 소식입니다. 태공(太公 : 유방의 부친)과 여후(呂后 : 유방의 부인)께옵서 초군에게 발각되어 항우의 인질이 되셨답니다."

 유방은 한숨만 푹푹 쉴 뿐 무어라 대꾸할 말을 잃고 있었다.

 한동안 한숨만 몰아쉬던 유방은 한탄하는 목소리로 중얼거렸다.

 "도대체 세상 천지에 믿을 놈 하나도 없구나! 이런 자들과 천하 일을 도모할 생각을 했었다니!"

 그러자 마침 곁에 서 있던 알자(謁者 : 빈객을 접대하는 관리) 수하(隨何)가 옅듣고는 참견을 했다.

 "더불어 천하 일을 도모할 자가 없다니요? 소신은 대왕께서 말씀하시는 뜻을 알지 못하겠습니다."

 그 순간이었다. 유방은 장량이 충고하던 말이 생각났다.

 "인재는 찾지 않으시고 어째서 인물이 없다고만 하십니까. 구강왕 경포를 이용하십시오. 그는 초의 맹장이지만 항우와는 사이가 좋지 않습니다. 팽월 역시 항우에게 반기를 들고 있습니다. 한신 역시 그만한 인물이 따로 없습니다. 그러니 그들 세 사람에게 땅을 나누어 주는 선심을 쓰시면 항우를 공격할 때 충분히 이용하실 수가 있습니다."

 바로 그것이었다.

 "혼자서 탄식해 본 소리요. 누구든지 과인을 위해 회남(淮南)으로 가서 초를 배반하도록 경포를 설득해 올 자가 없을까 하고 해본 소리였소. 과인의 짐작으로는 항우가 몇 달 만이라도 나라에서 반란을 수습하느라 나오지 못하게 하든가 경포의 반란 진압에 몰두케 한다면 과인이 다시 한 번 천하를 장악할 기회를 얻을 수가 있겠는데!"

곰곰 생각에 잠기던 수하가 흔쾌히 대답하고 나섰다.

"저에게 그 일을 맡겨주십시오."

"그대가?"

"수행원 20명만 딸려주시면 됩니다."

수하는 곧 회남으로 출발했다.

구강에 이르런 수하는 우선 손을 써 궁중의 최고관인 태재(太宰)의 집에 묵게 되었다.

"대왕을 알현할 수 있도록 중간에서 손을 좀 써주시오."

사흘이 지나도록 아무 소식이 없자 수하는 태재에게 따졌다.

"어떻게 된 일입니까. 사흘이 지나도록 구강왕을 뵐 수가 없으니."

"짬이 없으시답니다."

"왕께서 저를 만나주시지 않는 까닭은 틀림없이 초나라는 강하고 한나라는 약하기 때문이 아니겠습니까."

"그건 사실입니다."

"그래서 제가 사신으로 온 것입니다. 일단 만나뵙게만 해주십시오. 왕께서 제 말씀을 들으시고 옳다고 생각되신다면 다행일 것이고 황당무계해 역정을 내실 경우에는 저희 스무 명이 모두 시장바닥에서 처형되어도 아무 저항을 하지 않겠습니다."

"그런 모험을 감수해 보시겠습니까?"

수하로서는 자신이 있었기 때문에 태재에게 한 마디 더 덧붙였다.

"우리를 참수하신다면 구강국은 우리 한나라를 적으로 하고 초나라를 우방으로 한다는 뜻이 분명해짐으로 초왕은 좋아할 것이며, 구강왕께선 어느 쪽을 택하시든 손해볼 일이 없으므로 그 또한 좋은 일이 되지 않겠습니까."

그런 절차를 거쳐 수하는 간신히 구강왕 경포를 만날 수가 있었다.

경포는 얼굴에 먹물을 들이고 있었다. 형 판결을 받고 역산으로 끌려가면서 얻은 경형(黥刑) 자국인데 그럼으로써 본명 영포(英布)가 경포로 되면서 결국은 관상가의 예언대로 왕이 된 내력을 지닌 인물이었다.

즈음에 제나라 왕 전영이 초나라를 배반하자 항우는 제를 치기 위해 구강국에서 군사를 징발하려 했다.

'요것 봐라? 나를 아예 신하 취급을 하는군!'

경포는 기분이 나빴다. 그렇다고 해서 파병을 거절할 명분도 없었다. 할 수 없이 부장급 장수에게 군사 수천을 주어 항우를 도우러 보냈다.

"구강왕께서는 병이 나셔서 제가 대신 왔습니다."

항우는 떨떠름했지만 참을 수밖에 없었다. 그런데 초군이 팽성에서 유방한테 깨어질 때에도 경포는 다시 병을 핑계대면서 도우러 가지 않았다.

"이놈 보게나!"

항우는 그런 일들로 해서 경포를 원망하고 있었다. 사자를 보내 달래기도 하고 꾸짖기도 하며 혹은 소환장을 보내기도 했으나 경포의 태도는 요지부동이었다.

"나를 배반하겠다는 뜻인가?"

실상 경포는 항우가 두려워서 찾아가지 못하고 있었다. 그런저런 일들로 해서 갔다간 간단히 결박될 수도 있기 때문이었다.

그런데 그런 항우도 경포를 응징하지 못하는 이유가 있었다. 북쪽으로는 제나라와 조나라가 걱정스럽고 서쪽으로는 한의 유방이 두통거리였기 때문이었다. 결국 아군이 될 만한 자는 경포밖에 없는 데다 그 재능 또한 높이 샀으므로 아직도 그를 치지 못하고 있었다.

바로 그 때 수하가 구강으로 도착한 것이다.

수하는 경포에게 머리를 숙이며 말했다.

"저희 한왕(漢王)께서는 삼가 대왕의 측근을 통해 대왕께 편지를 올리게 했으나 이상하게도 사흘이 지나도록 대왕께서는 아무런 회답이 계시지 않았습니다. 차제에 한 가지 의문을 여쭙겠습니다. 대체 대왕께서는 초나라와 어느 정도의 친분으로 계시기에 한왕의 사자를 그토록 박대하시는 겁니까."

경포는 무뚝뚝하게 대꾸했다.

"내가 초왕의 신하니까 그렇소!"

경포의 대꾸에 수하는 정색을 하고 대들었다.

"구강국 대왕께서는 초왕과 같은 제후의 신분인데도 불구하고 북향해 초왕을 섬기는 이유는 초나라가 강대해 혹시 그에게 나라라도 의탁하기 위해서가 아니었겠습니까."

"그렇소!"

"그렇다면 초왕은 제나라를 칠 때 성을 쌓기 위해 몸소 사졸들에 섞여 돌과 나무를 지며 고생하셨습니다. 그렇다면 대왕께서도 그 때 구강국 병사들을 총동원해 초군의 선봉이 되었어야 마땅했거늘 겨우 군사 4천을 보내는 무례를 범하고도 북면하여 초를 섬긴다고 말할 수가 있겠습니까. 그게 섬기는 자의 도리였던가요."

"그건……"

"게다가 한왕(漢王)이 팽성으로 쳐들어갔을 때 제나라에 원정 중이던 초왕이 팽성으로 되돌아오기 전에 대왕께서는 마땅히 먼저 회수를 건너 구강 병사들을 총동원해 팽성에서 한왕과 회전했어야 했거늘 겨우 1만 명의 군사를 데려와 그나마도 군사 한 명도 회수를 건너가게 하지 않고 팔짱만 낀 채 어느 쪽이 이기는가 방관만 하셨다니 글쎄 국가를 위탁한 왕의 태도가 그래도 괜찮다는 말씀입니까."

"으음······!"

"대왕께서는 지금 '신하'라는 빈 이름만 가지고 초를 섬기며 또한 초에 의지하고자 하십니다. 저로서는 그런 대왕의 태도를 이해할 수가 없습니다. 어쨌건 대왕께서는 그러면서도 초를 배반하지 못하는 것은 결국 한나라가 약하다고 보시기 때문이겠지요."

"사실 그렇소."

"물론 초군은 강합니다. 그렇지만 지금 천하가 초나라에 대하여 불의하다는 오명을 씌우고 손가락질하고 있다는 사실도 아셔야 합니다."

"그건 왜 그렇소?"

"초왕은 맹약을 저버렸으며 의제(義帝) 또한 살해했기 때문입니다. 그리고도 초왕은 자신의 강함만 믿고 천하를 제패할 수 있다는 자기도취에 빠져 있습니다."

"그렇지만 초는 강하오."

"강한 자가 최후까지 강하라는 법은 없습니다. 지금 보십시오. 한왕은 제후들을 자기 편으로 끌어들이고 있습니다. 성고(成皐)과 형양(滎陽)을 굳게 지키면서 본국 파촉으로부터 군량미를 날라오며, 물길을 깊이 파 누벽을 견고히 하면서 국경 요새 방어에 만전을 기하고 있습니다."

"그대는 지금 무슨 얘기를 하겠다는 거요?"

"강하다는 초나라가 한나라와는 반대로 죽을 자리를 스스로 파고 있다는 말씀을 드리는 중입니다."

"초나라가 어째서 죽을 자리를 스스로 파고 있다는 거요?"

경포는 초조한 목소리로 수하에게 물었다.

"보십시오. 초군이 원정 중인 제나라에서 본국 초나라로 돌아가려면 팽월이 지배하고 있는 양(梁)땅을 천 리나 가로질러 가야 합니다. 그런데 팽월이 그것을 양해하겠습니까. 천만의 말씀이지요. 팽월은 자신의 세력이 만만치 않다고 판단하고 있기 때문에 호락호락 초나라 협박에 넘어갈 리가 없습니다. 결국 초나라는 본국으로 가야 할 길이 다급해 지나가자니 가로질러 갈 수가 없고 싸우자니 싸울 시간도 없고 성을 치려해도 싸울 힘도 없습니다."

경포는 한동안 묵묵히 듣고만 있었다. 수하의 설득은 점점 더욱 열을 띠었다.

"더구나 지금 초군은 노약병을 차출해 군량미를 운반해 와야 되는 실정인데 천 리 머나먼 거리라 그게 가능키나 한 일이겠습니까. 혹은 초군이 설사 형양과 성고에 무사히 도달한다 해도 한군이 성벽을 굳게 지켜 움직이지만 않으면 초군으로선 도무지 어떻게 해볼 수가 없게 됩니다. 진퇴양난, 초군으로선 정말 난감할 뿐입니다."

그제서야 경포는 입을 열었다.

"그래서 초군의 강함은 허장성세란 얘기요?"

"한 마디로 말씀드리자면 그렇습니다."

"그렇지만 초군이 한군을 무찌른다는 사실은 가정할 수 있지만 한군이 초군을 부순다는 것은 가당찮은 얘기일 것 같소."

"천만의 말씀입니다. 만일 초군이 한군을 무찌른다면 다른 제후들은 한나라가 당하는 화가 자신에게도 미칠까 싶어 모조리 앞다투어 한나라를 돕게 됩니다. 그러니까 초가 강해지면 강해질수록 초에게는 적이 많아집니다."

경포는 드디어 한숨을 푸욱 쉬며 자조적인 목소리로 내뱉았다.

"그러니까 초나라가 한나라만 못하다는 결론이겠구먼."

"당연한 말씀이지요. 그런데도 대왕께선 안전한 한나라 편을 들지 않고 자진하여 멸망의 길로 치닫고 있는 초나라 편을 드시려 합니까. 정말 답답하기 이를 데 없습니다."

"그렇다고 해서 회남의 병력으로는 초를 멸망시키기에 충분치 못하오."

"그건 사실입니다. 그러니까 계략이라는 것이 필요하지요."

"계략? 묘책이라도 있겠소?"

"있고말고요. 만약 대왕께서 초왕에게 반역만 해주신다면 초왕은 꼼짝없이 제나라에 머물게 됩니다. 그가 수개월만 제에 머문다면 그 동안 한나라는 천하를 얻어버립니다. 만에 하나라도 어긋남이 없이 그렇게 됩니다."

"어째서?"

실상 경포는 수하의 말이 곧이곧대로 믿겨지지가 않았다. 그래서 초나라를 배반할 경우 한나라가 어떻게 천하를 얻게 되느냐를 물은 것이다.

수하는 침을 꿀꺽 삼킨 뒤 침착하게 대꾸했다.

"간단합니다. 대왕께서 초를 배반하면 항우는 필시 구강국도 공격할 것입니다. 결국 우리 한왕께서는 새로 일어날 수 있는 시간을 버는 겁니다."

"뭐요?"

"청컨대 제가 나중에 대왕을 모시고 한나라로 귀순할 수 있게 해 주십시오."

"귀순한다면?"

"한왕께선 반드시 땅을 갈라 구강국은 말할 것도 없고 더욱 많은 땅으로 대왕을 봉할 것입니다. 한왕께선 삼가 저를 시켜 이런 계략을 대왕께 드리도록 서둘러 보냈던 것입니다."

경포는 잠깐 생각에 잠겼다. 수하의 설득은 옳았다. 어차피 항우한테로 갈 수는 없는 몸이었다. 결국 수하의 계략대로 움직이는 방법이 최선이라 생각했다.

"좋소! 그대의 말을 따르겠소!"

경포는 남몰래 초를 배반하고 한나라 편을 들기로 허락은 했지만 아직 입밖으로는 누설치 않고 있었다.

그런데 바로 그 때 초나라 사자가 경포 앞으로 달려들어 왔다. 그는 오래 전부터 영빈관에서 묵으며 원군을 어서 보내달라고 매일같이 독촉을 하고 있던 상태였다.

"구강왕께서 서둘러 출병해 주십시오. 초왕께서는 몹시 고달프십니다!"

수하는 그 순간을 놓치지 않았다. 초나라 사신이 앉은 자리보다 윗자리로 뛰어가서 앉으며 소리질렀다.

"이미 늦었소! 구강왕께선 이미 한나라에 귀속하셨소!"

"무어요? 그게 사실이오?"

초의 사자보다 더욱 놀란 것은 경포였다. 수하가 그런 발설을 초의 사자 앞에서 그토록 당당하게 할 줄은 몰랐던 것이다.

오리무중 291

초의 사자가 눈을 빤히 뜨고 경포를 바라보았다. 그러나 경포는 아무 대꾸도 할 수가 없었다. 그 때 수하는 다시 나서며 초의 사자에게 딱 잘라 말했다.

"일은 이미 그렇게 결정되었소!"

초의 사자가 낙심하면서 자리를 뜨자 수하는 지체 않고 경포에게 말했다.

"무얼 하고 계십니까. 초의 사신을 돌려보내선 안 됩니다. 어서 그를 죽인 뒤 대왕께서는 즉시 한나라에 협조하셔야 합니다."

잠깐 눈을 감고 있던 경포는 갑자기 크게 눈을 뜨며 소리질렀다.

"좋소. 일은 이미 돌이킬 수 없을 만큼 벌어져버렸소. 그대의 가르침대로 군사를 일으켜 초나라를 칠 뿐이오!"

그래서 경포는 초나라 사자를 죽인 뒤 곧바로 군사를 일으켜 초를 치러 나갔다.

한편 유방은 수하를 경포에게로 보낸 뒤 팽성에서의 대패 이후 형양으로 쫓겨와 있었다. 항우는 그래도 끈질겨서 형양까지 포위해 왔다. 유방은 두려웠다. 근심이 되어 식욕까지 잃고 있었다.

"이러고 있을 때가 아니다. 모사 역이기를 불러라!"

즉시 역이기가 유방 앞으로 불려왔다.

"어떻게 하면 초군의 기세를 약화시킬 수가 있겠소?"

역이기는 기다릴 필요도 없다는 듯이 거침없이 대답했다.

"옛날 탕왕은 무도한 걸왕을 멸한 뒤 그 후손을 기(杞)땅에 봉했습니다. 또 무왕은 주왕을 멸한 뒤 그 후손을 송(宋)땅에다 봉했습니다. 지금의 상황은 전날 진(秦)나라가 덕을 잃고 의(義)를 저버려 제후국들을 모조리 멸망시킨 경우와 같습니다. 그러니 지금 대왕께선 전날 6국의 자손들을 부활시켜 그들 모두에게 제후의 인수를 내린다면 그들은 대왕의 덕을 입게 되어 그들 모두가 대왕의 신하되기를 원치 않을 자가 없게 될 것입니다. 대왕께서는 그제서야 남면(南面)하여 패왕(覇王)이라 칭할 수 있게 될 것이니, 그 땐 초나라도 별 수 없이 옷깃을 여미고 공손한 태도로 입조할 게 아닙니까.”

불안한 상태라 유방은 분별력을 잃고 있었다.

"좋소. 속히 인장을 새겨 역선생이 직접 6국의 후손을 찾아가서 그것을 허리에 차게 하시오!"

유방은 어쨌건 그제서야 밥상을 받았다.

역이기가 출발하기 전이었다. 때마침 장량이 입궐했더니 유방은 기분 좋게 수라상을 받고 있었다.

"오, 자방(子房 : 장량의 字)이오! 마침 잘 오셨소. 글쎄 말이오. 과인을 위하여 초나라 세력을 약화시키는 계략을 세워준 인물이 있지 않았겠소.”

"어떤 계략을 얻으셨길래 그토록 기뻐하고 계십니까?”

그러자 유방은 역이기가 내놓은 계략을 장량에게 소상히 설명했다. 그랬는데 다 듣고난 장량은 펄쩍 뛰었다.

"아니, 누가 그런 망할 계략을 내놓았단 말입니까! 만일 대왕께서 그대로 하셨다간 끝장입니다!"

"아니, 왜 그렇소?"

유방은 그제서야 수저질을 멈췄다.

"옛날 탕왕이 걸왕을 치고 그의 후손을 기땅에 봉한 것은 탕왕이 걸왕의 생사를 좌지우지할 수 있다고 확신했기 때문입니다. 감히 여쭙겠습니다만 지금 대왕께서는 항우의 생사를 능히 좌우할 수 있다고 생각하십니까."

"아직은 좌우할 수 없소."

"그것이 그 계략이 불가하다는 이유의 첫번째입니다."

장량이 새삼스레 흥분하자 유방은 두려운 듯이 그를 올려다보았다.

"게다가 무왕이 주왕을 쳐서 그의 후손을 송땅에 봉한 것도 무왕이 충분히 주왕의 목을 얻을 수 있다고 확신했기 때문입니다. 지금 대왕께서는 항우의 목을 쉽사리 얻을 수가 있겠습니까."

"자신 없소."

"그것이 그런 계략은 불가하다는 두번째의 이유입니다. 무왕은 은나라의 현인 상용(商容)의 향리(鄕里)에서 경의를 표하고 충신 기자(箕子)를 석방하고, 역시 충신 비간(比干)의 분묘를 쌓아 올렸습니다. 지금 대왕께서는 능히 성인(聖人)들의 분묘를 쌓아올리고, 현인의 향리에서 경의를 표하며, 지자(智者)의 가문(家門)을 경영할 수 있는 처지에 계신다고 생각하십니까."

"그럴 처지가 못되오."

"그래서 그것이 안 된다는 이유의 세번째입니다. 무왕은 거교(鉅橋 : 은 주왕의 곡식창고)의 곡식을 풀었고 녹대(鹿臺 : 은 주왕의 보물창고)의 재물을 빈궁한 백성들에게 뿌렸습니다. 지금 대왕께서는 부고(府庫)의 재물을 풀어 빈궁한 백성들에게 뿌릴 수 있는 처지에 계신다고 생각하십니까."

"그럴 사정이 아니오."

"그것이 그 계략이 불가하다는 이유의 네번째입니다. 무왕은 은나라 정벌이 끝나자 전차를 개조해 승용거로 만들고 방패와 창을 뉘어놓고 호피(虎皮)로 그것을 덮어버림으로써 다시는 천하에서 무기를 사용하지 않는다는 의지를 표시했습니다. 지금 대왕께서는 과연 무사(武事)를 폐하고 문사(文事)를 시행해 다시는 무기를 사용하지 않겠다는 의지를 표현할 수 있는 처지에 계신다고 생각하십니까."

"아니오. 불가하오."

"그래서 그것이 안 된다는 이유의 다섯번째입니다. 무왕은 화산(華山)의 남쪽에서 말을 쉬게 함으로써 다시는 전쟁을 하지 않겠다는 뜻을 표시했습니다. 지금 대왕께서는 능히 말을 쉬게 할 수 있는 처지에 계신다고 생각하십니까."

"아니오."

"그래서 그것이 계략으로는 불가하다는 이유의 여섯번째입니다. 무왕은 소를 도림(桃林)의 북쪽에다 놓아둠으로써 다시는 군량미를 적재해 수송하는 일이 없도록 한다는 뜻을 표시했습니다. 지금 대왕께서는 능히 소를 풀어놓을 처지에 계신다고 생각하십니까."

"아니오, 아니오."

"이것이 그 계략이 불가하다는 이유의 일곱번째가 되는 것입니다. 지금 천하를 떠돌아다니는 선비들은 가족과 친척과도 이별하면서 조상의 분묘도 버리고 친구와도 작별해 대왕을 따라나선 터입니다."

그제쯤 되어서는 유방도 장량의 설명을 묵묵히 듣고만 있을 뿐이었다.

"그들이 대왕을 따라나선 이유가 어디에 있다고 생각하십니까. 그것은 자나깨나 오로지 얼마 안 되는 땅이라도 얻게 되지 않을까 죽음도 불사하며 열망하기 때문에 따라나서게 된 것입니다. 그런데 지금 대왕께서 망한 6국을 다시 부활시켜 그들의 후손에게 땅을 주어버려 보십시오. 천하를 떠돌며 고생하던 선비들은 모두 어떻게 되겠습니까. 대왕을 버리고 가족과 친척을 찾아 친구와 분묘가 있는 땅으로 돌아갈 것이고 각각의 자기 나라로 돌아가 제 주인을 섬길 채비를 할 것입니다. 그 땐 대왕께서는 대체 누구와 더불어 천하를 취할 계략을 세울 것입니까. 이것 역시 그 계략이 안 된다는 이유의 여덟번째가 되는 것입니다."

"듣고보니 과인이 잠깐 분별력을 잃었던 것 같소."

"어쨌건 지금은 초보다 더 강한 나라는 없습니다. 설사 6국의 후손을 왕으로 세운다해도 그들 나라는 결국 초에게 다시 먹혀버리고 맙니다. 그렇게 될 경우 대왕께서는 애초 의도했던 그들을 신하로 부릴 수도 없게 되는 것입니다. 그러니 대왕의 빈객께서 짜낸 계략은 일고의 가치도 없는 것입니다."

모두 듣고난 유방은 수저를 내팽개치며 입에 물었던 음식까지 뱉어내었다.

"그 못난 선비놈이 과인의 대사를 망쳐놓을 뻔했구나!"

곧 명령을 내려 새겨놓은 인장을 없애버리도록 했다.

한편 초나라 사자를 죽인 경포는 곧 군사를 출동시켜 초군을 공격했다.

이 소식을 들은 항우는 대경실색했다.

"무어라고! 아, 경포마저!"

뼈아팠다. 그렇지만 항우는 하읍(下邑 : 강소성)이 다급했다. 그래서 용저(龍且)와 의(義)아들인 항성(項聲)에게 경포를 치도록 명했다.

그런데 경포는 여전히 항우를 두려워하고 있었다. 때문에 군사작전에 대한 확실한 결단을 내리지 못하고 있는 동안 용저군에게 기습을 당해 어이없는 패배를 당하고 말았다.

"이럴 게 아니라 군사들을 거두어 한나라로 귀순부터 하는 게 순서일 것 같소."

경포는 겁먹은 목소리로 말했다. 그런데 수하의 계산은 달랐다.

"그렇지가 않습니다. 군사들은 고스란히 남겨두고 우리 둘이서만 슬쩍 빠져 한나라로 도망치는 게 좋을 것입니다. 대군이 움직이면 초군의 추격을 당해 군사 전체가 괴멸될 우려도 있거든요."

수하가 한사코 말렸으므로 경포도 별 수가 없었는지 수하를 따라 다른 길로 해서 한나라로 도망쳐 들어갔다.

경포가 유방한테 인사하러 갔을 때였다. 유방은 마침 의자에 걸터앉아 여인들에게 발을 씻기고 있었다.

그것을 본 경포는 속으로 탄식했다.

'아, 내가 잘못 왔구나! 이토록 무례하고 오만불손한 자가 어디에 있나! 그래도 내가 명색이 구강의 회남왕이 아닌가. 감히 나를 이토록 홀대하다니! 길을 잘못 들었다. 항우를 버리고 유방한테로 온 것은 아무래도 잘못이다. 모두 내 탓이다. 이제 이럴 수도 저럴 수도 없게 됐으니 자살하는 길이나 찾을 수밖에!'

경포는 몹시 상심하면서 퇴출했다.

그런데 영빈관으로 들어선 경포는 깜짝 놀랐다.

'아아! 이렇게 호화스러울 수가!'

"구강왕께서 유하실 집입니다."

객사로 안내해 온 관리가 설명했다.

방의 장식뿐만 아니라 의복과 음식과 시종들까지 한왕 유방의 그것에 조금도 뒤지지 않았다.

'그러면 그렇지! 내가 이곳에 오길 백 번 잘했구나!'

경포는 감격했다. 그렇지만 경포가 모르는 사실이 하나 있었다. 경포의 거만함을 꺾기 위해 유방이 오만불손한 태도를 취했다는 점과 분에 넘치는 대우 역시 경포를 감복케 하기 위한 술책이었던 것이다.
 '자, 그렇다면 한왕을 위해 내가 무엇인가 일을 꾸며야지.'
 경포는 몹시 기뻐하면서 사람을 풀어 구강으로 잠입시키면서 말했다.
 "내 가족들과 총애하던 신하들과 또 빈객들까지 한나라로 데려오너라. 그리고 가급적이면 군사들까지 들어오도록 설득해라."
 그런데 구강으로 갔던 사자는 빈객들과 총신들은 수천 명 데리고 왔으나 경포의 가족들과 군사들은 아무도 데리고 오지 않았다.
 "일이 그렇게 되었습니다. 초의 장군 항백이 구강의 병사들을 수중에 넣으면서 가족들은 이미 모조리 도륙해 버렸답니다."
 "내 처자식들을!"
 유방이 그 소식을 듣고 경포를 불렀다.
 "너무 상심하지 마시오. 더욱 많은 군사를 줄 터이니 북쪽으로 쳐 나가면서 군사를 불려 초나라에 복수하기 바라오. 그리고 구강왕 자리도 그대로 돌려드리겠소."
 "감읍할 따름입니다!"
 유방이 성고성으로 도망치고 있을 때였다. 그런데 형양성을 함락시킨 항우는 그 여세를 몰아 주가(周苛)와 종공(從公)을 죽인 뒤 성고까지 포위해 왔다. 유방은 다급했다.
 "우린 다시 어디로 가야 하오?"
 "일단 성고성을 빠져나가 북방으로 수레를 몰겠습니다. 황하를 건너 조나라 수무(修武)까지 가면 숨을 돌릴 수가 있을 겁니다."
 하후영의 말을 유방은 들을 수밖에 없었다.
 전날 유방이 형양에다 포진했을 당시 장이와 한신에게 위나라와 조나라를 공격하라고 명령한 적이 있었다. 그 결과 식량과 병력 조달이 손쉬워져 초군의 추격을 모면할 수 있었다. 그 공로에 보답하는 뜻으로 유방은 장이를 조왕에 봉하고 한신에게는 장이를 보좌토록 했던 것이다.

"그런데 왕인 내가 성고에서 그토록 고통을 당하고 있는데도 도무지 구하러 올 기미가 없지 않소!"

천신만고로 하후영과 단 둘이 수무까지 도망쳐 나온 유방은 숨을 헐떡거리며 불평했다.

"그럴 수밖에 없겠지요. 초나라와 한나라가 그 승패의 방향이 이토록 불투명하니 어디 대왕의 편만 들기야 하겠습니까."

"배은망덕한 놈들! 그렇다면 그자들이 벌써 과인을 배반했단 얘기요?"

"배반이라기보다 관망이겠지요. 조나라에서 머물며 아예 독립왕국을 선언하겠다는 기미가 있습니다."

유방은 한동안 생각에 잠겼다가 불쑥 소리질렀다.

"장이와 한신이 있는 성(城)이 바로 지척이오! 과인이 항우한테 쫓겨온 마당에 살려달라며 성문을 열라고 했을 경우 그자들이 과인의 명령을 들을 것 같소?"

하후영도 잠깐 생각한 뒤에 대답했다.

"황송하오나 모른 척할 가능성이 많겠습니다."

"아, 어쩌다 이렇게까지!"

"너무 낙심마십시오. 무슨 방법이 있을 것입니다. 일단 성 안으로 들어가기만 하면 일은 다된 것입니다."

"글쎄, 성벽으로 기어오르기라도 하겠다는 얘기요?"

"지금은 자정쯤 됐습니다. 축시쯤 되어 말을 달려 대왕님의 사자로 위

오리무중 299

장해 입성하도록 합시다."

별다른 방법은 없었다.

축시쯤 되어 유방과 하후영은 수레를 몰아 성문앞으로 달려갔다.

"어서 문을 열라! 한왕께서 보낸 사자들이다!"

하후영이 소리치자 성문은 저항없이 열렸다.

"됐소! 저자들이 자고있는 동안 왕과 장군의 인수를 빼앗아버리지!"

뜻밖에도 성내는 너무 조용했다. 다만 한왕 유방을 알아본 당직병만 너무도 놀라 입만 딱 벌리고 서 있었다.

"쉬! 조용히 해라. 가만히 왕과 장군의 침실이 어느쪽인지 그곳만 안내해라."

장이와 한신이 왕과 대장군의 인부(印符)를 빼앗기고 여러 장군들이 소집되어 군사배치가 새롭게 된 사실을 깨달은 것은 늦은 아침이었다.

"너무 놀랄 건 없소. 하도 곤히 자기에 깨우지 않은 것뿐이오."

유방은 장이를 그대로 두어 조나라땅을 수비토록 한 뒤, 한신에게는 조의 재상인수를 내린 후 군사를 새로 징발해 제나라를 치도록 명령했다.

한편 유방의 당시 형편은 성고 동쪽의 땅을 버려둔 채 낙양 근처에다 최후방어선을 구축해 초군을 막아낼 전략을 세우고 있을 때였다.

그 때 역이기가 다시 유방을 뵈러왔다. 그는 진류성을 힘들이지 않고 항복받은 공으로 광야군에 봉해진 이후로는 되는 일이 하나 없어 의기소침해 하고 있을 즈음이었다.

우선 그는 위표 달래는 일에 실패했다.

항우가 처음에 위표를 서위왕(西魏王)으로 삼았는데 유방이 삼진을 평정하고 돌아오자 위표는 유방에게 붙어버렸다. 그런데 유방이 팽성에서 초군에게 지자 위표는 다시 유방에게 핑계를 댔다.

"모친께서 위독하십니다. 돌아가서 부디 간병하게 해주십시오."

위표는 위나라로 건너자마자 황하의 건널목을 차단함으로써 한나라를 배반했음을 천명했다.

"괘씸한 놈!"

유방은 분개했으나 동쪽의 초나라 움직임이 다급했으므로 위표를 칠 겨를이 없었다. 그래서 유방은 역이기의 입심을 믿고 위표를 달래러 보냈던 것이다.

"역선생이 가서 위표에게 차근차근 비유를 써가며 달래어 복귀시켜 보시오. 성공하면 일만 호(戶)의 읍에 봉하겠소."

역이기는 위표한테로 가서 다짜고짜로 말했다.

"어떻소. 한왕한테로 다시 돌아오는 것이."

"인간의 한세상이란 마치 흰 망아지가 문틈새로 달려 지나가는 것처럼이나 잠깐인 것이오."

"빠른 세월과 한왕을 배반하는 일과는 무슨 연관이 있겠소."

"한왕은 너무 교만해서 싫소. 제후들과 군신 대하기를 마치 노예 대하듯 하지 않소. 오만불손하고 곧잘 사람을 모욕하고 상하의 예절도 모르고."

"그렇지만 한왕은……"

"싫소. 나는 그런 꼴을 두 번 다시 보지 않을 거요!"

역이기는 위표 회유에 실패하고 돌아왔다. 그런데 한신이 하동땅으로 가서 위표를 공격하자마자 사로잡은 것이다.

"말로써 듣지 않는 자 힘으로 다스리면 된다!"

한신의 철학이었다. 유방은 그래도 위표의 용맹이 아까워 형양을 지키라는 명령을 내렸다. 그런데 그 후 초군이 다시 형양을 포위하자 유방은 탈출하면서 위표 등에게 성을 굳게 지키라 했다. 그러나 배반의 기미가 보이자 주가와 종공이 의논했던 것이다.

"신하를 배반하는 왕의 성곽은 지킬 필요가 없지!"

그러면서 위표를 죽였다.

어쨌건 당시의 역이기는 위표 회유 실패에다. 초나라 기세를 약화시키는 책략으로 6국의 자손을 왕으로 부활시키라는 권유를 했다가 망신만 당한 처지에 있었다. 어떻게 하든지 명예를 회복하지 않으면 안 될 입장이었다.

그럴 때 역이기는 유방을 찾아가 이렇게 달랬다.

"저는 이런 말을 들었습니다. '하늘이 하늘인 것을 아는 자는 왕업을 성취할 수 있으나 하늘이 하늘인 것을 모르는 자는 왕업을 성취할 수 없다' 고 말입니다."

"무슨 말씀이오?"

"'왕자(王者)는 백성을 하늘로 삼고 백성은 양식을 하늘로 삼는다' 는 뜻입니다."

"그래서?"

"저 오창(敖倉 : 하남성)은 천하 양곡의 교역 중심지인데 초군은 형양을 함락시키고도 바로 코앞의 오창을 지키지 않고 동쪽으로 진군해 가 버렸습니다. 이는 하늘이 한나라를 돕고 있다는 증거입니다."

유방은 몇 차례 혼이 나고서도 역이기의 말이 여전히 그럴듯하다는 생각이 들었다.

"그럴듯한 말이긴 하오."

"원컨대 대왕께서는 다시 진격을 개시해 형양을 탈환해 오창의 식량을 확보하신 뒤 성고의 험로를 막아 태행산맥을 넘는 길목을 폐쇄하고 비호(蜚狐 : 하북성)의 입구를 막으며 백마(白馬 : 하남성)의 나루터를 지켜 천하 제후들에게 한나라가 천하를 제압하고 있다는 형세를 보여주십시오."

"좋은 의견이긴 하오. 한데?"

"지금 연과 조는 평정되었지만 제나라는 항복을 보류하고 있습니다. 제나라 왕 전광(田廣)은 사방 천 리를 지배하고 장군 전간(田間)은 20만 대군으로 역성(歷城 : 산동성)에 포진하고 있습니다. 이들 전씨들은 세력이 강대해 동해를 등지고 황하와 제수(濟水)를 낀 채 방어하면서 남으로는 초와 가깝고 권모술수 또한 능란합니다. 대왕께서는 수십만 대군을 투입하셔도 그들을 쉽사리 깨기는 어렵습니다."

"그러니까 두통거리 아니겠소."

"제가 그 두통거리를 해결할까 합니다."

"그대가?"

"조칙을 받들고 제나라로 가겠습니다. 전광을 설득해 제나라가 한나라의 동쪽 번병(藩屛)이 되도록 하겠습니다."

"계획대로만 되어준다면 오죽 좋겠소. 그런데 그런 계략을 가지고 떠나는 그대에게 과인이 도와줄 일이 뭐요?"

"제가 성공하기 위해서는 대왕께서 먼저 오창을 공격하셔야 된다고 누누이 말씀드리지 않았습니까."

"오, 참 그랬었지. 그대의 그 계략은 듣기로 하겠소. 그런데 한 가지 문제가 있소."

역이기는 무슨 문제인가 하고 유방을 올려다보았다.

"한신에게 이미 제나라를 정복하라는 조칙을 내려놓았거든."

그러자 역이기는 웃고난 후 별 생각없이 대답했다.

"저 역시 같은 조칙을 받들어 떠나겠습니다. 힘으로 처리하는 것보다 말로써 설득시키는 것이 피차에게 이롭습니다."

그것이 역이기의 외교철학이었다.

그렇게 되어 역이기는 제나라로 갔다. 역이기는 제나라에 도착하자마자 제왕 전광에게 다짜고짜 이렇게 물었다.

"대왕께서 앞으로 천하가 어디로 귀속될지 알고 계십니까?"

"그걸 내가 어떻게 아오?"

"아뿔사. 그것을 알고 계신다면 제나라는 존속될 것이로되 모르고 계신다면 제나라는 존속될 수 없습니다."

"무슨 얘기요? 그렇게 말하는 그대는 글쎄 천하의 향방을 알고 있다는 거요?"

"알고말고요. 한(漢)으로 돌아갑니다."

"자신만만하군. 그건 어째서 그렇소?"

"유방과 항우가 힘을 합해 서진하며 진나라를 치면서 먼저 함양에 입성하는 자가 왕이 되기로 약속했지 않았습니까."

"그랬었지."

"유방이 먼저 함양으로 입성했으나 항우는 그 약속을 어기고 유방을 한중이라는 오지로 쫓아보내기까지 했습니다. 게다가 의제(義帝)를 추방했다가 암살까지 했습니다."

"알고 있는 얘기요."

"그래서 유방은 그 소식을 듣고 촉한의 군사를 동원해 삼진을 치고 함곡관 밖으로 나와 항우에게 의제의 소재를 물으며 질책했던 것입니다. 유방은 또한 천하의 병사를 거두어 제후의 후손을 옹립하고, 성읍을 항복시키면서 공 있는 장군을 후(侯)로 삼았으며, 재물을 얻으면 사졸들에게 나누어주는 등 천하 사람들과 이익을 같이 했습니다. 그러하니 영웅 호걸들과 현재(賢才)들은 유방을 위해 더불어 사역되는 일을 즐겁게 생각했던 것입니다. 그렇기에 제후의 병사들이 사방에서 모여들며 양곡을 실은 배들이 줄을 지어 장강(長江)을 내려오고 있는 것입니다."

전광은 무슨 생각을 하는지 고개를 수그리고 있었다.

"항우는 약속을 어겼다는 악명과 의제를 죽인 죄과를 가지고 있는 처지에 남의 공은 기억하는 것이 없으며 남의 죄를 잊은 것 또한 없습니다. 그렇기에 그의 장수들은 싸움에 이겨도 상을 받지 못하고 성읍을 함락시켜도 봉읍을 받지 못합니다."

전광은 분명히 동요되는 기색이었으나 여전히 역이기의 말에 대꾸하지는 않았다.

"항씨 일족이 아니고서는 요직에 앉을 수도 없으며, 남을 봉하기 위해 항우는 인장을 새겨놓고도 그것이 다 닳아 떨어질 때까지 만지작거리기만 하다가 결국은 봉읍 내릴 것을 포기해 버립니다. 한 마디로 성읍을 공략해 재물을 뺏어 쌓아 놓고도 남에게 상을 주지 못하니 그래서 천하가 그를 배반하고 현재(賢才)는 그를 원망하여 그를 위해 사역되는 자가 없는 것입니다."

"항우의 인품이 진정 그렇다는 얘기요?"

"그렇게 되묻고 계시는 대왕의 속마음을 저는 모르겠습니다."

"아니오 아니오. 항우는 그런 인간일 것 같소."

"그렇다면 천하 인사들이 유방에게로 돌아설 건 뻔한 이치 아닙니까. 잘 보십시오. 유방은 촉·한의 군사를 출발시켜 삼진을 평정하자 서하(西河) 밖으로 건너가 상당(上黨)의 군사들을 끌어들여 정형에서 내려와 성안군 진여를 처형하고 북방의 위표를 격파해 32개 성읍을 함락시켰으니, 이같은 일은 신농씨 때의 명장 치우의 군대이지 인간의 군대라고 할 수가 없습니다. 이제 한나라는 오창의 식량을 확보하고 성고의 험로를 막았으며 태행산맥을 넘는 길을 폐쇄하고 비호의 입구를 차단했으니, 이런 차제에 뒤늦게 한나라에 항복하는 나라가 어떻게 존속될 수 있다고 생각하십니까."

"가만. 벌써 오창의 식량까지 확보했다고 하셨소?"

"지금이라도 사람을 보내어 확인해 보십시오."

"역선생의 말씀이 사실이라면 더 주저할 일도 없소."

"대왕께서는 일찌감치 앞장서 한에 항복하십시오. 제나라 사직을 보존하실려면 말입니다."

다시 한동안 생각에 잠기던 전광은 드디어 무릎을 쳤다.

"좋소! 선생의 가르침에 따르리라. 그렇다면 역성 근처에 주둔시킨 방어군의 방어태세를 풀어버려도 하등 걱정이 없겠구려?"

"물론입니다. 제나라를 위해서는 불필요한 낭비입니다."

"원 세상에! 피 한방울 흘리지 않고서도 사직이 보존될 수 있다니! 생각만 해도 흥겹소. 이제부터 선생과 더불어 마음 푹 놓고 날마다 주연을 베풀어 먹고 마시겠소."

역이기의 유세가 완벽한 성공을 거두고 있던 바로 그 때 한신은 조나라에서 새로 징발한 군사를 이끌고 제나라를 치기 위해 평원진(平原津 : 산동성)을 건너려 하고 있었다.

13. 한신의 결단

　범양(范陽 : 하북성)의 변사(辯士) 괴통이 느닷없이 한신 앞으로 나타나더니 비웃는 목소리로 지껄이는 것이었다.
　"소용없게 됐습니다. 이미 한왕께서 역이기로 하여금 세 치 혀를 놀려 제나라의 항복을 받아냈답니다."
　제나라를 치려고 만반의 준비를 갖추고 있던 한신으로서는 괴통의 빈정거림에 화가 치밀지 않을 수가 없었다.
　"무어라고? 내가 평생을 걸려서 공략해도 못다할 제나라 70여 개 성을 그자가 세 치 혓바닥을 놀려서 빼앗았다고! 그렇다면 나에게는 아무 공적도 없지 않소!"
　"공적이 없다는 건 확실합니다."
　한신은 끄응 하고 신음소리를 냈다.
　"일이 그렇게 됐다면 내가 평원나루를 건널 필요가 없게 됐구려."
　그러자 낙담하는 한신을 눈여기며 괴통이 한 마디 슬쩍 했다.
　"대체 왜 이러십니까. 건너가셔야죠."

"무슨 뜻이오?"

"일인 즉슨, 장군이 조칙을 받아 제나라를 공격하려는데 한왕께선 일언반구 의논 한 마디 없이 독단으로 밀사를 보내 제나라를 항복시켰습니다."

"그런 셈이지요. 그러니 일이 난감하게 된 게 아니겠소."

"그렇지만 장군은 아직 공격을 중지하라는 조칙은 받지 않았잖습니까."

"그러니까 난감할 뿐이라고 말하지 않았소!"

"역이기는 일개 선비에 지나지 않습니다만, 홀로 수레의 횡목(橫木)에 의지해 가서 세 치 혀를 놀려 제나라 70여 개 성시를 단숨에 항복시켜 버린 것입니다."

한숨만 푸욱푸욱 쉬고 있던 한신은 자조적인 목소리로 대꾸했다.

"장한 일이지요!"

"장군께서는 수만의 대군을 이끌고 한 해가 넘도록 싸웠지만 기껏 50여 개 성밖에 항복시키지 못했습니다."

"……!"

"장군께서 이루신 업적은 결국 보잘것없는 일개 유자(儒者)의 공보다 못하구려."

"생각해 보면 억울하오!"

"볼 거 없습니다. 건너시지요!"

"건너?"

한신은 전신을 부르르 떨었다.

"제나라를 정복하라는 한왕의 조칙은 아직 살아 있습니다!"

한편 제나라 왕 전광은 역이기의 설득을 몹시 흡족하게 받아들인 뒤 역이기와 더불어 크게 주연을 베풀며 매일매일을 즐기고 있었다. 이미 항복하기로 작정을 하고 있었기 때문에 한나라에 대한 방비는 전연 하지 않고 있었다. 그러던 어느 날이었다.

"대왕, 큰일났습니다! 한신이 대군을 거느리고 평원으로부터 야간 도하작전을 감행해 와서 무방비 상태로 있던 우리 제나라 역하(歷下 : 산동성)의 군대를 삽시에 덮쳤습니다!"

"무어라고!"

전광은 전령의 보고에 소스라치게 놀랐다.

"이거 어떻게 된 일이오?"

전광은 껴안고 있던 여인을 와락 밀쳐내며 여전히 세상 모르게 술타작을 하고 있는 역이기를 노려보았다.

그런데도 역이기는 태연했다.

"무슨 오해가 있는 듯합니다."

"이 벌레보다 못한 놈이 날 속여!"

"난 속이지 않았소."

"잔말 말아! 결과가 그렇게 말하고 있지 않느냐!"

"큰일 하는 사람은 작은 일에 신경쓰지 않는다. 덕이 많은 사람은 겸손 따위도 아무렇지 않게 생각한다. 두 말 하지 않겠다. 나는 거짓말한 적이 없다."

"그만 지껄여라! 네놈이 한군의 진격을 저지시켜 준다면 살려주겠지만 그렇지 못하면 나를 속인 죗값으로 널 삶아죽이겠다!"

역이기는 입을 다물었다.

얼마 있지 않아 대군을 거느린 한신이 제나라 수도 임치로 들이닥쳤다.

"더러운놈! 선비란 자가 남을 속이다니!"

노한 전광은 역이기를 가마솥에 넣어 삶아죽인 뒤 동쪽 고밀(高密)로 도망쳤다. 거기서 초나라로 사신을 보내 구원을 청할 작정이었다.

임치를 평정한 한신은 동쪽으로 전광을 추격해 들어갔다. 그런데 고밀의 서쪽에 이르자 어느새 20만 대군을 거느린 초의 장군 용저가 전광을 구원하기 위해 먼저 도착해 버티고 서 있었다.

'용저를 어떻게 해야 때려잡지?'

한신은 일단 첩자를 고밀로 스며들도록 한 뒤 다음 작전을 마련하느라 고심하고 있었다.

그런데 한편 용저의 진중에서는 부장 전수(田秀)가 용저에게 간하고 있었다.

"한군은 멀리서부터 굳이 싸우러 왔기 때문에 어차피 결사적으로 대들 것입니다. 그래서 그들의 예봉을 막아내기가 어려울 것입니다."

"그래서?"

"아직 남아있는 제나라 군사나 우리 초나라 군사는 자국 영토 내에서 싸우기 때문에 강공에 놀라 패하여 흩어지기 십상이라는 뜻입니다."

"싸우기도 전에 무슨 그런 방정맞은 소리를 하느냐!"

"더 들어보십시오. 차라리 성벽을 높이 해 지키면서, 제나라 왕 전광이 신임하는 신하를 제나라로 살며시 보내 잃어버린 성시를 저절로 되찾을 수 있도록 하는 계략을 쓰는 것이 좋겠습니다."

용저는 잠깐 소곳했다.

"저절로 되찾아? 공짜로 먹어치울 수 있는 계략도 다 있던가?"

"있습니다."

"어떻게?"

"비록 함락된 성시라도 그들의 왕이 엄연히 건재하고 있다는 사실을 알리고 또 초나라 군사가 구원하러 도착했다는 사실을 알리면 제나라 성시들은 반드시 한나라를 배반할 것입니다. 더구나 한신의 한나라 군사는 2천 리나 떨어진 타국에 와 있습니다. 제나라 성시가 모조리 한을 배반할 경우 한군은 식량을 구하지 못해 싸우지도 못할 게 아닙니까. 그땐 항복하고 말겠지요."

전수의 얘기를 다 듣고난 용저는 뜻밖에도 버럭 화부터 내었다.

"무얼 그따위 걸 계략이라고 떠들고 있는가!"

"어째서 그게 계략이 되지 않는단 말씀입니까?"

"다른 장군이라면 모르되 한신이라면 내가 너무나 잘 알지. 천하의 겁쟁이야. 그까짓 한신 따위를 두고 계략이니 뭐니 하면서 골머리를 썩이란 말이냐."

"그렇지가 않습니다. 한신은 지략이 대단한 명장입니다."

"시정 잡배의 사타구니 밑으로나 기어나가는 그런 자가 무슨 명장이라더냐. 어쩌다 운이 좋아 몇 번 이긴 전투를 가지고 그자를 평가한다는 건 어리석은 일이다. 더구나 내가 제나라를 구원한다면서 싸우지도 않고 한군을 항복시킨다면 도대체 나에게 돌아오는 공적이 아무것도 없지 않은가."

"피 한 방울 흘리지 않고 땅을 정복한 데서 그게 어째서 공적이 되지 않겠습니까."

"시끄럽다! 지금 싸우면 승리는 뻔히 내 것이다. 더구나 제나라땅 절반은 내 것이 될텐데 무얼 망설여. 그만 물러가라. 나는 싸운다."

전수는 하릴없이 용저 앞을 물러나올 수밖에 없었다.

한편 고밀로 갔던 첩자가 돌아와 한신에게 보고했다.

"용저는 유수(濰水 : 산동성)가에다 진을 쳤습니다. 내일 날이 밝으면 강을 건너 우리를 공격할 것 같습니다."

한신은 회심의 미소를 지었다.

한신은 즉시 전군에 명령을 내려 1만 개의 모래주머니를 만들게 했다.

"모래를 가득 채워 밤 사이에 유수 상류를 막아라."

날이 밝았다.

한신은 군사를 인솔하고 강을 건너자마자 먼저 용저를 공격하기 시작했다.

"엇! 저놈들 보게!"

용저는 얼떨결에 공격을 당했으나 수적으로 우세했으므로 곧 전열을 정비해 악머구리 끓듯 요란을 떠는 한군을 에워쌌다. 한동안 맹렬하게 싸우던 한신은 갑자기 소리쳤다.

"안 되겠다. 돌아서서 달아나자!"

한군이 강을 건너 도망치자 용저는 좋아라 하고 쫓아왔다.

"뒤쫓아라! 저 보라니까. 난 한신이 겁쟁이라는 것을 전부터 잘 알고 있었지. 추격해서 한 놈도 남기지 말고 철저하게 때려부숴라!"

용저의 독려에 초군들은 사정없이 뒤쫓아왔다.

한군이 먼저 유수를 다 건넜다. 용저의 군사가 여유롭게 건너고 있을 때였다. 메말랐던 강에 홍수로 둑 무너지듯 유수의 물살이 쏟아져 내렸다.

"앗! 이건 뭐야!"

물살은 맹렬했다. 초군은 비명소리 한 번 질러보지 못하고 절반 이상이 수중 고혼이 되고 말았다. 물론 한신의 지시에 따라 모래주머니로 밤새 막은 유수의 물을 삽시에 터버렸기 때문이었다.

물살이 멎자 한신은 군사를 독려해 유수를 되건넜다.

"사정없이 초군을 베어라!"

용기백배해진 한군은 유수 동쪽에 남아있던 초군까지 뒤쫓았다. 패주하는 적을 추격해 한신은 성양(城陽 : 산동성)에까지 이르렀다.

"용저는 전투 와중에 칼을 맞아 죽었고 제나라 왕 전광은 도망쳐버렸습니다."

부장이 다가와 한신에게 보고했다.

제나라를 평정한 한신은 사자를 시켜 한왕 유방에게 보고했다.

──제나라 사람들은 거짓이 많고 변절이 무쌍합니다. 더구나 남쪽으로는 초나라와 접경하고 있어 갑작스런 침공도 우려됩니다. 가왕(假王)을 세워 이들을 다스리지 않으면 정세가 안정되기 어려운 형편입니다. 원컨대 신을 가왕으로 삼아주시면 매우 편리하겠습니다.

유방이 그런 서신을 받은 것은 형양에서 초군에게 포위된 상태에서였다. 그러니 부아가 치밀 수밖에 없었다.

"과인이 지금 극심한 곤경에 처해있어 하루 속히 달려와 과인을 도와주길 학수고대하고 있는 터에, 무어 한신 그자가 거기에 주저앉아 스스로 왕이 되겠다고!"

금새라도 한신의 사자를 죽일 듯이 날뛰자 장량과 진평이 동시에 달려가 유방의 발등을 얼른 밟았다. 장량이 속삭였다.

"대왕께선 지금 몹시 불리한 처지에 계시다는 사실을 감지하십시오. 한신이 왕이 되는 것을 무슨 수로 막을 수가 있겠습니까. 그자가 왕이 되겠다고 하면 되는 것입니다. 이럴 땐 차라리 그자를 잘 대우해 자진해서 제나라를 지키도록 하는 게 최상책입니다. 그렇게 하지 않을 땐 그자가 어떤 변을 일으킬지 모릅니다."

 유방은 장량의 말뜻을 얼른 깨달았다. 그래서 한신의 사자에게 더욱 큰 목소리로 꾸짖었다.

 "대장부가 제후국을 평정했으면 그냥 진왕(眞王)이 될 일이지 가왕은 무슨놈의 얼어죽을 가왕인가!"

 한신의 사자를 일단 영빈관으로 내보낸 유방은 장량을 조용히 불렀다.

 "아무래도 장군사께서 한신에게 갔다오시는 게 좋을 것 같소. 그를 제나라 왕으로 세운 뒤 잘 달래어서 과인을 돕도록 해주시오."

 "심려 마십시오. 그렇게 되도록 하겠습니다."

 얼마 후였다. 한편. 믿었던 용저도 죽고 제나라 왕이 된 한신이 초나라로 쳐들어온다는 소문을 들은 항우는 덜컥 겁이 났다. 그래서 우이(盱眙 : 안휘성) 출신인 무섭(武涉)을 한신에게 보내어 그를 달래보도록 했다.

 무섭은 한신을 만나자마자 이렇게 따졌다.

 "천하 백성들이 진(秦)에게 괴로움을 당하자 모두가 일어나 힘을 합쳐 기어코 진을 멸했습니다. 그 후 공적을 헤아려 토지를 분할하고 또 분할된 토지에다 왕을 봉함으로써 사졸들을 쉬게 했습니다."

 "그런데?"

 "그런데 지금 한왕은 다시 군사를 일으켜 동쪽으로 나와 남에게 나누어준 땅을 침범하더니 기어코 탈취하기 시작했습니다. 아시다시피 삼진(三秦)을 격파하고 군사를 인솔해 함곡관 바깥으로 나오더니 제후들의 군대를 차곡차곡 거두어 드디어 초나라까지 치려고 합니다."

 "어서 핵심을 말해보시오."

"천하를 죄다 삼키지 않고서는 한왕의 욕심은 끝날 것 같지가 않습니다. 어찌 그의 탐욕이 이토록 심합니까. 게다가 한왕은 신뢰할 수가 없습니다."

"어째서?"

"그의 몸이 초왕의 손아귀에 여러 번 잡힌 바 있었지만 그럴 때마다 그를 불쌍히 여겨 번번이 놓아주었습니다."

"놓아준 게 아니라 달아났겠지."

"한왕은 위기만 벗어나면 곧 약속을 배반하고 다시 초왕을 공격해 왔습니다. 그와는 친할 수도 신뢰할 수도 없음이 이와 같습니다. 그러니 귀하께서 지금은 비록 한왕과 깊은 친교를 가지고 있으며 그를 위해 계략을 짜내고 그를 위해 신명을 다해 봉사하고 있으나 두고 보십시오. 결국 귀하께서도 그의 포로가 되고 말 것입니다."

"그럴까?"

"귀하께서 지금까지 생명을 무사히 연장할 수 있었던 이유를 알고나 계십니까."

"그건 또 무슨 소리요?"

"그 이유는 초왕이 아직까지 건재하기 때문입니다."

"글쎄?"

"그리고 한왕과 초왕의 승패가 귀하의 동향 여하에 달려있다는 사실도 아셔야 합니다."

한신은 한왕과 초왕의 승패 여하가 자신에게 달려있다는 무섭의 말에 잠시 솔깃했다.

"나의 동향 여하에 한과 초의 승패가 달려있다고 했소?"

"그렇습니다. 귀하가 우로 기울면 한왕이 이길 것이고 좌로 기울면 초왕이 이깁니다."

"그 묘한데?"

"만일 귀하가 한왕을 편들어 초왕이 멸망했을 경우 귀하에게는 커다란 변수가 나타납니다."

"어떻게?"

"그 다음에는 귀하가 멸망할 차례라는 뜻입니다."

"무어라고?"

"하온데 귀하께서는 초왕과 일찍이 연고가 있지 않았습니까."

"있긴 있었소."

"어찌하여 한을 버린 뒤 초와 제휴하면서 천하를 3분해 그 중의 한 나라 왕이 되실 생각을 하지 않으십니까."

"내가?"

"지금 이토록 좋은 기회를 버리고 스스로 한나라를 믿고 초나라를 치고 계시다니요. 귀하처럼 슬기로운 분이 이토록 어리석은 판단을 하고 계시는지요!"

무섭의 간곡한 설득에 한신은 잠깐 흔들리는 기색이었다. 그러나 한참동안 생각에 잠겨있던 한신은 단호한 표정을 지으면서 입을 열었다.

"내 일찍이 초왕을 섬긴 적은 있지만 벼슬은 낭중에 불과하였고 지위는 집극이 고작이었소. 진언을 해도 듣지 않았고 계책을 올려도 채용된 적이 없소. 그래서 나는 초를 뒤로하고 한으로 귀속했던 거요."

"그것은 과거의 사건일 뿐 지금은 상황이 다릅니다."

"들어보시오. 한왕은 나에게 대장군의 인수를 주고 수만의 대군을 의심없이 맡겼으며 자신의 의복을 벗어 나에게 입히고 자신의 밥을 나에게 먹였으며, 진언하면 들어주었고 헌책하면 채용해 주어 오늘에 이르렸소이다."

"지금의 초왕께선 귀하를 당당한 왕으로 인정해 줄 것입니다."

"여보시오. 남이 나를 친근하게 여겨 신뢰해 주는데 내가 그를 배반한다는 사실은 상서롭지 못한 일인 줄 아오. 이런 경우는 배신당해 죽임을 당할지언정 이쪽에서 먼저 변절해서는 안 되는 것이오. 돌아가 나를 대신해 초왕께 그런 간절한 호의를 사양하더라고 말해 주시오."

무섭은 몹시 실망하면서 떠나버렸다.

그런데 제나라를 무력으로 덮치라고 권고했던 괴통이 또다시 슬슬 나타났다.

'천하 대권의 행방이 한신에게 달렸다! 기발한 책략으로 한신을 감동시켜 독립하도록 해야지!'

그렇게 작정한 괴통은 한신한테로 가서 엉뚱한 얘기부터 꺼냈다.

"저는 일찍이 관상학을 배운 적이 있습니다."

"관상을? 선생은 어떤 식으로 남의 관상을 보시오?"

"고귀하게 되느냐 비천하게 되느냐 하는 것은 골상(骨相)에 달려 있고, 근심이 있느냐 기쁜 일이 생기느냐는 얼굴 모양과 그 색상에 달렸으며, 성공과 실패는 결단하는 심상(心相)에 달려 있습니다. 이대로 보았더니 만에 하나도 틀리지 않았습니다."

"그랬소? 그렇다면 내 관상도 보아주시겠소?"

"그러지요. 그 대신 잠시 동안 좌우를 물리쳐 주셔야 합니다."

눈치를 챈 한신은 주위를 돌아보았다.

"그대들은 물러가라."

단 둘만 앉게 되어서야 괴통은 비로소 입을 열었다.

"장군의 관상을 보면 제후의 지위가 고작입니다. 그나마도 위태롭기가 그지 없습니다."

"무어요?"

"그런데 장군님의 등을 보니 고귀하기가 이를 데 없습니다."

"대체 무슨 뜻이오?"

"천하가 어지러웠던 당초에는 영웅 호걸들이 다투어 왕이라 칭했습니다. 그들이 한 번 부르자 천하의 인사들이 구름이나 안개 몰리듯 앞다투어 몰려들었으며 물고기 비늘처럼 겹겹이 쌓여와 곁에 앉았고, 그런 형세가 바람의 불길처럼 왕성하게 일어났었습니다. 그렇지만 당시의 근심이라면 오로지 어떻게 하면 진나라를 멸망시키느냐 하는 것 하나뿐이었습니다."

"그런데?"

"그러던 것이 지금은 초와 한으로 분립되어 서로 상쟁하면서 천하 무고한 백성들의 간담을 땅바닥으로 내깔기게 하고 부자(父子)의 해골을 들판에 나뒹굴게 하고 있습니다."

"한(漢)나라로 통일되면 그런 불행한 일도 끝이 날 거요."

"그런데 초왕은 처음 팽성에서 일어나 도망치는 적을 쫓아 이리 뛰고 저리 치더니 형양에 이르러서는 그 승세가 천하를 흔들었습니다."

"그렇지만 그의 군사가 경수와 삭수 사이에서 곤경에 빠진 이후로 서산(西山)에 틀어박혀 전진할 수가 없게 된 것이 벌써 3년째가 아니오."

"바로 보셨습니다. 그러나 그런가 하면 한왕은 지금 수십만 대군을 이끌고도 공(鞏 : 하남성)과 낙(雒 : 낙양) 사이로 물러나 산하의 험준을 방패삼아 하루에도 몇 차례씩 싸우고는 있지만 한 자 한 치의 땅도 소유하지 못하고 패배하여도 누구 하나 구원해 주는 사람이 없어 좌절만 거듭하고 있지 않습니까."

"내가 한왕을 도울 처지가 못되니 그런 곤욕을 치루시는 것 같소."

한신은 한숨까지 토했다. 그러나 괴통은 한신의 그런 반응을 모른 척 했다.

"잘 생각해 보십시오. 참으로 기묘한 현상이라고 생각되지 않습니까. 슬기로운 한왕도 용맹스런 초왕도 다 함께 괴로움을 겪고 있으니 말입니다. 어디 그뿐이겠습니까. 둘다 예기(銳氣)는 험준한 요새에서 꺾이고 양식은 창고에서 바닥나며 극도로 피폐해져 이리저리 떠돌며 원망하고, 그렇지만 그들은 어느 누구에게도 의지할 데가 없다는 사실 앞에 절망만 하고 있습니다."

"이런 형세는 천하의 현성(賢聖)이 아니고서는 감히 천하의 이런 불행을 종식시킬 수는 없는 게 아니겠소."

그러자 괴통은 손을 크게 내저었다.

"아니오 아니오! 현성이 아니더라도 금새 이런 불행은 종식시킬 수가 있다는 사실입니다!"

"어떻게?"

"지금 한왕과 초왕의 운명이 바로 장군의 손에 달려 있다는 사실을 알고 계십니까."

"글쎄요. 누군가도 찾아와서 그 비슷한 얘기를 떠들다가 갔소."

"장군께서 한나라를 위하면 결국 한나라가 최후의 승리를 할 것이고 초나라를 편들게 되면 초나라가 결과적으로 이깁니다."

"그러니까 어느 한 쪽을 편들라는 얘기 아니겠소?"

"천만에요. 장군께서 독립하셔서 천하를 안정된 솥발〔鼎足〕처럼 3분 하시라는 얘깁니다."

"무어요?"

한신의 결단 319

괴통의 발언은 생경하면서도 파격적인 것이었다. 그래서 한신은 솔깃해지지 않을 수 없었다.

"일단 선생의 그 이론을 듣고싶소."

"제가 속마음을 열어 간담을 터놓고 장군에게 말씀드리려 하나 혹시 우계(愚計)라 하여 쓰시지 않을까 그게 두렵습니다."

"그렇더라도 계략의 사용 여부는 다 듣고 난 연후에 결정하는 게 아니겠소."

"지당하신 말씀입니다. 그렇다면 감히 말씀드려 보겠습니다. 결론적으로 말해 장군께서 가세하여 독립하게 되면 한나라나 초나라나 장군의 나라까지 안정된 솥발처럼 되어 서로가 분리 존립해 이익을 보는 형상이 되는 것입니다. 이런 형세는 어느 누구도 감히 먼저 움직이지 못하는 모양새가 되므로 천하에는 안정이 오는 것입니다."

"그건 어떻게 해서 그리되오?"

"우선 장군께서는 명민하신 데다 또 수많은 병사들을 거느리고 계십니다. 게다가 강대한 제나라에 의지하고 계신 상태입니다. 차제에 연나라와 조나라를 복종시킨 뒤 주인없는 땅으로 나아가십시오."

괴통은 신바람이 났다. 한신이 자신의 변설에 감동하고 있다는 사실을 눈치챘기 때문이었다.

"그런 후 한나라와 초나라의 후방을 제압하십시오. 그러면 그들 두 나라의 전투는 끝이 납니다. 전투를 끝나게 함으로써 장군께서는 만민의 생명을 구해준 인물이 되어 천하는 장군께로 바람처럼 달려오고 메아리처럼 호응해 올 것입니다. 그때쯤이면 누가 감히 장군의 명령을 듣지 않겠습니까."

"과연 그럴까?"

"그런 후 장군께서는 큰 나라는 분할하고 강국은 약화시킨 뒤 각 나라에다 제후들을 세우십시오. 제후들이 일단 서게 되면 천하는 장군께 복종해 따르고 그 은덕은 제나라에 돌릴 것입니다."

"제후들을 세워?"

"제의 옛땅인 교(膠 : 산동성)와 사(泗) 땅을 보유한 뒤 은덕으로 제후를 회유하고 궁중 깊이 계시면서 두 손 모아 읍하며 겸양스런 태도를 보인다면 천하 군주들이 서로 권하여 제나라로 입조할 것입니다. 대개 하늘이 주는 것을 받지 않으면 도리어 벌을 받고, 때가 왔는데도 단행치 않으면 도리어 화를 입는다고 들었습니다. 원컨대 장군께서는 잘 판단해 주십시오."

한동안 깊은 생각에 빠져 있던 한신은 화들짝 놀라 깨었다.

"아니오 아니오!"

"아니라니요?"

"한왕은 나를 항상 후하게 대접했으며 자신의 수레에 나를 태웠고 자신의 옷을 내게 입혔으며 자신의 식사로 먹여주었소. 내가 듣기로는 '남의 수레를 타는 자는 그의 걱정을 제 몸에 싣고, 남의 옷을 입는 자는 그의 걱정을 제 마음에 품으며, 남의 밥을 먹는 자는 그의 일을 위해 죽는다'고 합디다. 어떻게 내 이익만 바라고 의리를 저버릴 수 있겠소."

"그래서 그것이 잘못된 판단이라 말씀드리지 않습니까!"

"어째서?"

"장군께서는 한왕과 친밀한 사이라 생각하시어 그를 위해 만세 불멸의 업적을 세우시려 하나 사정이 전연 그렇지가 못합니다."

"못하다니?"

"상산왕 장이와 성안군 진여는 벼슬이 없던 어려운 시절에는 서로 목을 대신 바쳐도 후회하지 않을 막역한 사이였지만 후에 다투게 되자 서로 죽일 듯이 원망하게 되었습니다. 결국 장이는 항우를 배반해 항영의 머리를 베어들고 한왕한테로 귀복했습니다. 그 때 한왕이 장여한테 군사를 빌려주자 장군과 함께 동쪽으로 내려와서 진여를 저수 남쪽에서 죽이지 않았습니까."

한신이 설득되는 기미를 보이자 괴통은 다시 열변을 쏟기 시작했다.

"진여의 머리와 다리가 장이에 의해 따로 떨어져 나가니 그들 우정이 천하의 웃음거리가 될 수밖에 없지 않았겠습니까. 장이와 진여의 친교는 원래 천하 제일이었다는 사실을 명심하십시오. 그런데도 결국 서로 잡아먹으려고 했던 이유는 무엇 때문이었을까요."

"무엇 때문에?"

"우환은 욕심이 많은 데서 생기고 사람의 마음이란 본래 예측할 수 없기 때문입니다. 지금 장군께선 충성을 다해 한왕을 보좌하고 계시지만 어차피 그 친밀도는 장이와 진여보다 견고하지 못합니다. 장군과 한왕 사이에 놓인 일련의 석연찮은 일들 역시 장이와 진여를 갈라놓은 그 문제보다 크고 많습니다."

"어째서 사태를 그런 식으로만 보고 있는 거요?"

"장군께서 '한왕은 나를 결코 위태롭게 생각하지 않는다' 는 그 맹목이 위태롭다는 겁니다."

"그럴까?"

"옛날 대부종(大夫種)과 범려(范蠡)는 망해 가는 월나라를 존속시키고 월왕 구천을 패자(覇者)로 만드는 공을 세우면서 이름을 날렸으나 자기 몸은 망했으며 범려는 도망을 쳤습니다. 말하자면 들짐승이 다 없어지면 사냥개는 삶아먹히는 꼴이지요. 그러니까 장군의 한왕에 대한 관계가 우정으로 치자면 장이와 진여보다 못하며 충성과 신의로 말하더라도 대부종과 범려가 월왕 구천에 쏟아부은 것만큼은 못합니다. 앞의 두 사례는 절대로 참고할 만한 가치가 있다고 생각합니다."

"그토록 우정과 충성을 다 바치고도 배신을 당한다?"

"뿐만 아닙니다. '용기와 재략이 군주를 떨게 하는 자는 몸이 위태롭고, 공로가 천하를 덮을 만한 자는 받을 상이 없다'고 들었습니다. 바로 장군의 공로와 용략을 말씀드리자면, 장군께선 황하를 건너 위왕을 사로잡고 하열 역시 묶었으며, 군사를 이끌로 정형땅에서 내려와 진여를 주살하고 조나라를 진무했으며, 연나라를 위협하고 제나라를 평정했습니다. 게다가 남쪽으로 진군해 초군 20만 대군을 격파하고 용저를 죽인 뒤 서향(西向)해 한왕에게 보고했으니, 이른바 이것은 '공로는 천하에 둘도 없고 용략은 불세출의 것'이라고 할 수 있습니다. 지금 장군께선 군주를 떨게 하는 위력을 지니고 상받을 이상의 공로를 가지고 계시니 초로 귀속한다 해도 초왕은 장군을 믿지 못할 것이며 한으로 귀속한다 해도 한왕은 떨고 두려워할 것입니다. 그런 장군께서 도대체 어디로 귀속할 수 있다고 생각하십니까."

한신은 괴통의 설득이 고통스러웠다. 그러면서도 점차 괴통의 변설에 빠져드는 자신이 불만스러웠다.

"장군께선 신하의 위치에 있으면서도 군주를 떨게 하는 위력을 지닌 데다 명성은 천하에 드높으니 저는 장군을 위해 위험천만이라고 말씀드리지 않을 수가 없습니다."

"선생은 잠깐 휴식하오. 나도 그 점에 대해 좀더 생각해 보겠소."

"아니 됩니다. 원래 남의 의견을 듣는다는 것은 성공의 조짐이며, 좋은 계략을 선택하는 것은 성공의 계기입니다. 진언을 받아들이지 않고

한신의 결단 323

나쁜 계략을 취한 일치고 오래 안태(安泰)한 것은 하나도 없습니다. 진언을 분별해 첫째로 할 것과 둘째로 할 것을 결단하고, 계략의 본말이 전도되지 않도록 신속히 결심하십시오."

"글쎄, 결단의 시간이 좀 필요하다고 말하고 있지 않소!"

그래도 괴통은 막무가내였다.

"천한 일에 종사하는 자는 만승천자가 될 권위를 잃어버리며, 한두 섬의 봉록 지키기에 급급한 자는 경상(卿相)의 지위에 오를 수 없습니다. 그래서 지혜는 일을 결단하는 힘이며 의심은 일에 방해만 되는 단서입니다. 또한 작은 계략을 밝히는 데에 구애되면 천하 대국을 볼 수가 없습니다. 게다가 지혜로써 그것을 알고 있으면서도 결단치 않으면 백사(百事)의 화근이 됩니다."

"아무리 그렇게 설득해도 주저되는 건 어쩔 수 없소."

"아무리 무서운 맹호라도 꾸물거리고만 있으면 고작 벌에 쏘이는 것만큼도 못하게 되며, 출중한 준마라도 주춤거리고만 있으면 천천히 걷는 노둔한 말보다 쓸모가 없으며, 맹분(孟賁)같이 용맹스런 자라도 여우처럼 의심만 하고 있으면 평범한 필부의 결행만도 못하며, 순임금·요임금의 지혜가 있더라도 입다물고 말하지 않으면 벙어리의 손짓발짓보다 나을 게 없습니다. 이제 말씀드린 이 모든 것들은 그만큼 실행의 고귀함을 말하고 있는 것입니다. 대체로 공이란 이루기는 어려워도 무너지는 것은 하루 아침이며, 시기란 얻기는 어려워도 잃는 것 역시 잠깐인 것입니다. 부디 명찰하십시오!"

"도대체 내가 무슨 명분으로 한나라를 배반한단 말이오!"

"아아, 장군께서는 끝내 제 진언을 들으려 하지 않으시는 군요!"

"선생도 잘 생각해 보시오. 내가 한나라에 끼친 공이 얼마나 크오. 설마 나의 제나라를 뺏기야 하겠소. 그래서 배반할 수가 없다는 거요!"

괴통은 더 이상 보채지 않고 물러가 버렸다. 오늘의 진언이 훗날 화근이 될 줄 알고 그 때부터 미친 척하고 돌아다녔다.

[3권 통일천하편으로 이어집니다]

김병총

1939년 마산 출생.
고려대학교 철학과 및 동대학 교육대학원 졸업.
1957년 『동아일보』 신춘문예를 통해 동화 「연과 얼굴과」로 등단했으며,
1974년 『문학사상』 제1회 신인상에 단편 「빨간 우산」이 당선되었다.
「검은 회파람」 「칼과 이슬」 「달빛 자르기」 「대검자」 등
'한국무예소설'의 큰 줄기를 이루는 작품들을 다수 발표했으며,
베스트셀러 「내일은 비」 외 40여 권의 작품집이 있다.
한국문인협회소설분과 회장, 문학동우회 회장(동아일보),
국제펜클럽 한국본부 이사, 중국문학동우회 부회장,
한국소설가협회 상무이사를 역임했다.

소설 사기
❷ 천하대란

지은이   김병총
펴낸이   전병석·전준배
펴낸곳   ㈜문예출판사
신고일   2004. 2. 12. 제 312-2004-000005호
         (1966. 12. 2. 제 1-134호)
주 소   서울특별시 서대문구 충정로 2가 184-4
전 화   393-5681   팩 스   393-5685
이메일   info@moonye.com
블로그   blog.naver.com/imoonye

제1판 1쇄 펴낸날 1998년 11월 20일
제1판 중쇄 펴낸날 2013년 8월 20일

ⓒ 김병총, 1998

ISBN 978-89-310-0362-8 03810
ISBN 978-89-310-0361-1 (세트)